反事實 歷史小說

黃錦樹小說論

北岡誠司——著
黃英哲、高嘉謙——主編 張文聰——譯

「浮羅人文書系」編輯前言

高嘉謙

島嶼，相對於大陸是邊緣或邊陲，這是地理學視野下的認知。但從人文地理和地緣政治而言，島嶼自然可以是中心，一個帶有意義的「地方」（place），或現象學意義上的「場所」（site），展示其存在位置及主體性。從島嶼往外跨足，由近海到遠洋，面向淺灘、海灣、海峽，或礁島、群島、半島，點與點的鏈接，帶我們跨入廣袤和不同的海陸區域、季風地帶。但回看島嶼方位，我們探問的是一種攸關存在、感知、生活的立足點和視點，一種從島嶼外延的追尋。

台灣孤懸中國大陸南方海角一隅，北邊有琉球、日本，南方則是菲律賓群島。台灣有漢人與漢文化的播遷、繼承與新創，然而同時作為南島文化圈的一環，台灣可辨識存在過的南島語就有二十八種之多，在語言學和人類學家眼中，台灣甚至是南島語族的原鄉。這說明自古早時期，台灣島的外延意義，不始於大航海時代荷蘭和西班牙的短暫占領，以及明鄭時期接軌日本、中國和東南亞的海上貿易圈，而有更早南島語族的跨海遷徙。這是一種移動的世界觀，在模糊的疆界和邊域裡遷徙、游移。透過歷史的縱深，自我觀照，探索外邊的文化與知識創造，形塑了值得我們重新省思的島嶼精神。

在南島語系裡，馬來－玻里尼西亞語族（Proto-Malayo-Polynesian）稱呼島嶼有一組相近的名稱。馬來語稱pulau，印尼爪哇的異他族（Sundanese）稱pulo，菲律賓呂宋島使用的他加祿語（Tagalog）也稱pulo，菲律賓的伊洛卡諾語（Ilocano）則稱puro。這些詞彙都可以音譯為中文的「浮羅」一詞。換言之，浮羅人文，等同於島嶼人文，補上了一個南島視點。

以浮羅人文為書系命名，其實另有島鏈，或島線的涵義。在冷戰期間的島鏈（island chain）有其戰略意義，目的在於圍堵或防衛，封鎖社會主義政治和思潮的擴張。諸如屬於第一島鏈的台灣，就在冷戰氛圍裡接受了美援文化。但從文化意義而言，島鏈作為一種跨海域的島嶼連結，也啟動了地緣知識、區域研究、地方風土的知識體系的建構。在這層意義上，浮羅人文的積極意義，正是從島嶼走向他方，展開知識的連結與播遷。

本書系強調的是海洋視角，從陸地往離岸的遠海，在海洋之間尋找支點，接連另一片陸地，重新扎根再遷徙，走出一個文化與文明世界。這類似早期南島文化的播遷，從島嶼出發，沿航路移動，文化循線交融與生根，視野超越陸地疆界，跨海和越境締造知識的新視野。

高嘉謙，台灣大學中文系副教授。研究成果曾獲科技部吳大猷先生紀念獎、中研院年輕學者著作獎。著有《馬華文學批評大系：高嘉謙》（2019）、《遺民、疆界與現代性：漢詩的南方離散與抒情（1895～1945）》（2016）、《國族與歷史的隱喻：近現代武俠傳奇的精神史考察

（1895～1949）》（2014）。近期主編《南洋讀本》（2022，與王德威合編）、《馬華文學與文化讀本》（2022，與張錦忠、黃錦樹合編）等。

編輯前言

高嘉謙

北岡誠司教授的《反事實歷史小說：黃錦樹小說論》得以中文面貌在台灣出版，實有多重因緣。其中值得重述的一個脈絡，當屬二〇一一年「台湾熱帯文学」叢書系列在日本的翻譯出版。這個由黃英哲、荒井茂夫、松浦恆雄和我合編的「台湾熱帯文学」叢書系列，是首批出現在日本的在台馬華文學的日譯本。那是馬華文學在日本閱讀版圖的新局面，一群更年輕、更有幹勁的現當代華文文學研究者投入了馬華文學的閱讀、翻譯和評述。其中黃錦樹《夢と豚と黎明：黃錦樹作品集》（二〇一一年九月）就是箇中受到矚目的作品。其實早在二〇〇八年，經由愛知大學黃英哲教授的引介，黃錦樹的代表作〈魚骸〉首次以日文面貌刊載在《植民地文化研究》（二〇〇八年第七期）。此文的翻譯，可視作日本對馬華文學接受的轉向，開始藉由台灣文學的平台，或從台灣文學的視角，閱讀在華文文學版圖內廣受好評的馬華文學作品。隔年黃錦樹的馬華論述〈馬華文學與國家主義〉分兩期刊載《植民地文化研究》（二〇〇九年第八期、二〇一〇年第九期）。論述與批評的引介，也漸進帶動了日本學界對馬華文學的研究，爾後我在《台大東亞文化研究》第四期（二〇一七年四月）策畫「日譯馬華文學研究專輯」，可視為階段性成果的集合。

事隔十餘年，當我們回看「台湾熱帯文学」叢書系列，當年推動日譯本，不僅帶動「在台馬華文學」走向更廣大的讀者，同時構成了一個規模更為繁複和龐大的台灣文學世界。換言之，部分原就親近台灣文學的日本譯者和學者，也同時參與了馬華文學在日本的研究和傳播。馬華文學的接受和播遷，顯然有其更為複雜多元的意義，同時清楚勾勒馬華文學作為區域華文文學，或在華文文學交錯的網絡內，其內嵌於台灣文學的生產和影響。北岡誠司教授對黃錦樹小說的興趣，以及遺稿最終在台灣成書出版，凸顯出台灣作為創作、出版、翻譯的平台，其搭建的多元網絡和效應，不容小覷。

對於北岡誠司教授的馬華文學研究遺稿蒐集，始於二〇二一年。張文聰教授前後歷時約一年的翻譯，我偕同研究助理劉雯慧小姐針對譯稿潤飾，以及跟譯者的溝通修訂，也花去了大半年的時間。其中劉雯慧出力甚多，此書得以順利送入出版公司排版，特別感謝她的前置作業。進入最後的排版階段，仍有許多資料的查核、補充和格式的訂正，出版公司的胡金倫總編親身投入幫了大忙，我的幾位研究生蘇仁和、黃衍智、林良完成了細緻的校對，陳誌緯協助俄文資料的複查，黃國華綜整全書的校對和資料文獻的複核。他們都是來自台大中文系和政大中文系的研究生。在潤稿與查核資料過程，許多對箇中的理論調度或敘事學觀點下的討論有疑義處，已無法請教作者，僅能透過各種方法盡量完成一個可供閱讀的翻譯版本。凡涉及俄文資料者，都盡力補上英文或中文譯本的參照。其他需要另加說明處，都補上編按。相信此書的翻譯仍有不足和缺失之處，我們都虛心接受讀者的批評。

無論如何，北岡誠司教授的遺著可以率先以中文面貌跟讀者見面，尤其在台灣出版發行，確實別具意義。這是目前可見，正式出版的第一本黃錦樹小說專論。作者透過敘事學方法論的深掘，在某個意義而言，已賦予了黃錦樹研究截然不同的「深度」和「廣度」。在不同的治學方法上，這為馬華文學研究開啟了一扇窗。

感謝國科會「南向華語與文化傳釋」計畫贊助出版。

代序

黃英哲

北岡誠司教授生前撰述的黃錦樹小說系列論述，在誠司教授夫人、座師北岡正子教授、台大高嘉謙教授、時報文化第一編輯部總編輯胡金倫先生、譯者德明財經科技大學張文聰教授的支持協助下，整理成書《反事實歷史小說：黃錦樹小說論》出版，本來出版序理應由北岡正子教授撰寫，但座師因高齡之故，囑咐由我來撰寫，她的原意是希望我代她特別向此書的催生者嘉謙、金倫、文聰道謝。

北岡誠司教授與學者、作家黃錦樹的相遇可說是「世紀相遇」，從二〇一〇至二〇一一年，由我和嘉謙參與企畫，在時任文建會主委黃碧端教授與台灣文學館館長李瑞騰教授的支持下，由日本著名出版社人文書院出版了「台灣熱帶文學系列」（共四卷），共翻譯了在台馬華作家李永平《吉陵鎮ものがたり》（吉陵春秋）（池上貞子、及川茜譯），張貴興《象の群れ》（群象）（松浦恆雄譯），黃錦樹《夢と豚と黎明：黃錦樹作品集》（夢與豬與黎明）（大東和重等譯），黎紫書、商晚筠、小黑、梁放、龔萬輝、賀淑芳等合集短篇小說《白蟻の夢魔：短編小說集》（白蟻的夢魔）（荒井茂夫、今泉秀人、豊田周子、西村正男譯），錦樹戲稱這是用「台湾熱帶文学系列」名稱偷渡馬華文學到中書外譯計畫。日譯「台湾熱帶文学系列」的出版，在當時受到日本的中國現代文學界的注目並引起一些討論，例如宇野木洋教授就指出馬華文學作品的活躍與存在，使日本學者認識到對中國現代文學領域的「中國」範圍必須再重新思考，海外以中文為母語的研究者，也必須關心被研究者的認同問題。而北岡誠司教授也是當時注意「台湾熱帯文学系列」的日本學者之一，他將注目焦點放在錦樹的作品之上。

北岡誠司（一九三五－二〇一九）教授的主要研究領域是文化符號論，日本學術界公認他為巴赫金研究與敘事學研究最具代表性的學者，北岡教授年少在東京外國語大學攻讀俄語，其後在東京大學研究生院攻讀比較文學與比較文化，除了理論研究之外，還精通英語、法語、德語，自身除了巴赫金研究專著《バフチン－対話とカーニヴァル》（巴赫金：對話與狂歡）（東京：講談社，一九九八；簡體中文翻譯版，魏炫譯（石家莊：河北教育出版社，二〇〇二）外，同時也翻譯巴赫金著《言語と文化の記号論－マルクス主義と言語の哲学》（語言與文化的符號論，原題為《馬克思主義與語言哲學》）（東京：新時代社，一九八〇）、《小說の時空間》（小說的時空間）（東京：新時代社，一九八七），以及V. V.伊凡諾夫、V. N.托普洛夫所著《宇宙樹・神話・歴史記述－モスクワ－タルトゥ・グループ文化記号論集》（宇宙樹・神話・歷史敘述：莫斯科－塔爾圖文化符號研究社團論集）（東京：岩波書店，一九八三）等。北岡教授一直在找尋能夠實踐他敘事學研究的分析文本，但苦於難以實踐，一直到二〇一〇年「台湾熱帯文学系列」開始出版後，讓他耳目一新極為讚賞，從二〇一二年開始到二〇一九年去世前，專注於錦樹與小黑的研究，一共發表二十四篇長短不一的錦樹研究論文與一篇小黑研究論文。

撰寫此文時，我突然找不到我二〇一二、二〇一三年的雜記本，但是我相信我的記憶力還沒有問題。二〇一一年「台湾熱帯文学系列」完成出版的隔年二〇一二年十月，輪到關西地區的大阪市立大學主辦「中國現代文學研究者懇談會」，由時任大阪市立大學文學部教授松浦恆雄負責，松浦教授是該系列編委之一，也是張貴興《群象》的譯者，馬華文學的理解者，我已經忘了是不是出於我的建議，當年「中國現代文學研究者懇談會」的演講者就決定邀請錦樹，由我來聯絡。這個懇談會有悠久的歷史，是在時任北海道大學教授故丸尾常喜與中野美代子的提議下，自一九八一年起，日本全國的中國現代文學學者每年定期聚會一次，舉辦演講會，相互交流一年的學習心得與新的研究趨勢，由日本關東地區的大學與關西地區的大學輪辦，會的名稱原先叫「中國現代文學研究者集會」，近年改稱「中國現代文學研究者懇談會」，至今從沒有中斷過活動。

錦樹此次的與會，除了在「懇談會」演講以外，我們也計畫在歷史悠久的「中國文藝研究會」（一九七〇年創立）的每個月召開的例行研究會上做講演，後因颱風關係，「研究會」的演講取消了，實為遺憾。二〇一二年錦樹的日本行，受到關西地區日本學者熱烈歡迎，當時擔任「懇談會」代表的北岡正子教授與誠司教授與錦樹餐聚，做了深入的交談，「研究會」多位的關西地區成員也都分擔了《夢と豚と黎明：黃錦樹作品集》的翻譯工作，分別個別邀請錦樹到他們大阪近郊的老家參觀，當時錦樹似乎面臨創作瓶頸，鬱鬱寡歡，此次的日本行，錦樹同時也察覺到原來在日本有一群他的文學理解者與愛讀者，我發現他返台後開始他系統性的馬共書寫，陸續發表精采的馬共書寫作品。二〇一三年三月，在我的作陪下，北岡教授夫婦前往南投拜訪錦樹，和錦樹夫婦共遊日月潭、霧社等地，共渡一個愉快的假期。誠司教授返回日本後，直到遽然去世之前，專心投入錦樹作品研究。

誠司教授的錦樹作品論的特色，錦樹在本書的跋語「文字因緣」中明確的指出，誠司教授運用他敘事學的看家本領，對他小說敘述方式和若干細節、用典都展開了非常細緻的挖掘，往往能跟著一隻獨行的虎頭蜂，尋尋覓覓挖出一個龐大的蜂巢，每每能進入「背景」的深處。錦樹也慶幸地認為針對單一作品做如此細緻的分析，在現代中文文學裡，大概只有魯迅和張愛玲會受到那樣的禮遇。

《反事實歷史小說：黃錦樹小說論》一書，可說是誠司教授與錦樹「世紀相遇」後，誠司教授留下的遺著，他雖然來不及讀到即將出版的錦樹「馬共小說」日譯選集，但相信他一定仍然會在天上繼續「拿自己的敘事學研究跟黃錦樹比腕力」（北岡正子教授語）的。

二〇二三年四月二十三日

黃英哲，日本愛知大學現代中國學部暨大學院中國研究科教授兼科長。

目次

反事實歷史小說

黃錦樹小說論

序章

第一次與黃錦樹相遇

——從韓素音小說遭禁與李昂·康博的辭職談起

第一次在大阪和黃錦樹先生見面時（二〇一二），草草打過招呼，我便唐突地詢問他有沒有讀過李昂・康博（Leon Comber）的賴特論。黃先生回答沒讀過的同時，反問我知不知道康博是何許人也？我情急之下回答康博是Secret Service（特務，正確來說是Secret Branch Officer特別事務部警官），黃錦樹先生補充一句：「他也是韓素音的丈夫。」這次輪到我反問他：「那您知道韓素音是誰嗎？」黃錦樹先生告訴我她是好萊塢電影《生死戀》（*Love Is a Many-Splendored Thing*, 1955）的原著作者。那個瞬間我的眼前浮現，珍妮花・鍾絲站在小山坡上的一棵樹下，身穿旗袍的身影。想不到《生死戀》的原著作者竟然和前英國特別事務警察有關聯，使我大吃一驚，幾乎要忘記接下來要問黃錦樹先生的問題。

隔年（二〇一三），黃錦樹先生自己也在小說集《南洋人民共和國備忘錄》的〈自序〉中提到「去年十月我在日本『宣傳馬華文學時』遇到巴赫金專家，已退休的北岡誠司教授，一見面他就問我有沒有讀過Leon Comber的"On Lai Teck"，我確實吃了一驚。老先生是從我過去的小說順藤摸瓜摸索進馬共歷史的，那是離他的專業領域（敘事學）非常遙遠的一個地方」，表明他從另一個脈絡吃了「一驚」，並寫下得到康博論文的前因後果[1]。

黃錦樹先生對於康博的關注還不僅止於此，去年（二〇一四）出版的小說集《猶見扶餘》當中收入的新作〈追擊馬共而出現大腳〉的開頭便寫道：「前特種部隊成員Leon Comber、小說家韓素音的前夫，在他那本詳細敘述英國特種部隊在緊急狀態的權威著作*Malaysia Secret Police 1945-1960: The Role of the Special Branch in the Malayan Emergency*（中文譯名省略）的第十二章有一個小節，題做〈馬共與大腳〉（Communist and the bigfoot），以數十頁的篇幅描繪了剿共過程中發生的一件怪事……一名雄性大腳救了一名女馬共」[2]。這裡提到的著作是康博的博士論文（二〇〇五，蒙納許大學，澳大利亞）公開出版的版本（二〇〇八）。黃錦樹在另一篇作品〈猴屁股，火，及危險事物〉明確標示引用自達爾文《小獵犬號環球旅行記》的開頭引言，其實完全是他的虛構（詳細請參照前文）。相同的，這裡雖然也是有這本書，但是書中並沒有黃錦樹白紙黑字寫下的「第十二章」〈馬共與大腳〉（Communist and the bigfoot）這一小節，又是一個精采的虛構。康博著作的「第十二章」題為“Conclusion: the end of the Emergency”，裡頭包含兩個小節：“the end of the Emergency”[3]和“the role of the Special”[4]，這兩節都沒有提到〈追擊馬共而出現大腳〉中所說的「一件怪事」。其他十一章也都沒有〈馬共與大腳〉這一小節，更別說是和「大腳」有關的奇談了。

我記得黃錦樹先生也在我們第一次見面的席上，告訴我韓素音的另一部小說《餐風飲露》（*And the Rain My Drink*, 1956）和康博的關聯。實際不久以後，我也不管韓素音其他眾

---

1 黃錦樹，《南洋人民共和國備忘錄》（台北：聯經出版，二〇一三），頁一一－一二。

2 黃錦樹，《猶見扶餘》（台北：麥田出版，二〇一四），頁八一－八二。

3 Leon Comber. *Malaya's Secret Police 1945-1960: The Role of the Special Branch in the Malayan Emergency* (Singapore: Institute of Southeast Asian Studies; Australia: Monash Asia Institute, 2008), pp. 270-82.

4 Ibid., pp. 282-89.

多的作品，先買了這本小說（二〇一〇）來讀。而在她過世（二〇一二年十一月，於瑞士洛桑）之後，隔年（二〇一三）發行了「紀念版」，裡頭收入了康博簡短的〈序文〉[5]。

這篇〈序文〉的開頭是這樣寫的：「身為韓素音的前夫，我經常被問到，她的馬來亞小說《餐風飲露》是如何寫成，起源於何處的呢。這部作品是一九五〇年代我們住在新山時，由倫敦的喬納森凱普公司（Jonathan Cape Ltd）出版。當時我是派駐於柔佛州警察特別事務部的特務警官」[6]。本稿特別關心的也是這個「起源」問題，但不是和小說寫作前收集「資料」的相關問題（康博也有提到這部分[7]）。而是《餐風飲露》最後注明「Malaya, 1952-53」[8]，表示是在一九五三年脫稿，出版年分卻是一九五六年，潛藏在中間這三年裡的問題。這個問題也和「有部分也是因為她（的小說）的關係，李昂才會失去在馬來亞皇家警察特別事務部的工作」[9]，也就是李昂的「去」職問題有關。從脫稿到出版，為何需要花費三年呢？這段期間，為何會因為妻子的小說而使丈夫「失去」工作呢？其中的脈絡、緣由，根據康博自身敘述，有一段至此「不被提起的故事」[10]。

話雖如此，其實在這篇〈序文〉之前，韓素音針對丈夫的「去」職問題已或多或少發表過意見。副標題為「中國：自傳、歷史」（China: Autobiography, History）的回憶錄 *My House Has Two Doors*《吾宅雙門》（一九八〇。日文版由長尾喜又譯為《不死鳥之國》上〔一九八六〕）中，是這麼描述這段「不被提起的故事」（以下的引用由於原文不在手邊，因此引自日譯）：

李奧納多（譯者按：李昂·康博的本名）為我的成功（《餐風飲露》再刷）感到開心，興奮極了。也因此稍微忘形。從和他結婚的那天（一九五二年二月一日）起我就能預見，他極想辭去特殊事務部的工作。而現在他急著實現這份決心。當特殊事務部的兩位長官拜訪我們家時，李昂連襯衫都不穿，無視他們的態度顯而易見。我覺得那只是無謂的挑釁。他被視為「危險人物」，被調到無關緊要的邊鄙之地。我對他說：「你不是很想離開特殊事務部嗎？那也是求仁得仁吧。」他猶豫了一陣子，便辭職了。[11]

從韓素音的敘述我們可以理解康博是剛好碰上妻子小說的「成功」而喜不自禁（或許也和電影《生死戀》的成功有關係），用「無謂的挑釁」態度來「無視」特意來訪的「長官」，所以被視為「危險人物」貶到「邊鄙之地」，因為不滿被降職，就藉機實現自「結婚」

5 Leon Comber. "Foreword," in Suyin Han, *And the Rain My Drink* (Commemorative Edition. Singapore: Monsoon Books, 2013).
6 Suyin Han. *And the Rain My Drink* (London: Jonathan Cape, 1956; Singapore: Monsoon Books, 2013), p. 7.
7 Ibid., p. 8.
8 Ibid., p. 272.
9 Xuding Wang. *Of Bridge Construction; A Critical Study of Han Suyin's Historical and Autobiographical Writings*. Ph. D. of Memorial University of Newfoundland. 1996, p. 272, 以下同。
10 Leon Comber. "Foreword," in Han, *And the Rain My Drink*, p. 10.
11 Suyin Han. *And the Rain My Drink*, p. 82.

之始的夙願辭職了。然而事實真相這麼單純嗎？首先為什麼「特殊事務部的兩位長官」會來「拜訪我們家」呢？妻子韓素音的敘述當中沒有提到這一點。如果丈夫的「辭」職是「從和他結婚的那天起我就能預見」的話，到底從何得知呢？有什麼根據嗎？

根據上述「自傳」的內容，韓素音和康博最初的相遇是在一九五二年，康博當時是「馬來亞皇家警察特別事務部的副部長，休假來到香港」，和警察同事一起遇見「在瑪麗醫院（Queen Mary Hospital）急症室」服務的韓素音。他邀請韓素音共進晚餐，在晚餐席間向韓素音傾訴自己的「身世」。康博於倫敦出生（一九二一年九月二十日），「父親是排字工，母親在一九二九年經濟大恐慌的時候找到一份打掃地板的清潔工作」。第二次世界大戰爆發後，康博「加入軍隊成為陸軍下級士官，在軍中學會烏爾都語和印地語」，「現在正在學廣東話，以及北京官話」。康博「非常具有語言天分」，「戰後，因為他不想回英國（日後取得馬來西亞國籍），所以當上馬來亞警察」，「但是他最想做的其實是進大學學語言」（日後康博接連取得倫敦大學「優等學位」，香港大學碩士，蒙納許大學博士）。「他一定是在英國受到不小創傷，才會這麼想要逃離那個令人窒息的階級歧視的社會」。「他因為出身貧寒而飽受傷害，受苦掙扎，一路奮戰而來」。「我之所以會被李奧納多的故事吸引，是因為他絕口不提『我們必須與共產主義奮戰到底』等陳腔濫調，而是以知性的口吻談論馬來亞的緊急狀態和人權侵害問題。『其實我們並沒有重返亞洲的權利。亞洲遲早要走上自己的路』。他說的話沒有太深的含義，但是理路十分清晰。『我們答應要讓他們獨立，卻又打破這個約定，為了製造留下來的藉口，費盡力氣讓事態更為複雜』。」爾後一位天主教神父介入，「他好意想促成」「我和李奧納多的婚事」，因此韓素音便接受康博的求婚，兩人結婚以後從香港搬到新山[12]（黑點為北岡所加，以下同）。

從這裡可當作韓素音「預見」的根據，應該是「結婚」之際康博的「知性」吧。從這些話語我們可以充分見識到，康博雖然身為殖民政府的一分子，卻對英國殖民地政府當局充滿批判態度。然而從這樣的批判態度，就能「預見」到康博會因為妻子小說的「成功」而決定離職嗎？

我認為丈夫康博重新再次敘說的〈序文〉內容，遠比韓素音的話語更具說服力：妻子韓素音的「這本書從許多方面批判英國殖民地政府。特別是批判殖民地政府，為了隔絕共產黨恐怖分子（英國政府當時的官方稱呼）與華人非法占據者（同）及農民之前的關係，以『馬來亞緊急狀態』的名義，推動『新村』這項大型移居計畫，使得他們（華人）備受辛酸苦難。這件事情也得到當時馬來亞最高專員鄧普勒將軍（Sir Gerald Walter Robert Templer）的關心。因為這本書具有反英傾向，所以鄧普勒將軍有意禁止（suppress）本書出版。一九五三年他訪問倫敦時便向殖民地部提出異議。不過鄧普勒將軍也沒有成功從市面上回收這本書」[13]。這個「禁止出版」，同時與另一個「壓力」（異動要求）重疊（後述），與康博

12 Ibid., pp. 50-52. 編按：原文用傍點，為日文，指的是每行上方或右方表示強調意味的黑點。

的辭職發生關聯。

我們回頭檢視小說本身，是否有足以讓高級專員鄧普勒將軍認為「具有反英傾向」的證據，特別是對「殖民地政府」稱作「畢利斯計畫」（The Briggs Plan）的「『新村』這項大型移居計畫」有多麼地「批判」。在此我們沒有辦法詳細檢視小說全貌，所以先找找有沒有適合的線索來回答這個問題。幸好這篇小說的英文標題*And the Rain My Drink*「把雨水當作飲品」暗示出解答的方向。扉頁也印有開頭引言“I will go to the forest for justice. The wind for my garment I wear......and the rain my drink”等詩句。在本文中題為“The Cloven Kind”（分裂的人們）這章裡，十二歲的少女伊凡潔琳在叢林中被抓到，吟唱出下列這首歌謠（ballad）[14]：

I will go to the forest for justice,
For justice and righteousness,
And become a green-clad man.
The rulers pursue me with soldiers,
With riders, chariots, and spears.

I will go to the forest for justice,
The people will flock to me,

I right their wrongs from the green shade,
And kill the rulers with arrows.
The horsemen stumble with fear.

I will go to the forest for justice,
The wind for my garment I wear.
Together with my many companions,
The wind for my garment and the rain my drink,
We build a new heaven and earth.

為了正義我將前往叢林，
為了正義與公義，
我將化身綠林。
當權者追來，

13 Ibid., p. 9.

14 Ibid., pp. 194-95.

用士兵、用騎兵、用槍、用戰車。

為了正義我將前往叢林，
人群蜂擁集結。
綠蔭下我將撥亂反正，
弓箭射殺當權者，
騎兵也驚恐竄倒。

為了正義我將前往叢林，
著風為衣。
和諸多同志相伴，
餐風飲露，
建立新天地。

聽了少女吟唱這首歌謠的「英國政府宣傳課的華人職員」[15]也彷彿忘記自己的職責，不禁「深思」：「叢林裡的正義，深植於我們的傳統文化之中。為了對抗腐敗無能的政府，正直良善的人投身綠林，成為盜賊。但他們是站在正義的一方」。其中也提到羅賓漢的例子[16]。

「歌謠」與作品中人物的關聯還不僅於此。「億萬富翁的華人Quo家族的族長」Quo Boon「最為疼愛的兒子」Sen，「也成為那樣的逆賊，為了正義選擇潛入叢林，與樹林下的黑暗、恐怖與血腥為伍」，成為「馬來亞共產黨政治局的華人成員」，他也一樣吟唱著“The wind for my garment, the rain for my drink”[17]。

從上述內容可以輕易得知，作者以這首歌謠的最後一句作為小說標題，顯現她思想上的立場。

不僅如此，最近也有關於這首詩的後設敘述。「紀念版」裡康博的序文之後，是由新加坡管理大學教授基爾帕爾・辛格（Kirpal Singh）所寫的序，題為“The Unquenched Thirst”（無解的渴）。辛格如此分析：「這首詩是為了要傳遞本書所藏的熱情，所設置的基調、舞台、花紋」[18]。這個讀法頗具說服力。如果改成用敘事論的讀法來解釋的話，這首詩就是韓素音這部作品整體的「鑲嵌鏡像」（mise en abyme）。

這部作品裡鑲嵌了「歌謠」這個只有十五行的微型文本（micro text）。內含這個微型文本的作品整體則是一部長達兩百六十頁將近九千六百行的大型文本（macro text）。這兩者之

15 Ibid., p. 21.
16 Ibid., p. 195.
17 Ibid., p. 224.
18 Ibid., p. 14.

間的關係彷彿俄羅斯娃娃，在木製人偶裡面藏著一個同樣外型但是大小更小的人偶。但又不像俄羅斯娃娃那樣，這兩個文本之間並不具有完美的同一性。然而卻又可以看出兩者之間存在比喻上的類似性。幸好，雖然在不同層次上，有一個直截了當的例子，用不準確的方式，顯示出這兩個俄羅斯娃娃般的文本之間關係的類似性。就是「歌謠」第二聯當中的「弓箭射殺當權者」（And kill the rulers with arrows）。這行詩句和題為"No Fruit But Thorns"（沒有果實只有荊棘）的章節整體（以下將章節名稱略稱為〈果實／荊棘〉）。不過這兩者在文本裡分屬頁一〇六至一三六（〈果實／荊棘〉）與頁一九四（「歌謠」），所在的頁數相距甚遠，所以結構並沒有形成俄羅斯娃娃的關係。當然這行詩句也沒有辦法成為〈果實／荊棘〉這章的「鑲嵌鏡像」。這個例子的用處只有在兩者之間的類似性而已。也就是說這兩者無法成為「鑲嵌鏡像」，只停留在「圖像」（icon）關係罷了[19]。

《餐風飲露》中的〈果實／荊棘〉這一章指出，新山北邊的一個「新村」裡收容了「一萬人以上的居民，但是連一位醫生都沒有」。受到「新村」裡天主教會的法國神父請託，韓素音以「同為信徒的醫生」（作品中如此稱呼她）身分，星期天早上搭車前往，卻遇上了「警察和軍隊搜索每一棟房屋，載滿人和武器的武裝汽車，向停在一整排的小屋之間，滿是泥濘的卡車進行臨檢。除了軍用和公務用車以外，要去新村的轎車和貨車全部都被趕回來」的窘境。幸好「神父站在新村入口的警察檢查哨等著我們」，有了神父的保證韓素音一行人才平安進入村內。神父表示「昨晚那裡的沼澤地發現這邊的司令官，背上中了三發子彈，被吊在帶刺的鐵絲上」[20]。「從英國知名的連隊選出兩百名的武裝部隊，在新村周邊的叢林進行地毯式搜索，還派四百個人進橡膠園找人」。「所有的店鋪都被迫關門，在這一帶發布外出禁止令」。「也許之後會發布一整天二十四小時禁止令吧。只允許居民一天外出兩小時，去提水、採買食物、丟垃圾」。「然後『那些傢伙』開始轟炸叢林。空投炸彈在林木之間，企圖藉此進行心理戰。他們用機關槍掃射這一帶的叢林。然後報紙便報導窮凶極惡的赤色匪徒已經遭到粉碎。明明除了幾株樹以外，不要說人了，連一隻山豬都沒有被粉碎。爾後強制民眾移居其他地方，把小屋都推倒了」[21]。事態彷彿是替神父的這段敘述做證般地展開[22]。

而且在題為〈沒有果實只有荊棘〉這章當中，最後卻精采的結出果實收尾：

> 這裡現在雖然是「新村」，但是變得更有趣了。首先，居民們連續十天都被處以一整天二十四小時的外出禁止令。這十天每一戶居民都收到華語的問卷，裡頭寫著這些問題：

---

19 Mieke Bal. “Reflections on Reflection: The Mise en Abyme,” *On Meaning-Making: Essays in Semiotics* (Sonoma, CA.: Polebridge Press, 1994), p. 53.

20 Suyin Han. *And the Rain My Drink*, p. 107.

21 Ibid., p. 108.

22 Ibid., pp. 134-35.

「你知道是誰殺了你們的司令官嗎？」

「你知道有誰暗中協助那些匪徒嗎？」

「為了研究心理戰的新戰術，許多宣傳課的職員來到這裡。這段期間，由馬來亞華人公會（親英國政府）提供資金開始建設學校和村民會館。這裡現在已經成為優先事業區，資金、社會福利、紅十字會的援助紛紛流進，聽說還要蓋電影院。廣場那裡也設置廣播喇叭播放音樂，讓來這裡的人放鬆心情」。「他們不停奮戰，為了就是要獲得這裡的人們情感與理智上的支持」（爭取 Hearts and Minds 戰術是英國政府軍隊實際執行過的戰術）。

然而英國特務警察「盧卡．戴維斯和鮑勃．史都華從大大的密封箱中取出問卷，他們身邊一直有翻譯官隨侍在側，一張一張仔細地調查那些問卷。只是那些問卷裡沒有任何內容可供翻譯」。這樣的情況持續了一陣子。

「那傢伙不管是死是活，都可悲極了」，盧疲憊不堪不禁抱怨。（回答欄）空白的兩千份問卷翻到最後一份，依舊是張白紙，他把那張問卷往地上丟[23]。

這裡他們說的「那傢伙」當然指的是被吊在帶刺鐵絲上殺害的司令官湯米．阿克斯布里吉（Tommy Uxbridge）。就算「新村」遭到包圍，當局使出各種懷柔政策，「問卷」的回答欄依舊堅持「空白」，「新村」的居民絲毫不回應。「情感與理智」（Hearts and Minds）政策在這裡慘遭滑鐵盧。這裡不是《沉靜如海》（*Le Silence de la mer*，法國作家維爾科 Vercors 的作品，又譯為《海的沉默》），而是「沉靜如林」卻又滔滔雄辯，《餐風飲露》的話語處處帶刺，若是說因為這種「荊棘」挑動了鄧普勒將軍的神經，使他決定禁止這部小說發行，也是可以理解的吧。

同時，康博下定決心辭職的原因，並不單單因為這個禁止出版的決定。〈序文〉當中還舉了另一個例子：「鄧普勒將軍也同時向殖民地部控訴，倫敦《泰晤士報》駐新加坡特派員，路易斯・赫倫 Louis Heren 寫的馬來亞緊急狀態相關報導，他認為是『媒體偏見』。赫倫的某篇報導當中指出，一九五二年二月鄧普勒將軍至馬來亞到任後，治安確實改善了，然而與鄧普勒將軍一點關係都沒有。而是在鄧普勒到任之前，馬來亞共產黨便已敲定變更政策所致。鄧普勒向《泰晤士報》施壓，希望將赫倫調離新加坡。《泰晤士報》總編威廉・海利爵士拒絕，因此赫倫就留在新加坡」[24]。

在此簡單補充這段「治安改善」的內容。「一九五〇年下半年至一九五一年，對英國來說馬來亞的情勢極為險峻。因為MCP（馬來亞共產黨）游擊戰導致的破壞活動也達到高峰」。然而「在那之後，鄧普勒將軍接任高級專員兼作戰指揮官，更為拓展「畢利斯計畫」

23 Ibid., pp. 135-36.

24 Ibid., p. 9.

（The Briggs Plan）。到了一九五二年，游擊戰逐漸平息」[25]，狀況可以說是逐漸「好轉」。

另一方面，康博所說的「馬來亞共產黨變更政策」指的是「一九五一年十月一日馬來亞共產黨政治局的指令」的內容，指示如下：「為了獲取大眾支持，黨應停止下列行動：①搶奪身分證、配給卡。②燒毀新村或是苦力的簡易房屋。③攻擊郵局、蓄水池、電廠等公共設施。④使用強力炸彈讓（非軍用）一般人搭乘的火車脫軌。⑤投擲手榴彈。射殺試圖混入平民中逃離的叛徒時，流彈誤殺平民。這點必須十分注意。⑥燒毀宗教設施、衛生用車、紅十字用車、救護車等」。「戰鬥中投降的敵方人員，除了叛徒、英軍或廓爾喀傭兵、高級官員、警察以外，都不可殺害。也不准焚燒屍體、剝皮、或是分屍」[26]。

根據馬共書記長陳平所述再補充：「一九五二年十二月一日，倫敦《泰晤士報》刊登了由新加坡特派員寫的一則精采的獨家號外。首度公開被以高度機密管理一年多的一〇・一文書（上述的馬共「指令」）。標題是「恐怖分子的政策變更」）。「路易斯・赫倫接著指出，除了柔佛、霹靂、彭亨之外，其他州或自治領的[27]恐怖攻擊幾乎完全停止一事可知，馬來亞共產黨已經採用新的路線。這個看法可說是眼光獨到」[28]。

由此可知，為了要將游擊戰漸趨平息的功勞，歸給「作戰指揮官」鄧普勒的領導有方，並宣傳殖民地政府當局的豐碩成果，才將馬共的一〇・一文書列為「機密一年多」嚴正管理吧。這件事情被「如此直白地」公諸於世，所以「作戰指揮官」「鄧普勒氣到臉色發白」，意圖施壓調離記者，然而這個計畫也告失敗[29]。

回到康博身上，他說關於《餐風飲露》裡「作者所表明的看法我自己並不同意，但是這（鄧普勒進行的「禁止出版」「施壓調離」）是攸關原則的問題，因此我決定辭去馬來亞警察特殊事務部的工作。英國殖民地政府透過出版界人士試圖從市場上收回這本書，特別是在馬來亞的緊急狀態下，我們限縮言論自由與共產主義對抗的同時，試圖收回本書，是嚴重的原則問題。我一提出辭呈，當時馬來亞特殊事務部長官梅鐸以及警察局長卡伯內爾，為了改變我的心意，特別從吉隆坡前來新山見我一面。我向他們表示這是我根據自己的原則所做的決定。這就是《餐風飲露》寫作背景裡不被提起的故事」[30]。這就是〈序文〉的結尾。

〈序文〉裡揭露《餐風飲露》的「起源」到出版的前因後果，和妻子韓素音的敘述或「推測」相比，更具說服力。這也是為什麼明明前妻早已提過這件事，而前夫依舊說是一段「不被提起的故事」吧。話雖如此，丈夫「根據原則」所做的決定，也是有其背景。就是他在任中的作戰指揮官畢利斯將軍所發布的〈第一六號指令〉（一九五〇年九月十八日）。這份指令

---

25 久保昌央，〈イギリスと「マラヤ非常事態」〉，《民主主義研究会紀要》二八號（一九九九），頁一〇二－一〇三。
26 Gene Z. Hanrahan. *The Communist Struggle in Malaya* (Kuala Lumpur: University of Malaya Press, 1971), pp. 220-21, 224.
27 指的是一九四八至一九五六年，馬六甲州為英國自治領。
28 Peng Chin. *My Side of History* (Singapore: Media Masters Pte Ltd., 2003), p. 317.
29 Suyin Han. *And the Rain My Drink*, pp. 316-17.
30 Ibid., p. 10.

包含了「使民眾意識到，在國際共產主義的威脅下，民主主義生活方式所帶來的價值」[31]。無須贅言，這裡的「民主主義的生活方式」並不包含言論、出版自由。然而有這樣明文規定的「指令」支持，多少也讓他更容易做決定吧。

參考文獻

Bal, Mieke. "Reflections on Reflection: The Mise en Abyme," *On Meaning-Making: Essays in Semiotics* (Sonoma CA.: Polebridge Press, 1994).

Chin, Peng. *My Side of History* (Singapore: Media Masters Pte Ltd., 2003).

Comber, Leon. "Foreword," in Suyin Han, *And the Rain My Drink* (Commemorative Edition. Singapore: Monsoon Books, 2013).

Comber, Leon. *Malaya's Secret Police 1945-1960: The Role of the Special Branch in the Malayan Emergency* (Singapore: Institute of Southeast Asian Studies; Australia: Monash Asia Institute, 2008).

Gene, Z. Hanrahan. *The Communist Struggle in Malaya* (Kuala Lumpur: University of Malaya Press, 1971).

Han, Suyin. *And the Rain My Drink* (London: Jonathan Cape, 1956; Singapore: Monsoon Books, 2013).

Han, Suyin. *My House has Two Doors* (London: Jonathan Cape, 1920). 日譯本，ハン・スーイン著，長尾喜又譯，《不死鳥の国》上（東京：春秋社，一九八六）。

Singh, Kirpal. "The Unquenched Thirst," in Suyin Han. *And the Rain My Drink* (Commemorative Edition. Singapore: Monsoon Books, 2013).

Wang, Xuding. *Of Bridge Construction; A Critical Study of Han Suyin's Historical and Autobiographical Writings*. Ph. D. of Memorial University of Newfoundland. 1996.

久保昌央，〈イギリスと「マラヤ非常事態」〉，《民主主義研究会紀要》二八號（一九九九）。
黃錦樹，《南洋人民共和國備忘錄》（台北：聯經出版，二〇一三）。
黃錦樹，《猶見扶餘》（台北：麥田出版，二〇一四）

31 Leon Comber. *Malaya's Secret Police 1945-1960*, p. 158.

一

論黃錦樹小說〈死在南方〉

1. 各種小說作法論

前言

黃錦樹的〈死在南方〉（大東和重譯。原文頁碼標示為「頁」，譯文頁碼標示為「日譯本〔頁〕」）是一部極富挑戰性的文本。這部作品是以郁達夫死／生相關論述和敘述所構成的言說，卻到處設有「謎題」。接受挑戰的不僅是敘事者「我」的敵手「版本卅一郎」或者「研究生」。「我」所呼喚的「你」們，也就是「讀者」其實悄悄的成為了預設的接受挑戰者。唐突地在結尾導入一段「惡臭的鬧劇」展示「不可能的世界」（Impossible Worlds）[1]，敘述或論述也隨處可見「漏洞」（Gapping）[2]。而且文本裡還表示「所有的謎都應該會有合理的答案」[3]。這麼一來讀者也不應該被動地閱讀，「不過是消費已被決定好的意義」，這部文本絕非單純的「可被閱讀」的文本。而是「（讀者）彷彿被迫從**斷片式的暗示，或者互相矛盾的提示**當中創造出屬於自己的意義」、「富有挑戰性的開放式」文本。讀者也成為了作者之一，這部文本是一部「可被書寫」的文本[4]。本文也回應這個挑戰，盡可能的嘗試找出「合理的答案」[5]。

如同本作品首次刊載時（《幼獅文藝》〔一九九四年十月〕）的副標題〈郁達夫的**死後**〉[6]所示，這部作品是試圖讓「死後」的郁達夫，這位「**歷史上的作家**以**作品中角色**身分**復活**」的「作家小說」[7]。而且並不涉及作家生涯的整體，只限於戰後一段非常短的時期當中，作家「流亡」的足跡（開頭的引文，不到十行的敘述（日譯本〔頁一六七〕），完全將焦點集中在「失蹤」的場景上。和鈴木正夫《蘇門答臘的郁達夫》《スマトラの郁達夫》，二〇〇七〔一九九五〕）這部精采切中核心的傳記性事實（誰在何時下令殺害郁達夫）互相對照，也能清楚識別，這部作品是基於此事實的「虛構傳記」。如果「將歷史上的一個人物的生涯，聚焦於一段有限的時期上，將其完全虛構處理」可稱作「虛構傳記」的話[8]，〈死在南方〉則滿

1 Marie-Laure Ryan. "Impossible Worlds," in J. Jay et al, eds. *The Routledge Companion to Experimental Literature* (London: Routledge, 2015).

2 Ellen Spolsky. "Gapping," in David Herman et al, eds. *Routledge Encyclopedia of Narrative Theory* (London: Routledge, 2005).

3 黃錦樹著，大東和重等譯，《夢と豚と黎明：黃錦樹作品集（台湾熱帯文学）》（京都：人文書院，二〇一一），頁一六六。

4 粗體字和（）皆為筆者所加，以下同。Chris Baldick. *The Concise Oxford Dictionary of Literary Terms* (New York: Oxford University Press, 1990), p.123; Roland Barthes. "S/Z," *Oeuvres complètes. Tome II 1966-1973* (Paris: Éditions du Seuil, 1994), pp. 558-59.

5 黃錦樹，〈死在南方〉，《夢與豬與黎明》（台北：九歌出版，一九九四），頁一九〇。

6 編按：複查《幼獅文藝》刊載黃錦樹的〈死在南方〉，副標題是「郁達夫死後」。也許是作者北岡誠司的記憶有誤。

7 Aleid Fokkema. "The Author: Postmodernism's Stock Character," in Paul Franssen and Ton Hoenselaars eds. *The Author as Character: Representing Historical Writers in Western Literature* (Madison [N.J.]: Fairleigh Dickinson University Press; London: Associated University Presses, 1999), p. 40; Laura E. Savu. *Postmortem Postmodernists: The Afterlife of the Author in Recent Narrative* (Madison, Teaneck: Fairleigh Dickinson Press, 2009), p. 21.

8 Naomi Jacobs. *The Character of Truth: Historical Figures in Contemporary Fiction (A Chicago Classic)* (Carbondale: Southern Illinois University Press, 1990), p. 19.

足這個條件。作者黃錦樹將「論述」的作者以「敘事」的敘事者身分，設定為文本中虛構的「我」，抵抗蘇門答臘聯軍官方報告中的殺害說[9]，以及提出決定性證據修正殺害日期的鈴木說[10]，推演出獨特的生存說。

為了建構出「死後」的「作家以作中角色身分復活」的這部「虛構傳記」，作者要如何「虛構」，將「殺害」的事實轉換成為存活的反事實呢？從現實世界的死到虛構世界的生，跨越兩個世界間的界線，死者要如何回到生的世界呢？只靠著「本體論的轉敘（metalepsis）」[11]是否足夠呢[12]？

黃錦樹與「我」

文本在開頭列出了據稱是郁達夫寫的六篇引文，並附上「在成為我的引文之前，不曾以任何形式，在任何報章雜誌上發表過」的「我」的解說（日譯本〈頁一六二〉）。之後也表示「我對引文的特殊癖好」、關於這個「發表」有「我的苦衷」（同）等等，「我」不停出現。從這些「我」相對引文所站的後設敘事立場來看，這個「我」乍看之下彷彿是作者黃錦樹，但其實完全是另一個角色。黃錦樹於一九六七年誕生於馬來半島南端的柔佛州，和戰爭經驗毫無關係，是不折不扣的戰後世代[13]。另一方面，「我」是在與馬來半島隔著一道馬六甲海峽的蘇門答臘上的巴爺公務（Payakumbuh）長大，這個城市是鄰國印尼的一個城市，也是郁達夫「流亡」抵達的終點，並以「趙廉」之名在此度過戰爭期間，而戰後也在此「失蹤」[14]。「我」

曾經在這個城市被日軍占領時，黃錦樹還沒有出生的時代，親眼看過「趙廉」生前的樣貌，是戰爭世代的一分子。「我的童年記憶裡便充滿著『趙廉』的身影和氣味」，這個「我」被設定為比作者本身更加適合討論「趙廉」的角色[15]。因此在這個故事中，黃錦樹並不發聲，從頭到尾都是由「我」不停說話。這就是把「我」視為「敘事者」的原因。

現今對於「何謂作者？」這個問題，可提出兩種互相對立的答案。其一是傳統的看法，認為作者是「可在歷史當中確切定位，實際存在的個人」[16]。也就是在原稿上簽名，真實存在於文本外的作者。另一方面，也有後結構主義的看法，認為作者完全是因書寫行為而創

9 胡愈之，《郁達夫的流亡和失蹤》（香港：咫園書屋，一九四六），頁八〇－八一。

10 鈴木正夫，〈郁達夫的流亡和失蹤——原蘇門答臘在住邦人的證言〉，收入伊藤虎丸等編，《郁達夫資料》（東京：東大東洋文化研究所．東洋學文獻中心，一九六九），頁一〇六－一〇八；鈴木正夫，《蘇門答臘的郁達夫》（東京：東方書店，二〇〇七），頁二七六－八六。

11 Marie-Laure Ryan. "Metaleptic Machines," *The Avatars of Story* (Minneapolis: University of Minnesota Press, 2006).

12 這部作品有時毫不客氣的介入戰爭期間和戰後的蘇門答臘史，以及直接、間接影響郁達夫或者遺族的相關事件之中（「政治事件」，〈死在南方〉，頁二〇二；〈南方に死す〉，《夢と豚と黎明》，頁一七四等）。這些事件當然是不可忽視的，不過在探討虛實相混的〈死在南方〉時，同時處理這兩個問題會使得文章過於蕪雜冗長。因此不得不暫時保留與歷史相關的問題。

13 黃錦樹出生時為馬來西亞國籍，二〇〇七年選擇入籍中華民國（蕭秀雁，《閱讀馬華：黃錦樹的小說研究》（埔里：國立暨南國際大學中國語文學系碩士論文，二〇〇九），頁一、一八二。

14 胡愈之，《郁達夫的流亡和失蹤》。

15 黃錦樹，〈南方に死す〉，《夢と豚と黎明》，頁一六九。

16 Alexander Nehamas. "What An Author Is," *The Journal of Philosophy* 83.11 (1986): 686.

造出來的「與文本同時誕生的作者」[17]，可以說是存在於文本內部的作者。幸好我們在討論〈死在南方〉時，不需要從兩個互相對立的作者觀中選出一個。因為在這部作品裡，這兩種作者同時存在。讀者只要稍微細心閱讀就能夠發現「我」這個「與文本同時誕生的作者」，以及實際存在的作者黃錦樹，同時存在於文本的內部與外部[18]。例如黃錦樹完全虛構出「版本卅一郎」這個角色，身為讀者的我們也十分清楚。但是「我」卻不是這麼認為。從他論述中可以看到他的激烈反應，甚至是焦慮，表示他與這個問題切身相關。對「我」來說，版本卅一郎毫無疑問是一個**真實存在**的敵人。作者黃錦樹與我們這些讀者所在的文本外的世界，和作品中作者、敘事者、角色「我」所處的文本內世界，有這麼明確的差異。以下的論述若執著圍繞著這個差異，會顯得過於繁瑣，因此除了必要時，只會點到為止。

「論述」與「敘事」

文本整體明確分為兩個部分。根據「我」的用語前半是「論述」[19]，後半為「敘事」[20]。以界線標誌[21]明確切開兩個部分。「論述」部提及並引用解釋胡愈之《郁達夫的流亡和失蹤》、鈴木正夫〈郁達夫的流亡和失蹤——原蘇門答臘在住邦人的證言〉、**版本卅一郎〈郁達夫の死後〉**、**郭沫若〈詩人的死和小說家的死〉**、**汪金丁〈記郁達夫〉**（粗體字為虛構）[22]。另一方面，在「敘事」部裡除了郁達夫以外，沒有出現其他作者的名字。如同「敘事」之名，這個部分從頭到尾都是講述自身的直接經驗、間接經驗（引文、傳聞）。從「敘事」再

17 Roland Barthes. "S/Z," p. 493, quoted from Laura E. Savu. *Postmortem Postmodernists*, p. 24.

18 首次刊載時的副標題〈郁達夫的死後〉重新收入至單行本時被刪除（黃錦樹，〈死在南方〉，《夢與豬與黎明》，頁八、一八二）。這個刪除行為當然是由真實作者黃錦樹所為。是「我」所無法企及的文本外領域，副文本（paratext）上的操作。另一方面，文末所標示的「一九九二．二．雅加達」這個「完稿」年月、地點，蕭秀雁（《閱讀馬華——黃錦樹的小說研究》，頁一二四）認為是作者黃錦樹「完稿」的時間地點。一九九〇年黃錦樹畢業於國立台灣大學中文系，一九九四年六月以碩士論文《章太炎語言文字學的知識（精神）譜系》獲得淡江大學中國文學研究所碩士學位（《閱讀馬華——黃錦樹的小說研究》，頁一、一二七）。按照蕭秀雁的判斷，黃錦樹在這段期間特別前往印尼首都，然後在一九九二年完成這部作品。筆者不採用這個解釋。理由是「一九九二．二．雅加達」的文字大小、字體，兩者都跟**本文用完全相同的大小、字體印刷**。另一方面，收入〈死在南方〉等其他九篇的原作《夢與豬與黎明》（一九九四），文末標示作者黃錦樹「完稿」「重寫」「增補」等年月時，毫無例外的都**縮小字體**（除了沒有明確標示年月的兩篇）。這是第一點。此外如同本文所示，「我」因為某個「政治事件」（一九六〇）的「干擾」離開故鄉將近「三十年」後，才回到故鄉。算起來剛好是一九九〇年左右。若也將此事列入考量，就必須認定問題的日期、地點指的是**「我」「完稿」的時間地點**。因此不管是刪除副標題，還是「完稿」的時間地點的標示，都是有意區分真實作者黃錦樹和文本內的作者「我」之間的差異。

19 黃錦樹，〈死在南方〉，《夢與豬與黎明》，頁一八四。

20 同前注，頁一九三。

21 同前注，頁一九三；黃錦樹，〈南方に死す〉，《夢と豚と黎明》，頁一六八。

22 「我」提到的刊載郭沫若〈詩人的死和小說家的死〉一文的《宇宙風》並不存在「一九四五年十月」號。一九四五年《宇宙風》僅在六月發行〈復刊紀念號〉一三九期，八月發行一四〇期，爾後同年度內再無發行新刊（一四一期於一九四六年二月發行）。而且《宇宙風》裡最後一次連載郭沫若的文章，是一〇四期（一九四〇年九月一日）與一〇五期（一九四一年四月十六日）〈甘願做炮灰（抗戰戲劇、四幕劇）〉上下篇，之後再也沒有刊載郭沫若的文章（《中國現代文學期刊目錄匯編》上〔天津：天津人民出版社，一九八一〕，〈一四五宇宙風〉，頁一七三一—八〇二。）郭沫若曾為創造社同志郁達夫之死寫過文章確實是事實沒錯，標題為〈論郁達夫〉、〈再談郁達夫〉，發表期刊與時期都不同。〈論郁達夫〉文末載明為「一九四六年三月六日」，發表期刊為「一九四六年九月中三十日」出刊的《人物雜誌》三期。〈再談郁達夫〉文末載明「一九四七年十月十八日」，於「一九四七年十一月十五日」發行的《文訊月刊》七卷五期上發表。「我」在「論述」內摘要的〈詩人的死和小說家的死〉內容，在都不包含在郭沫若上述兩篇文章裡。金丁所寫文章的標題也不若「我」在引文所示，不是〈記郁達夫〉，而是〈郁達夫在南洋的經歷〉。金丁的這篇文章收錄在回憶錄《回憶郁達夫》（陳子善、王自立編〔長沙：湖南文藝出版社，一九八六〕）。關於「版本」的內容請見後述。

次回頭看「論述」，就可以發現「論述」裡以「後設指涉（Meta-reference）」[23]的形式隱藏對「敘事」詩學、故事作法的暗示。黃錦樹之後的作品〈第四人稱〉（二〇〇三）中更加明確鮮明地展現這種多重階層的關係。

此外在「論述」和「敘事」之間，言說層面／故事層面之間的時間順序也是相反的。如果事件發生順序＝**故事層面**的順序的話，後半的「敘事」講述的事件應該最早發生，被認為是郁達夫寫的「殘稿」先被「發現」，然後才有前半「論述」開頭引用的六篇斷片，接下來才會展開各種與郁達夫生死相關的前行說法的後設記述——這才是事件發生的故事層面上，可追溯的時間順序。另一方面，**言說層面**上和我們所讀到的一樣，先是出現「論述」，後續才是「敘事」的開展。也就是說以事件的層面來看發生順序是相反的（本文因篇幅限制，僅以「敘事」為前提的「論述」部作為解讀對象）[24]。

虛實混合／鑲嵌鏡像

如前所述，「我」在文本開頭排列了一連串的引文，並把題為「郁達夫〈遺囑〉」的文章放在最後——「**余年已五十四，即今死去，亦享中壽**。亂世存身，談何容易。**天有不測風雲，念中每作遺言，以防萬一**」。關於這篇〈遺囑〉，「我」充滿自信地斷言：「這些文字在成為我的引文之前，不曾以任何形式、在任何報章雜誌上發表過。」「它原初的發表形式便是引文」[25]。然而引文（黑點部分）卻成了這句斷言的反證，從內部暴露出「我」錯認事實。

首先，郁達夫確實有一篇〈遺囑〉收入在全集裡，開頭是——

余年已五十四歲，即今死去，亦享中壽。天有不測風雲，每年歲首，例作遺言，以防萬一。[26]

而〈死在南方〉所引用的「郁達夫〈遺囑〉」開頭如下——

23 Werner Wolf, "Metareference across Media: The Concept, its Transmedical Potentials and Problems, Main Forms and Function," in Werner Wolf, Katharina Bantleon and Jeff Thoss eds. *Metareference Across Media: Theory and Case Studies* (Amsterdam: Rodopi, 2009).

24 文本類型的這個二分法，在本作品當中並非純粹、絕對。後半的「敘事」部當中，對於郁達夫所寫的引文也和「論述」部一樣，施以後設記述式的評論。「論述」部當中「我」也穿插自己的「生活經驗」或是關於「趙老闆」的回憶故事（頁一六六－一六七）。也就是說在本作品當中，單靠「論述」或「敘事」與否這個二元對立法來區分文本類型，是過於粗糙了。先預設「混有論述的敘事」、「混有敘事的論述」這種混合型，從中判斷哪方較為優勢，再判定所屬類型的混合分類法，實際上更適合這個文本。比方說：前半是「混合敘事的論述，論述較為優勢」，後半是「混合論述的敘事，敘事較為優勢」。然而這種寫法過於冗長，以用語來說也太不好使用了。因此下文起仍單純地繼續稱前半為「論述」，後半為「敘事」。即便如此，先在此聲明這個說法具有「隱含優勢要素的混合分類」的含義。

25 黃錦樹，〈南方に死す〉，《夢と豚と黎明》，頁一六一－一六二。

26 陳力君主編，《郁達夫全集》卷九‧雜文（下）（杭州：浙江大學出版社，二〇〇六），頁四一四。

余年已五十四，即今死去，亦享中壽。亂世存身，談何容易。**天有不測風雲，念中每作遺言，以防萬一。**[27]

兩者如各位所見，粗體字的部分完全相同。而且以此開頭的這篇郁達夫〈遺囑〉，在「我」「引用」**之前**，早已再三**「發表」過了**。一九四七年八月一日發行的《文潮月刊》（三卷四期）當中，了娜（張紫薇）在題為〈郁達夫流亡外紀〉一文開頭，便引用這段作為郁達夫的「遺囑」[28]。自上述《全集》當中也可再次確認，了娜最初「發表」這篇文章的期刊名稱與時間：「原載一九四七年八月一日《文潮月刊》第三卷第四期」。李冰人編《郁達夫集外集》（一九五八）當中也以〈乙酉年元旦遺囑〉為題，再次收入這篇文章[29]。有著這麼明確的事實，「我」依然敢大膽斷言「不曾以任何形式、在任何報章雜誌上發表過」，「它原初的發表形式便是引文」。隱藏在文本開頭的這個態度，究竟帶有什麼意思呢？作者黃錦樹似乎偷偷對郁達夫的忠實讀者暗示，「我」是一個會因為資訊不足或是犯錯，有時會出現與事實不符的言論的「不可靠的敘事者」[30]。這一點又顯示出真實作者與「我」之間的差異。

〈遺囑〉與「我」的問題還不止於此。上述引文的範圍內，大部分確實如同「我」所說，都是郁達夫的作品，一部分是插入新句（「亂世存身，談何容易」）、一部分是竄改（「每年歲首，例作遺言」→「念中每作遺言」）、一部分是刪除（「余年已五十四歲」→「余年已五十四」）。而且這篇〈遺囑〉還有後續，以一段非常重要的句子作結——「**小說**久矣不作。偶有所得，輒草草記之，置諸篋內，終無有成篇者。存之唯恐招禍，棄之又覺可惜。**故藏之荒山，待有緣人以發吾塚……**」[31]。然而這一節在郁達夫〈遺囑〉原文裡完全找不到。只是全部都是虛構的。因此對讀者來說，這篇〈遺囑〉很明確的就是**虛實混合的複合文本**。只是這個虛實混合的手法、虛／實的差異，巧妙地被隱藏起來，使得初次閱讀的讀者不容易發現。而且就算是這個虛實混合的真相被發現，也不失其虛構性。「文學的虛構世界，就是因其巨觀結構上的混質性而誕生」[32]。

這個複合化的手法當然是作者黃錦樹所做，但是在「敘事」部結尾附近，有一個記述疑似和「我」有關[33]。這個疑問以及這篇簡短的「郁達夫〈遺囑〉」，成為暗示作品整體的文本建構法的「鑲嵌鏡像」[34]。因為〈死在南方〉整體也是一部暗含虛實混合的複合文本。

27 黃錦樹，〈死在南方〉，《夢與豬與黎明》，頁一八三。
28 鈴木正夫，《蘇門答臘的郁達夫》，頁二二四。
29 伊藤虎丸等編，《郁達夫資料》，頁二一，「乙酉年元旦」為郁達夫執筆時間。
30 Wayne C. Booth. *The Rhetoric of Fiction* (Chicago: University of Chicago Press, 1961).
31 黃錦樹，〈南方に死す〉，《夢と豚と黎明》，頁一六二。
32 Lubomír Doležel. *Heterocosmica: Fiction and Possible Worlds* (Baltimore: John Hopkins University Press, 1998), p. 23.
33 黃錦樹，〈死在南方〉，《夢與豬與黎明》，頁二〇八；〈南方に死す〉，《夢と豚と黎明》，頁一七八。
34 Brain McHale. "Cognition En Abyme: Models, Manuals, Maps," Partial Answers. *Journal of Literature and the History of Ideals* 4.2 (June 2006).

這裡有必要點出上面引文結尾的那句「**待有緣人**」[35]所期盼的，在故事結尾實現了[36]。「我」從地底挖掘出包有郁達夫「小說」的蠟塊，成為郁達夫期盼的「有緣人」。像這樣首尾互相呼應，結成一個圓環。黃錦樹不僅在本作使用這個手法，〈夢與豬與黎明〉（一九九三）、〈說故事者〉（一九九五）、〈魚骸〉（一九九五）、〈開往中國的慢船〉（二〇〇〇）等，也都隱藏這個「圓環結構」（Ring-Composition）[37]，顯示出他對這個建構手法的堅持。

「論述」——展現「各種虛構的可能性」的小說作法

一・胡愈之・兩義性

「我」在「論述」一開始的部分就舉出一個「撰寫本文的遠因」，表示「對於郁達夫死於一**九四五年九月十七日**的**舊說法**一直存疑，也十分不滿意」[38]。這個「舊說法」也是「指一般廣被接受的說法」，具體而言是「王潤華編的《郁達夫卷》（台北：洪範出版，一九八四）」[39]。《郁達夫卷》當中介紹的「舊說法」，指的是王潤華的〈前言〉（二）與鈴木正夫〈郁達夫的流亡和失蹤——原蘇門答臘在住邦人的證言〉（一九六九，下略為〈證言〉）的中文翻譯。不過就這一點來看，兩篇文章的資訊都來自胡愈之的〈郁達夫的流亡和失蹤〉（一九四六，下略為〈流亡和失蹤〉）。「我」存疑的是「殺害」日期以及隱藏在該日期背後，從「失蹤」到「殺害」中間這段「緩刑」期間。

❶根據「最早披露」「郁達夫死亡的消息」的胡愈之說法[40]，「一九四五年八月二十九日

的晚上」，「八點鐘以後，有一個人在叩門，郁達夫走到門口，和那人講了幾句話，達夫回到客廳裡，向大家說，有些事情，要出去一會就回來，他和那人出了門，從此達夫就不回來

---

35 黃錦樹，〈死在南方〉，《夢與豬與黎明》，頁一八四。

36 同前注，頁二〇六；〈南方に死す〉，《夢と豚と黎明》，頁一七八。

37 L. A. Garner. "Ring-Composition," in David Herman et al, eds. *Routledge Encyclopedia of Narrative Theory* (London: Routledge, 2005), pp. 504-505.

38 黃錦樹，〈南方に死す〉，《夢と豚と黎明》，頁一六二。

39 同前注，頁一七九，注⑦。

40 「我」的這段前提有太多錯誤了。「我」從胡愈之〈流亡和失蹤〉當中引用其中一節（同前注，頁一六二；胡愈之，《郁達夫的流亡和失蹤》，頁二七。「郁達夫死亡的消息**最早披露於一九四五年十月五日，據胡愈之說**，一九四五年八月二十九日晚上」（《郁達夫的流亡和失蹤》，頁一八四）。按照字面上的意思來看，「我」認為「胡愈之說」的「八月二十九日晚上」是「最早披露」的「郁達夫死亡的消息」。但是這裡的「十月五日」、「最早」、「胡愈之說」有兩個錯誤。

❶首先「一九四五年十月五日」並不是「最早披露」的死亡「消息」時間。「最早」的「消息」，雖然是很小的差距，其實是兩天前的「十月三日」。典出於另一個完全無關的文本《大公晚報》（重慶）。十月三日的《大公晚報》上刊載「中央社二日於新加坡特電」「刊登郁達夫失蹤的新聞」才是「郁達夫失蹤最早的新聞」（鈴木正夫，《蘇門答臘的郁達夫》，頁二八六，相關資訊詳見同書）。

❷此外，就算把胡愈之的〈流亡和失蹤〉解釋為「最早」，其發表時間也和「十月五日」差了將近一年。胡愈之寫成〈流亡和失蹤〉的時間並不是「我」所說的「一九四五年十月五日」。同書結尾標明「一九四六・八・二十四寫畢於新加坡」。單行本初版（香港咫園書屋）也是「一九四六年九月」發行。在郁達夫相關的《星洲日報》（新加坡）上的連載也是該年的八至九月。在雜誌《民主》（上海）的連載也是該年的九月開始。是「我」所說的「一九四五年十月五日」之後將近一年了（鈴木正夫，《蘇門答臘的郁達夫》，頁一七）。「我」的記述當中，不僅時常出現像這樣日期太早或太晚，相關文本也經常不同，有許多錯誤。這件事也可作為將「我」視為「不可靠的敘事者」的理由。

了」[41]。由此可見「八月二十九日」「失蹤」的事實毫無疑問。

❷與此相關，之後「蘇門答臘聯軍本部情報處」發表的「正式確認」——「郁達夫於一九四五年九月十七日為日本憲兵槍殺」，即九．一七殺害[42]——這個間隔期間較長的八．二十九失蹤／九．一七殺害說，以「我」的說法便是「一般廣被接受的說法」。

「其後關於郁達夫的失蹤在中國也發表了許多說法，基本上……跟胡愈之的報告書大同小異」「大多的文獻都記載在戰爭結束那年的**九月十七日**」「遭到槍殺」[43]。因此「我」的「存疑」是基於一個明確的事實。若是在九．一七遭到殺害的話，那為什麼從「失蹤」到「槍殺」之間隔了二十天的「緩刑」期呢？其間發生了什麼事……因此當時發布的死亡消息「他的遠親近友、論敵或讀者**或疑或信**」，「胡愈之的文章發表之後，很長的一段時間裡，大家都還在等待『奇蹟』的出現」，甚至認為郁達夫可以「以劫後餘生的姿態歸來」[44]。

像這樣「我」將胡愈之的報告以及這份報告給人們帶來的影響，展演為一種認知（相信）形態。這個形態包含了可以是死／生之一（複合），也可以是死／生皆非（中和），具有多義性的狀態。

Ⅱ．「研究生」的「殺死」說

根據「我」的說法，「一九七〇（六九）年」發表〈證言〉的「研究生」「鈴木正夫」，「已接觸到參與『處決』郁達夫的老倭寇」（憲兵），「匿名」公開其「證言」。然而這是一個

「徹徹底底粉碎世人的想望」的行為，抨擊「鈴木正夫」公開憲兵的「證言」「是象徵層次上的『殺死』郁達夫」[45]。但如果我們也同時參照聽到郁達夫行蹤不明時胡愈之的「直覺」[46]，就會知道這個抨擊實在過於一廂情願。鈴木的論證是基於這個「直覺」，也就是根據相關人士的證言所確立的明確事實，可說是「以饗」死者，「堅持」不輟的苦心之作[47]，胡愈之和鈴木的死亡說是在同一條延長線上。雖然說是「象徵層次上」，但「我」無視胡愈之認為郁達夫已遭殺害的「直覺」，一廂情願斷定鈴木「殺死」郁達夫的這個說法，也令人感覺到其他的目的。或許是無意識中基於散文結構上，必須在散文的排比法（parallelism）中配置一個預示郁達夫「死亡」的「否定」項也不一定。與後續「版本氏」的郁達夫生存說相對，有意

41 黃錦樹，〈南方に死す〉，《夢と豚と黎明》，頁一六二；胡愈之，《郁達夫的流亡和失蹤》，頁二七。
42 鈴木正夫，《蘇門答臘的郁達夫》，頁二六五；胡愈之，《郁達夫的流亡和失蹤》，頁三一－三二。
43 鈴木正夫，《蘇門答臘的郁達夫》，頁一六五－六六。
44 黃錦樹，〈南方に死す〉，《夢と豚と黎明》，頁一六三。
45 黃錦樹，〈死在南方〉，《夢與豬與黎明》，頁一八六；〈南方に死す〉，《夢と豚と黎明》，頁一六三。
46 胡愈之一從某個華僑那裡聽說「趙鬍子失蹤了」時，反覆表示「我從直覺判斷達夫一定是被敵憲兵殺害了」。「又在憲兵部眼見了日憲兵的種種暴行，」「將來戰事犯法庭中，達夫是一個最好的證人，」「為了卸脫憲兵的罪行，所以非消滅這個證人不可。因此我從直覺相信達夫完了，完了！」（鈴木正夫，《蘇門答臘的郁達夫》，頁二四八－四九；胡愈之，《郁達夫的流亡和失蹤》，頁二六）。胡愈之的這個「直覺」經由「鈴木正夫」的「堅持」和「努力」（伊藤虎丸等編，《郁達夫資料》，頁五），才在〈證言〉得到確切的證據。兩者在這個意義上連成一氣。和「我」的記述內容正好相反。
47 伊藤虎丸等編，《郁達夫資料》。

事先安排一個否定項。而且〈證言〉和〈死在南方〉之間，其實在文本間的關係上，也令人感覺到某種程度的類似或關聯，所以這個疑問一直縈繞心頭，揮之不去（這兩個問題都會在「敘事」論提到）。

Ⅲ．版本卅一郎「寫實」的虛構性．實（死）／虛（生）

鈴木論文（一九六九）發表的「十多年後」（一九八〇年代），一位名叫「版本卅一郎」的「歷史學」者，發表了一篇以〈郁達夫の死後〉為題的論文，並表示發現了郁達夫親筆的「兩頁手稿」，加上「繁瑣考證」後「宣稱」自己「掌握了郁達夫失蹤後還活著的證據」[48]。

其中一頁手稿的內容概略記述如下——「在大家都沉浸在他的失蹤以及終不免凶多吉少的哀傷氣氛中」的「第七天」，他「**悄悄的回來了**」。「那一晚沒有月光，狗也許還認得他，所以沒吠」。他躲在家門口附近的樹蔭下，看見了妻子的身影和她懷抱中的嬰兒，但是他們的結合「純粹是因為戰爭」，所以戰爭結束後他「也就沒有留下的理由了」。「他最終還是狠下心腸，甚至來不及為自己的戰爭孤兒命名」，「他就那樣飄然走了，以夜的堅決」[49]。

另一張手稿，根據版本的說法，是郁達夫的「名作〈遲桂花〉」的「演繹」。其中的主要角色「翁則生」，在這部作品當中搭上火車之後，便在「我」的面前，和槍聲同時倒地，而「我」在聞到火藥味的同時，也「聞到了一股淡淡的遲桂花香」，手稿到此便結束[50]。

似乎沒有研究者指出前者與郁達夫作品之間的關聯，但是後者很明顯的把〈遲桂花〉

（一九三三）最後離別的場景顛倒數次。〈遲桂花〉當中搭上火車的是「我」，「翁則生」的是與妹妹一同目送「郁先生」。火車鳴笛啟動後，「我」對著兩人大喊：「但願得我們都是遲桂花！」，故事到此結束。「遲桂花」不僅是比喻，在這個作品中早已預先放入了它的含義——「桂花開得愈遲愈好，因為開得遲，所以經得日子久」[51]。但是〈死在南方〉裡飄著「淡淡的遲桂花香」中「則生」並沒有「經得久」而是被射殺了。這就是我所說的顛倒數次。

「我」認為這篇殘稿沒有「標名題目」，所以「不一定得視為〈遲〉文的變衍」。但是這一段短短的文字中，我們以互文性（intertextuality）的脈絡去讀黃錦樹如何重組前行作品，他援用的「多重顛倒」祕技就自然浮現，是不可忽視的例證。

另一方面，關於前者「手稿」，「我」則是以「歷史學」和「文學評論」來對比。版本受過「歷史學的訓練」，「堅持寫實之必然」。然而「文學評論家卻認為文學容許各種可能的虛構——尤其是小說」[52]。這裡說的「寫實之必然」是和「虛構」對比，因此這裡的「必然」

48 黃錦樹，〈死在南方〉，《夢與豬與黎明》，頁一八六；〈南方に死す〉，《夢と豚と黎明》，頁一六三。
49 黃錦樹，〈南方に死す〉，《夢と豚と黎明》，頁一六五。
50 同前注，頁一六四。
51 郁達夫著，岡崎俊夫譯，〈遲桂花〉，《現代中國文學 6. 郁達夫・曹禺》（東京：河出書房新社，一九七一），頁一二〇—一二一。
52 黃錦樹，〈死在南方〉，《夢與豬與黎明》，頁一八九；〈南方に死す〉，《夢と豚と黎明》，頁一六五。

不是「寫實」的故事文本當中因為因果關係連結的前後文，而是表示「寫實」文本中的描寫或記述與其指涉對象（referents）之間的關係。如果描寫或記述是客觀的且為過去式的話，就表示被記述的事態、指涉對象是實際發生的事情。所以這裡所說受到「歷史學的訓練」，卻沒有遵循對照其他相關資料等步驟（關於「作業工程」，也就是包含「史料批判、對照、解釋」等「歷史學行動」的五個階段，請參照遲塚[53]），只靠著「寫實之必然」這個原則，就「宣稱」這份「手稿」是「郁達夫失蹤後還活著的證據」，也難怪會「受到學界的強烈置疑」。

假設這份「手稿」真的被鑑定為郁達夫「親筆」所寫[54]，以郁達夫本人著述的內容去解讀的話，就會發現裡面有些字句啟人疑竇——「武吉丁宜憲兵隊警務班的憲兵也加入了搜尋的行列，找遍了整個巴爺公務。」但是「一直到他們離去，仍一無所獲」[55]。

這段記述本身有許多證言支持。比方說在鈴木論文（一九六九）裡頭已經舉出前武吉丁宜憲兵隊「勤務」的A氏、該「警務班勤務」的C氏和該「憲兵隊班長」D氏的證言[56]。胡愈之也有簡短提及[57]。因此我們可以判斷「手稿」的這幾行文字很明顯的是基於事實的「寫實」。但是身為「搜尋」對象的「他」，是如何得知「搜尋」自己的日本憲兵隊行動的呢？當然不可能直接得知這個消息，這段文字當中也沒有提到有人通知他。也就是說「他」郁達夫不可能知道的情報混入這篇「手稿」裡。從這一點來看，引發「學界」的「強烈置疑」也是理所當然的了。

儘管如此「我」因為版本「掌握」這些「手稿」而「打擊頗大，如果我再不寫，真的什麼都會給人寫光」，開始焦慮不安[58]，卻對「手稿」的「寫實」性毫不「置疑」。而且「我」「細細讀」自己挖掘出來的「殘稿」後，就認為「那人便在細雨的夜晚悄悄的回來了」，完全是遵從版本的「寫實之必然」原則，下了同樣的判斷[59]。

同時，我們還能找到作者黃錦樹暗中幫助這個關聯的痕跡。版本論文的標題〈**郁達夫の死後**〉，和首次刊載在《幼獅文藝》時的副標題〈**郁達夫的死後**〉完全相同[60]（黃錦樹對標題的執著從作品集《由島至島／刻背／烏鴉巷上黃昏》（二〇〇一）的「改書名」事件便眾所周知）。這裡應該是為了看起來像是日文論文，才將「的」改成「の」。

而且在「論述」部裡「我」引用的作者（胡愈之、鈴木正夫、郭沫若、汪金丁）當中，包含相關事項，唯一的例外，就是**只有**「堅持」「**寫實**之必然」原則，研究「**歷史學**」的版

53 遲塚忠躬，《史學概論》（東京：東京大學出版會，二〇一〇），頁一一六－一三一。
54 黃錦樹，〈南方に死す〉，《夢と豚と黎明》，頁一六六。
55 同前注，頁一六四。
56 黃錦樹，〈死在南方〉，《夢與豬與黎明》，頁九九－一〇一。
57 胡愈之，《郁達夫的流亡和失蹤》，頁二八。
58 黃錦樹，〈南方に死す〉，《夢と豚と黎明》，頁一六三。
59 同前注，頁一七八。
60 編按：經複查，《幼獅文藝》刊登的的副標題沒有「的」，應該是「郁達夫死後」。為尊重作者的論述，此處不做更動。

本相關資訊，**全部都是虛構的**。這麼露骨的悖論，更加深我們的疑問：版本和同樣是虛構人物的「我」之間，搞不好是祕密中的同夥？或是「寫實」版的分身？

簡單整理，本作品出現的日本人當中，「我」將「實際存在的鈴木／虛構的版本」間的對立，和另一個對立，鈴木的「死亡」說／版本的「生存」說重疊，藉此建構一個新的對立，也就是「實（死）／虛（生）」的對立關係。胡愈之報告及其影響裡隱藏的生死兩義性的複合關係，在此也分化成二元對立的形式。

Ⅳ・郭沫若・至死的「美學實踐」

在「論述」開展的後半部，中國人郭鼎堂（郭沫若）與汪金丁，並不那麼在意生死的對立。而是以文學家的身分聚焦於「死亡寫作法」問題，圍繞在各種異質的現實與孕育「可能世界」的「小說美學」推演論述（何謂「可能世界」詳見下文）。

據稱郭沫若「一九四五年十月」發表在雜誌《宇宙風》上的文章〈詩人的死和小說家的死〉（如本文注22所示，為虛構作品），「我」假借這篇文章的內容陳述自己對於文學家「實踐」「美學」的「死亡寫作法」相關看法。詩人徐志摩「雨夜墜機」，是「他的**美學**觀的壯烈**實踐**」。另一方面，對小說家郁達夫來說，「「失蹤」卻可能是最好的死亡方式——充滿懸疑、未知、可能性」[61]。

「我」在這裡暗示著〈死在南方〉的**建構原理**——〈死在南方〉的「小說美學」，就是在

「敘述」裡暗藏「懸疑、未知、可能性」。只要依據這個「小說美學」作為小說的作法，就算是一個「實踐」，也只會停留在紙上的符號宇宙。因為將可能世界（「美學」）具象化、現實化為小說，不可能超出符號活動的領域。但是只要這個「美學」跨越符號宇宙／現實人生之間本體論的界線，移動到符號宇宙之外，進入與身體的生死相關的現實世界之中，小說家便會物理性地被迫「失蹤」。如果按照這個「小說美學」一般，強制小說家自己依照「充滿懸疑、未知、可能性」的故事大綱在現實世界演出，會是怎樣的「實踐」呢？此時的「美學實踐」在形態論上是跨越分隔兩個完全相異世界（紙上的符號宇宙／身體的現實生活）界線的行為，也就是將「本體論的轉敘 metalepsis」[62]按照字面上的意思化為現實的「實踐」了。

V．汪金丁．生存的假設法

從戰爭期間到戰爭結束後都與郁達夫同行的汪金丁（一九一〇—一九九八）完成〈郁達夫在南洋的經歷〉（一九八六）的時間，如果確實為文末標記所示（「一九八四年五月十二日寫於廣州」），應該是他七十四歲時的事。與他當時的年齡相符，汪金丁彷彿把巴赫金的時間空間論化為人生教訓，總括自己的人生表示：「在人生的道路上，由於偶然的機遇、事件，

61 同前注，頁一六六。

62 Marie-Laure Ryan. "Metaleptic Machines,".

往往會改變一個人的全部生活」。而在這之後，汪金丁基於假設法建構了一個願望世界[63]——「**如果**從北干去巴爺公務（Payakumbuh）的路上，不曾遇到那迎面駛來的軍車，**如果**達夫搭乘的長途車裡，有哪個印尼人會聽講幾句簡單的日本話，告訴那些攔車問路的占領軍，去北干應當怎樣走，那麼達夫日後的生活裡，也許根本不會出現什麼傳奇式的遭遇，甚至最後慘遭殺害吧？」反覆使用假設法說完這些違反事實沒有意義的期望之後，金丁將現實世界裡實際發生的事態用記敘文的方式「寫實」地描述於後（內容和胡愈之報告一致[64]——「不幸，司機和乘客們都以為日本人是要攔路劫走車輛，大家紛紛逃散，只剩下**達夫在給問路者指點去向**」[65]。

首先必須點出一件事實，即金丁所想像的反事實願望世界，其實是基於他的誤解。長途車事件裡郁達夫替日本憲兵隊口譯，並不是他「最後慘遭殺害」的最初原因動機[66]（如同下文所述，長途車事件確實是讓郁達夫被華僑們誤解為日軍間諜的原因，但不是使他被日軍殺害的原因）。「我」也繼承金丁的這個誤解——這個「插曲」「卻決定了郁達夫見於記載的最後流亡生涯」[67]。在這邊「我」又因此成為了解事實真相的讀者眼中「不可靠的敘事者」，和金丁一樣。

但如果先保留金丁與「我」的誤解，假設事實如同金丁所述，他的文章便具體展示了虛構故事中「可能世界」的樣貌。藉由將「直覺」[68]具體化，這個「直覺」指的是在各式各樣的「可能世界」共通的「直覺」——「情況可能會變成另一種樣子吧／我的人生也許能變成另一個模樣吧」。將「直覺」化為具體後，「未曾實現的可能情況整體」就是「虛構世界」[69]。也就是說藉由同時並列假設的情況與現實的情況，就能事先在這裡暗示文本後半「敘事」部做重要的引文，也就是從郁達夫殘稿〈最後〉引用場景所隱含的「反事實性」（Counterfactuality）[70]——「他」（郁達夫）在日本憲兵的監視下「處決」一位印尼青年，在自己必須永遠消失於人間的條件下存活著。這個場景與鈴木正夫《蘇門答臘的郁達夫》費盡苦心才揭露的現實情況完全相反。《蘇門答臘的郁達夫》中傳遞的史實是，憲兵D下令，由兩名憲兵隊員執行殺害郁達夫的指令。金丁的這篇文章預先暗示了**反事實場景的建構法**，悄悄的發揮故事結構上的功能。

另一方面，「我」從金丁的最後一句推導出一個令人注目的比喻——「為鬼子『**指路**』的

---

63 汪金丁，〈郁達夫在南洋的經歷〉，收入陳子善、王自立編，《回憶郁達夫》（長沙：湖南文藝出版社，一九八六），頁五七六。
64 胡愈之，《郁達夫的流亡和失蹤》，頁一三。
65 黃錦樹，〈南方に死す〉，《夢と豚と黎明》，頁一六七。
66 鈴木正夫，《蘇門答臘的郁達夫》，頁九七－九八。
67 黃錦樹，〈南方に死す〉，《夢と豚と黎明》，頁一六七。
68 Marie-Laure Ryan. "Metaleptic Machines,".
69 Lubomír Doležel. *Heterocosmica*, p. 16.
70 Hilary P. Dannenberg. *Coincidence and Counterfactuality* (Lincoln & London: University of Nebraska Press, 2008).

同時他也為自己指出了一條相反的路。一條永遠回不了家的路」[71]。也就是「指路」的兩義化。一個意義指的是指出前往巴爺公務的路，這個現實上的動作；另一個意義則是比喻性的暗示「永遠回不了家的路」這個「通往死亡的道路」。郁達夫的「指路」動作，以及這一段文字，同時與雙方的道路相關，同時指涉只會在現實空間發生的情況，和只會在想像中的可能世界發生的情況，也就是跨越兩個世界同時與雙方發生關係的「修辭學上的轉敘（rhetorical metalepsis）」[72]。因此，這個具有雙重意義的「指路」也暗示了〈死在南方〉整體的另一個小說作法，成為這部作品裡的「鑲嵌鏡像」。雖然生死的關係顛倒了（這裡比喻的可能世界表示通往死亡的道路，相對之下〈死在南方〉中可能世界反而是表示通往生存的道路）。

VI．「後現代敘事」的可能世界

緊接在金丁文章後面的「論述」，指出另一種小說作法、虛構的建構法——「**此後多重化身的生涯**裡，他既是當地華人眼中的**間諜**，又是**救星**」，而從日本人的角度看來是「**翻譯**、**朋友**」[73]。為日軍「指路」時說著一口流暢的日語，臨別時還對日本軍官行禮後才離開。從目擊這個情景的印尼人們口中傳開，當地的華人將獨自出現在巴爺公務的郁達夫視為「日本的**大間諜**」，「前來探訪本地華僑的動靜」，引起一陣恐慌[74]。胡愈之也記載「被疑為間諜的郁達夫，得不到當地有力華僑的協助遭到孤立」（《蘇門答臘的郁達夫》頁七七與金丁的理解相反，這才是長途車事件的結局）。「**救星**」指的是郁達夫擔任日軍口譯的時候，「收到憲兵隊密探的報告，知道與華僑有關」的時候，「郁達夫深入調查，悄悄的通知當事人，竟然就把事件暗地裡解決了」。「剛好有人遭到拘禁，沒多久郁達夫便**悄悄的出手相救**，讓他平安釋放」等，默默為當地華僑奉獻的事蹟[75]。另外關於「**翻譯**、**朋友**」的事蹟，鈴木正夫《蘇門答臘的郁達夫》當中花了〈口譯時代〉、〈日本人眼中的「趙廉」〉兩章詳細地敘述[76]。其中〈證言〉裡也提到過的「關根文氏」（米星產業出張所所長）表示「趙先生是我的摯友」[77]，是令人印象深刻的證言。不過這裡需要特別注意的不是郁達夫「化身」（角色）的多面性，而是這些化身與「我」這個「現代小說」的關聯——「**在不同的人眼中他有不同的身分，在他們差異的回憶中，交織出一篇繁複的現代小說**」。這裡我們可以把這段文字，以小說論的角度，同時也能以心像（mental image）論的角度，進行兩義性的解讀。所謂在「記憶」當中「交織出」的「繁複的現代小說」，首先可以說是記憶中心像樣貌的比喻，同時也是「現代小說」論。另一方面，後續的一段「我的補充性質的後現代敘事，由於飽受回憶的浸泡，無可

---

71 黃錦樹，〈死在南方〉，《夢與豬與黎明》，頁一九二；〈南方に死す〉，《夢と豚と黎明》，頁一六八。
72 Gérard Genette. "Discours du récit," *Figures III* (Paris: Éditions du Seuil, 1972).
73 黃錦樹，〈南方に死す〉，《夢と豚と黎明》，頁一六八。
74 鈴木正夫，《蘇門答臘的郁達夫》，頁七四。
75 同前注，頁九九。
76 同前注，頁九七－一二八、一七三－九二。
77 同前注，頁九四、一七五。

避免的必須羼雜私人微不足道的生活敘述，以安插引文與傳聞」[78]，則是可以原原本本的解讀為「我」所主張的「後現代敘事」論。

「論述」最後的這個部分，因為和後續「敘事」部分有關，所以多少需要更為詳細解讀。在此援引「可能世界論」來論證（以下全部引用自瑞安〔Ryan〕）。

以常識來說「現實世界與單純的可能世界在本體論上的形態完全不同。只有現實世界顯示自律性的存在，是物理上的存在。其他所有的世界都不過是夢、想像、預言、故事等心理活動的產物」[79]。但是瑞安引用的大衛・路易斯[80]所主張的模態實在論，卻反對這個常識，認為「所有的可能世界都是同等現實的。所有的可能性都會在某一個世界被實現。與是否有人思考那個可能性無關」。那麼「如果所有的可能世界都是現實的話，要如何從那些世界當中選出一個，作為現實且實際存在的世界呢？根據路易斯的看法，所謂的現實性和「你／我」「現在」「這裡」這些指示標記詞一樣具有指涉作用，它是一種指示標記概念，其指涉功能隨著發言者改變就會不同。**所謂「現實世界」指的是「我（現在）所處的（這個）世界」。但是其他的可能世界，在那個世界的居民的觀點中，也是現實世界**。根據路易斯的這個看法，我們視為現實世界的這個世界，從我們認為是非現實世界的居民的觀點看來，也是非現實的可能世界」[81]。

以路易斯的可能世界論為前提，瑞安假設一個故事在作品當中投射的「文本宇宙」——「傳統上，故事的定義是，文本裡以真實存在為前提出現的世界當中，將客觀發生的一連串事件再現（再現前化，repraesentatio）的敘述」。然而「這一連串**已實現的事件**，是由只在作品中角色的**想像**（或是讀者的想像）當中發生的**假想事件網路**（金丁的假設文）所支撐的。**作品中角色的內在**，是由**好幾個像這樣的可能世界所構成的體系**」。「一連串已實現的事件」與支撐這些事件的「作品中角色的內在」＝「好幾個可能世界構成的體系」，繼續推演下去——❶故事所投射的「文本宇宙的中心裡，有一個**現實世界**是由敘事者的記敘文建立的」（金丁的寫實性記敘文）。❷「作品中角色的**私領域**圍繞著這個現實世界，像是一個由一定數量的世界構成的迷你太陽系」。構成這個「私領域」的是「（1）**相信**（認知）**世界**。這個世界是（由某個作品中角色的現實／可能世界雙方構成）潛在反映了整體體系（包含了其他作品中角色的私領域），該作品中角色的私宇宙當中，包含了一**群發揮現實世界的功能的表象**（金丁的記敘文也是其中一個斷片）。（2）願望世界（金丁的假設文也是其中一個斷片）。（3）**義務**（命令／放任／許可／禁止）的世界。（4）作品中角色所進行的行為的**目的與計畫**。（5）作品中角色的**夢與幻想**」[82]。這幾點當中從（2）到（5）之後會在「敘事」部具

78 黃錦樹，〈南方に死す〉，《夢と豚と黎明》，頁一六八。
79 Marie-Laure Ryan. "Metaleptic Machines,".
80 David K. Lewis. *Counterfactuals* (Cambridge, U.K.: Cambridge University Press, 1973).
81 Marie-Laure Ryan. "Metaleptic Machines,".
82 Ibid..

體化，實際出現。

以這個可能世界論為前提，回到上述「我」的論述，所謂「**在不同的人眼中他有不同的身分**」，推展開來就是郁達夫在各角色的「私領域」特別是「相信世界」＝認知的世界裡登場的「身分」，華僑A認為是「間諜」，華僑B認為是「救星」，日本憲兵認為是「口譯」，關根氏則認為是「摯友」。像這樣隨著「不同的人眼中」有所「不同」。因此對華僑A來說，郁達夫＝「間諜」，他的「相信世界」在他自己的「私宇宙」的中心，所以關根氏認為郁達夫＝「摯友」這個「相信世界」不過是「非現實性」的「可能世界」之一，被流放到華僑A的「私宇宙」邊緣。因此，每個人的「私宇宙」（「繁複的現代小說」）都是以各自的「現實世界」為中心，其邊緣有各種層級化的「好幾個可能世界所構成的體系」，成為一個「私領域」。而且這裡還沒有論及「願望世界」、「義務世界」、「目的與計畫」、「夢與幻想」。如果加上這些的話會更加複雜，「我」的「論述」當中沒有涵蓋到這些「世界」。

「我」的「後現代敘事」也可以依樣畫葫蘆的推演。在這個「文本宇宙」當中敘事者「我」的記述文所建立的現實世界，也就是「一群發揮現實世界的功能的表象」位居中心。在這個「現實世界」——身為作品中角色的「我」的「私人微不足道的生活」——邊緣開展「我」的「私領域」特別是「相信世界」。在那裡，從郁達夫的「殘稿」而來的「引文」、包圍在郁達夫身邊人們的「傳聞」、「傳說」或證言裡所傳遞的其他角色的「記憶」、隱藏在其中性質不同且各式各樣的「相信世界」群被層級化之後排列組合，「補充」到「我」個人的

「相信世界」[83]。也就是說「我」創造出來的「文本宇宙」是由諸多「私宇宙」「繁複」相互交錯而成的「後現代敘事」。其中諸多言說文類傳遞出其他角色各式各樣的「相信世界」，以及對「我」來說是可能世界的其他角色的「相信世界」，都被「我」自己的「敘事」涵蓋，並且「引用」「補充」，所以才會「交織出」這個「文本宇宙」。此外，當「我」點出自身的敘事具有「補充性質」的特徵時[84]，「補充」的直接對象是指依據「寫實之必然」版本的「歷史學」，或許也間接地帶有約翰·巴思（John Simmons Barth）所說「補充的文學：後現代小說」（The Literature of Replenishment: Postmodernist Fiction，一九八〇）的含義吧。

不過在「敘事」的最後一個場景唐突地安插「惡臭的鬧劇」，來「實踐」以「凸顯無法同時成立的事實，拒絕傳統的本體論」的「後現代主義詩學」[85]，侵擾本篇作品的故事世界。在那之前的敘述也出現看似「附身」的狀態等前現代的場景，安插「我」成為「亡靈最後的化身」，喪失自我的場景。這些場景都是本作品中非常難解的「謎」。本文行文至此所討論「我」的小說作法，究竟能不能合理解釋這種「後現代主義詩學」風的「突變」，或是「我」陷入的「附身」狀態呢？其實「我」認為「小說」「容許各種可能的虛構」[86]，如同本

83 黃錦樹，〈南方に死す〉，《夢と豚と黎明》，頁一六八。
84 同前注。
85 Marie-Laure Ryan. "Possible Worlds," The living handbooks of narratology. http://www.lhn.unihamberg.de/article/possible-worlds, 2013/10/24.

文目前討論的內容，只要「論述」能夠傳達這個「可能」當中的各種樣貌，乍看之下好像是「不可能的世界」[87]的狀況，也可以納入「可能」的「虛構」範圍內，被書寫為「合理的答案」，不是嗎？爾後我將在「敘事」論中詳細爬梳〈死在南方〉後半部具體的開展，嘗試回答這些難解的「謎」。

附記：寫作本文時，參考文獻等相關資料，受到大東和重先生多方照顧。謹在此表達謝意。

參考文獻

外文

Baldick, Chris. *The Concise Oxford Dictionary of Literary Terms* (New York: Oxford University Press, 1990).
Barth, John. "The Literature of Replenishment: Postmodernist Fiction," *The Atlantic* 245.1 (January 1980).
Barthes, Roland (1968). "La mort de l'auteur," *Oeuvres complètes. Tome II 1966-1973* (Paris: Éditions du Seuil, 1994).
Barthes, Roland (1970). "S/Z," *Oeuvres complètes. Tome II 1966-1973* (Paris: Éditions du Seuil, 1994).
Booth, Wayne C.. *The Rhetoric of Fiction* (Chicago: University of Chicago Press, 1961).
Dannenberg, Hilary P. *Coincidence and Counterfactuality* (Lincoln & London: University of Nebraska Press, 2008).
Doležel, Lubomír. *Heterocosmica: Fiction and Possible Worlds* (Baltimore: John Hopkins University Press, 1998).
Fokkema, Aleid. "The Author: Postmodernism's Stock Character," in *The Author as Character: Representing Historical Writers in Western Literature*. Franssen and Ton Hoenselaars eds. (Madison [N.J.]: Fairleigh Dickinson University Press; London: Associated University Presses, 1999).

Frassen, Paul Franssen and Ton Hoenselaars eds. *The Author as Character: Representing Historical Writers in Western Literature* (Madison [N.J.]: Fairleigh Dickinson University Press; London: Associated University Presses, 1999).

Garner, L. A. "Ring-Composition," in *Routledge Encyclopedia of Narrative Theory*. David Herman et al, eds. (London: Routledge, 2005).

Genette, Gérard. "Discours du récit," *Figures III* (Paris: Éditions du Seuil, 1972).

Jacobs, Naomi. *The Character of Truth: Historical Figures in Contemporary Fiction (A Chicago Classic)* (Carbondale: Southern Illinois University Press, 1990).

Lewis, David. *Counterfactuals* (Cambridge, U.K.: Cambridge University Press, 1973).

Brain McHale. "Cognition En Abyme: Models, Manuals, Maps," Partial Answers. *Journal of Literature and the History of Ideals* 4.2 (June 2006).

Nehamas, Alexander. "What An Author Is," *The Journal of Philosophy* 83.11 (1986).

Ryan, Marie-Laure. "Metaleptic Machines," *The Avatars of Story* (Minneapolis: University of Minnesota Press, 2006).

Ryan, Marie-Laure. "Impossible Worlds," in *The Routledge Companion to Experimental Literature*. J. Jay et al, eds. (London: Routledge, 2012).

Ryan, Marie-Laure. "Possible Worlds," The living handbooks of narratology. http://www.lhn.unihamberg.de/article/possible-worlds 2013/10/24.

Savu, Laura E. *Postmortem Postmodernists: The Afterlife of the Author in Recent Narrative* (Madison, Teaneck: Fairleigh Dickinson Press, 2009).

Spolsky, Ellen. "Gapping," in *Routledge Encyclopedia of Narrative Theory*. David Herman et al, eds. (London: Routledge,

---

86 黃錦樹，〈南方に死す〉，《夢と豚と黎明》，頁一六五。

87 Marie-Laure Ryan. "Impossible Worlds,".

2005).

Wolf, Werner. "Metareference across Media: The Concept, its Transmedical Potentials and Problems, Main Forms and Function," in Werner Wolf, Katharina Bantleon and Jeff Thoss eds. *Metareference Across Media: Theory and Case Studies* (Amsterdam: Rodopi, 2009).

中文

王潤華編，《郁達夫卷：郁達夫妻兒敵友關於其晚年之回憶錄》（台北：遠景出版社，一九八四）。

汪金丁，〈郁達夫在南洋的經歷〉，收入陳子善、王自立編，《回憶郁達夫》（長沙：湖南文藝出版社，一九八六）。

胡愈之，《郁達夫的流亡和失蹤》（香港：咫園書屋，一九四六）。

唐沅等編，《中國現代文學期刊目錄匯編》上（天津：天津人民出版社，一九八一）。

陳力君主編，《郁達夫全集》卷九．雜文（下）（杭州：浙江大學出版社，二〇〇六）。

黃錦樹，〈死在南方〉，《夢與豬與黎明》（台北：九歌出版，一九九四）。

黃錦樹，〈說故事者〉，《烏暗暝》（台北：九歌出版，一九九七）。

黃錦樹，《由島至島／刻背／烏鴉巷上黃昏》（台北：麥田出版，二〇〇一）。

蕭秀雁，《閱讀馬華：黃錦樹的小說研究》（埔里：國立暨南國際大學中國語文學系碩士論文，二〇〇九）。

日文

黃錦樹著，羽田朝子譯，〈魚の骨〉（魚骸），《夢と豚と黎明：黃錦樹作品集（台湾熱帯文学）》（京都：人文書院，二〇一一）。

黃錦樹著，森美千代譯，〈中国行きのスローボート〉（開往中國的慢船），《夢と豚と黎明：黃錦樹作品集（台湾熱帯文学）》（京都：人文書院，二〇一一）。

黃錦樹著，大東和重等譯，《夢と豚と黎明：黃錦樹作品集（台湾熱帯文学）》（京都：人文書院，二〇一一）。

黃錦樹著，大東和重譯，〈夢と豚と黎明〉（夢與豬與黎明），《夢と豚と黎明：黃錦樹作品集（台湾熱帯文学）》（京都：人文書院，二〇一一）。
伊藤虎丸，〈前言〉，收入伊藤虎丸等編，《郁達夫資料》（東京：東大東洋文化研究所．東洋學文獻中心，一九六九）。
郁達夫著，岡崎俊夫譯，〈遲桂花〉，《現代中國文學 6. 郁達夫．曹禺》（東京：河出書房新社，一九七一）。
鈴木正夫，〈郁達夫的流亡和失蹤——原蘇門答臘在住邦人的證言〉，收入伊藤虎丸等編，《郁達夫資料》（東京：東大東洋文化研究所．東洋學文獻中心，一九六九）。
鈴木正夫，《蘇門答臘的郁達夫》（東京：東方書店，二〇〇七）。
遲塚忠躬，《史學概論》（東京：東京大學出版會，二〇一〇）。

2.「敘事」部：「反事實歷史小說」

語言的界限意謂我世界的界限。
——維根斯坦

前言

「期盼已久」[1]的黃錦樹小說集英譯本題為*Slow Boat to China and Other Stories*，由羅鵬（Carlos Rojas）翻譯，終於問世（Columbia University Press, 2016）。比日譯本還要晚五年，和日譯本收入十七篇作品相比，僅僅收入了十一篇[2]。儘管如此，為何英譯本仍然令人期盼，是因為裡頭收入了日譯本沒有收入的作品，特別是〈死在南方〉（一九九四），以及其他兩篇也是討論郁達夫「失蹤」問題的作品：〈M的失蹤〉（一九九〇）與〈補遺〉（二〇〇一）。本文將重新參考這本英譯本，試著解讀〈死在南方〉，希望能以解讀結果為骨架，試圖勾勒出這三部曲共同的「反事實歷史小說」（counterfactual historical fiction）[3]架構。這個文類被稱作「虛擬史／替代史／反事實史」（virtual／alternative／counterfactual history）[4]等各種不同名稱，指的是與各式各樣的歷史敘述相接，虛實複合的一種文類。幸好作者本身最近的一篇回想〈我們的新加坡〉（二〇一四，詳見本文結語），也可作為參照。

前文當中已經針對〈死在南方〉前半部的「論述」部，按照文本所示的言說發生順序進行探討。然而本文並不按照發生順序來整理敘事性言說（narrative discourse），而是按照可重新建構言說的故事（story）中應該發生的順序，來解讀此作品（關於言說和故事的關係請參照前文）。其中，「敘事」部結尾出現的「高潮場景」[5]特別值得注意。這個「場景」包含一個難題，該如何解讀至關重要。在此我將援引敘事論中Marie-Laure Ryan[6]所提倡的「沉浸」（Immersion）理論，試著解釋這個「場景」。不過光是使用「沉浸」概念無法完整說明這個「場景」。所以為了盡量減少漏洞，補強「沉浸」概念的缺漏，我將導入香港[7]、台灣[8]、新加坡[9]、馬來西亞[10]等亞洲各地華人社會的田野調查中被多次提及的一種薩滿「扶鸞／扶乩／童乩」，和這個「場景」相對照，找出部分類似的一面。

一「敘事」部的概要

「論述」部裡敘事者「我」認為自己雖然「進入」「文學之門」[11]，卻貶低自己和郁達夫「失蹤」問題有關的「後現代敘事」[12]不過是把「**記憶**」和「**埋土的引文**」拿出來罷了[13]。但「我」其實在「敘事」實際上的開展中，巧妙使用了各式各樣敘述技巧。比方說下一節我將詳細闡述的敘事者如何悄悄安放一個「圓環結構」的修辭。此外郁達夫所循的逃亡途徑等，敘事者忠於史實重現於文中（「論述」部），令人嘆為觀止。「埋土的引文」在故事上應該尚未出土，卻已再三引用，看似不經意地摻雜傳聞，作為敘述者主張郁達夫還在世的補強證

1　石靜遠（Jing Tsu）, *Slow Boat to China and Other Stories* 的封底評語。

據。敘事者娓娓道來一連串的場景，從童年時期的一段冒險故事（「記憶」）開始：敘事者小時候在森林裡找到了一個「防空洞」和「冒煙」的「一灘屎」[14]，甚至還瞥見一道人影。成年後敘事者再次找出這個「記憶中的洞窖」[15]，挖出蠟塊「發現」這些「埋土的」「殘稿」。這段「敘事」的重點不在於開展的過程，而是在解讀「殘稿」的同時，「我」瘋狂沉浸在閱讀郁達夫的文章或者相關論文中，最後成為「亡靈最後的化身」，「夢遊在亡靈巡遊之地」[16]的過程。這段過程與前後的故事情節迥然不同，饒富異色。要將這一段過程解讀為「我」極度「沉浸」於郁達夫相關文本的結果，或可看做接近附身的狀態（伴隨著自動書寫的「扶鸞」），抑或是複合兩種看法來解讀呢？真是讓人頭疼的「高潮場景」。至此言說還沒結束，最後唐突地讓「日本人」（「版本氏」？）在「我」眼前登場，並讓他發現「大便」[17]這個看似郁達夫尚在人間的證據，故事才畫下句點。最後談到自己今後還有哪些課題有待完成，讓「敘事」部留下些許未完成的餘韻，並暗暗隱含故事回歸文本開頭的可能。

Ⅱ 圓環結構修辭：「有緣人」與「惡臭的鬧劇」

在沿著故事概要進行解讀之前，我想先簡單點明一個在建構「敘事」言說上不可忽視的一個修辭。

如同我在前文所論述的，文本開頭列舉了一串「郁達夫」的「殘稿」，最後放了一篇題為「遺囑」的文章。而「遺囑」後半「郁達夫」表示將自己沒有寫完的「小說」「藏之荒

2 嚴格來說是收入了十二篇。其中一篇〈訴求〉(Supplication)如同原著《由島至島／刻背／烏鴉巷上黃昏》所收入「原文」，此「作品」全篇為無法解讀的「亂碼」一頁，以及六頁被灰色塗銷的內容組成。日譯本則不含此篇。譯者Carlos Rojas(羅鵬)為杜克大學的「中國文化研究」教授。著有*The Naked Gaze: Reflections on Chinese Modernity* (2008)、*The Great Wall: A Cultural History* (2010)、*Homesickness: Culture, Contagion, and National Transformation in Modern China* (2015)等書，全為哈佛大學出版社出版。下列幾本則各與不同的編者共同編著*Writing Taiwan: A New Literary History* (Duke University Press, 2007)、*The Oxford Handbook of Chinese Cinemas* (2013)、*The Oxford Handbook of Modern Chinese Literature* (2016)(省略出版社名)等書。他也英譯數本閻連科作品如下：*Lenin's Kisses* (2013)、*The Four Books* (2015)、*Explosion Chronicles* (2016)，出版社都是Grove／Atlantic Press.。

羅鵬翻譯的〈死在南方〉只有少許錯誤。不知為何將「鈴木正夫」(黃錦樹，〈死在南方〉，《夢與豬與黎明》〔台北：九歌，一九九四〕，頁一八五)譯為「Suzuki Yamamoto」(*Slow Boat to China and Other Stories* [New York: Columbia University Press, 2016], p. 49)，「郁達夫的名作〈遲桂花〉」(黃錦樹，〈死在南方〉，《夢與豬與黎明》〔台北：九歌，一九九四〕，頁一八七)則是不停誤譯為「famous essay」(*Slow Boat to China and Other Stories* [New York: Columbia University Press, 2016], p. 50)，日本人咒罵「八格野鹿」(黃錦樹，〈死在南方〉，《夢與豬與黎明》〔台北：九歌，一九九四〕，頁二〇九)則是翻譯成「Hakkakunojika! Son of bitch!」(*Slow Boat to China and Other Stories* [New York: Columbia University Press, 2016], p. 66)，同時音譯又意譯。當然日譯本的「バカヤロー！」(黃錦樹，〈南方に死す〉，《夢と豚と黎明》，頁一七九)才是「正確翻譯」。

3 Lubomir Doležel. "Narrative of Counterfactual History," in *Essays on Fiction and Perspective.* Göran Rossholm ed. (Bern: Peter Lang Publishing Group, 2004); Ondřej Sládek. "Between History and Fiction: On the Possibilities of Alternative History," in Pokorny M. Kotatko and M. P. Sabates, eds. *Fictionality-Possibility-Reality* (Bratislava: Aleph, 2010).

4 Ibid..

5 Jing Tsu. *Sound and Script in Chinese Diaspora* (Cambridge, Mass.: Harvard University Press, 2010).

6 Marie-Laure Ryan (2001). *Narrative as Virtual Reality: Immersion and Interactivity in Literature and Electronic Media* (Baltimore: Johns Hopkins University Press, 2015); Marie-Laure Ryan. *Avatar of Story* (Minneapolis: University of Minnesota Press, 2006); Marie-Laure Ryan. "Impossible Worlds," in J. Jay et al, eds. *The Routledge Companion to Experimental Literature* (London: Routledge, 2012).

山，待有緣人以發吾塚」[18]，暗自期待「有緣人」的出現。果然與期待相符，**在接近結尾的地方**，敘事者「我」挖到「藏」在地底下的「蠟」塊，「發現」「郁達夫」「親筆寫」的紙張，眾望所歸成為了「有緣人」。就這樣開頭與（接近）結尾互相呼應，首尾相合。這種言說結構的修辭法（在此粗略稱呼為「圓環結構」散見於黃錦樹的作品中。比方說〈開往中國的慢船〉開頭的引文和最後的場景之間也使用相同的修辭，請參照前文）。

而且這個圓環結構法並不只存在於「郁達夫」／「我」之間。「版本」發現的「資料」，也就是可以證明「郁達夫」失蹤後仍存活「證據」的「兩頁手稿」，和那個看似發現之處的「惡臭」場景之間也可說是一個圓環結構（雖說是以一種前後顛倒的狀態）。「版本」發現的「手稿」根據鑑定是「真的」[19]，可是根據這份資料，「版本」所發表的〈郁達夫の死後〉一文卻受到「學界的強烈置疑」。但是他本人「宣稱他的資料得自田野」，「只承認他到過印尼蘇門答臘郁達夫晚年的家鄉」，「進一步的說明則含糊其辭」[20]。如此回應當然無法解答「學界」的「置疑」。歷史學者應該以實證為基礎，為何會對獲得史料的途徑這個重要的問題「含糊其辭」，不肯明確標示出處呢？這樣的態度不是會讓他身為歷史學者的可信度大打折扣嗎？敘事者也只說這是個「謎」，並且高談「所有的謎應該會有合理的答案」[21]，卻一點線索也不給。我認為最後的那個「惡臭的鬧劇」場景（請參照後述引用）正是這個「答案」。除了這個場景以外，文本中找不到任何敘述能說是這個「謎」的「合理的答案」（敘事者「我」不耗費心力確認，而用一種曖昧的態度，「不敢確定」[22]那個人是不是「版本氏」）。從「堅持寫實之必然」的「版本氏」的立場來看，他沒有必要捏造發現「資料」之處，但也不敢如實「承認」這個「惡臭」的場景，因此除了「含糊其辭」之外也沒有更好的選擇吧。

因此，文本前半部所述「版本」得到的「資料」，和文本最後出現的「發現」場景之間，與前面所指「郁達夫」〈遺囑〉和「我」這個「有緣人」發現「殘稿」相同，雖然中間間隔很遠，但是都不著痕跡地藏著一個祕密連結，就是圓環結構這個修辭法（另外，關於

7 志賀市子，《近代中国のシャーマニズムと道教》（東京：勉誠出版，一九九九）；《中国のこっくりさん－扶鸞信仰と華人社会》（東京：大修館書店，二〇〇三）。

8 Philip Clart. "Spirit-Writing and the Cultural Construction of Chinese Spirit-Mediumship," *Ethnologies* 25.1 (October 2003).

9 A. J. A. Elliott (1955). *Chinese Spirit-Medium Cults in Singapore* (London: The Athlone Press, 1990).

10 Jean DeBernardi. *The Way that Lives in the Heart: Chinese Popular Religion and Spirit Mediums in Penang, Malaysia* (Stanford, Calif.: Stanford University Press, 2006).

11 黃錦樹，〈死在南方〉，《夢與豬與黎明》，頁一九一。

12 同前注，頁一九三。

13 同前注，頁一九一。粗體字為筆者所加，以下同。

14 同前注，頁二〇一。

15 黃錦樹，〈南方に死す〉，《夢と豚と黎明》，頁一七七。

16 同前注，頁一七八。

17 黃錦樹，〈死在南方〉，《夢與豬與黎明》，頁二〇九。

18 黃錦樹，〈南方に死す〉，《夢と豚と黎明》，頁一六二；〈死在南方〉，《夢與豬與黎明》，頁一八四。

「九州大學」「教授」「版本卅一郎」的虛構性，感謝九州大學文學部名譽教授岩佐昌暲的寶貴「作證」[23]）。

III 童年的冒險故事：民間故事的形態結構——〈禁止〉、〈侵犯〉、〈處罰〉／〈命令〉、〈實行〉、〈獲得價值〉[24]

「敘事」部主要可以分為童年的冒險故事、成年後發現郁達夫「殘稿」的故事、列舉「殘稿」這三大部分。先從童年的冒險故事看起。

郁達夫「失蹤」時誕生的遺腹子「已三歲」的那一年（一九四八），「在大家都接受他**『已死亡』**這樣的信念，並且也放棄了任何徒勞無功的搜索」後，孩提時代的「我」「在一個偶然的機緣裡，我卻**發現了一些不為人知的祕密**」[25]。一切都是從這個「發現」「祕密」小小的冒險開始。原本這樣的敘事手法是將進行體驗的、兒時的「我」與「現在」進行敘述的、成年的「我」，分離成「進行體驗的我」／「進行敘述的我」[26]，有時後者會完全包覆前者。另一方面，如果透視故事（story）的巨型詞組結構（故事概要結構）的話，也能發現這麼單純的冒險故事中隱含的二重性。故事概要是沿著民間故事中「假主角」（無法當上主角的角色所發揮的功能）**〈禁止〉〈侵犯〉〈處罰〉**這個典型的詞組結構開展[27]。如同下列**粗斜體**所示。另一方面，童年時期的「我」沒有收到任何人的「**命令**」，以自願偷偷潛入森林之中進行「恐怖體驗」這個「**考驗**」當作代價，用在「惡夢」中頻頻囈語呼喚「趙老闆」的形式，獲得了和大人們的「傳聞」一樣暗示著「郁達夫」存活可能性的「證言」（不完整的認識論上的**目的價值**）。這一組三個因素，就是民間故事中，假主角所不能達成，只有主角才能達成的巨型詞組結構。也就是說只有順利通過這三個階段的角色才能獲得主角的資格，失敗的角色則是淪為假主角。

接下來我們具體來看這個冒險故事的發展過程。「我家在郊區，鄰近森林」。「後面」是「神祕的荒原」，是「我無聊時獨自探險的區域」，然而也是「父母的告誡」下禁止踏入的區域。那天「我」「忘了父母的告誡（**禁止**）」，「直往深處走」（**侵犯**）。「天漸漸黑了」，

19 黃錦樹，〈南方に死す〉，《夢と豚と黎明》，頁一六三－一六四。

20 同前注，頁一六六。

21 黃錦樹，〈死在南方〉，《夢與豬與黎明》，頁一九〇。

22 同前注，頁二〇九。

23 本文寫作時獲得九州大學文學部名譽教授岩佐昌暲先生提供寶貴的資訊，在經過本人同意後大幅簡化，引用關於「版本卅一郎」與《九州學刊》的相關內容如下。「平成十五年（二〇〇三）四月一日為止，根據收集本校在職的專任職員與兼任職員資訊的《九州大學職員錄》（平成十五年七月三十一日印刷、發行）內容可知，從名譽教授，昭和四十四年（一九六九）退休的具島兼三郎之後，至平成十五年退休的教授之間，現在還在世的名譽教授約一千五百名裡，沒有「版本卅一郎」這號人物」。「根據索引，在職教師、職員中也找不到這個名字」。「人文學系當中也從來沒有聽過《九州學刊》這份期刊」。

24 普羅普（В. Я. Пропп）、梅列金斯基（Мелетинский Е. М.）等人所主張的「故事形態論」（結構論）請參照普羅普著作的譯本《故事形態學》（一九八七）當中的〈解說〉、初出於期刊《言語》（一九八三年九月號（大修館書店））、《《言語》選集・第一卷》（二〇一二）中再錄的〈民間故事的形態學與變形論〉、《文本與解釋》（「岩波講座・現代思想9」）所收，討論魯迅的〈鑄劍〉分析其故事結構的〈從文本裡讀故事——故事符號學・狒狒・魯迅〉（一九九九）等拙著。

打算在「天暗摸不著路之前」回家，「一轉身，才發現左邊草叢裡趴伏著一條毛色全黑的狗，把我嚇得一跳」「呆立了好一會。牠一直沒動，只睜著雙眼骨碌碌的直瞅著我」（和後述「版本」發現的「手稿」當中提到，「郁達夫」家裡的「狗」連結）。緊接著「我」「直覺反應」——「有狗必有主人」「印尼人向不愛養狗。這隻狗沒有野狗那股凶悍之氣」等動腦思考推理的過程，以兒童的角度來看這個「Serath」[28]有思路過於清晰之嫌。也許摻雜了一些成年後「進行敘述的我」的推論。和同樣是黃錦樹的〈開往中國的慢船〉（二〇〇〇）當中，敘事以貼近少年「鐵牛」意識流的「Serath」進行時（特別是「五一三暴動」的場景）相比，這裡的思路過於成熟的感覺更為明顯。儘管如此，遇上狗的這段遭遇和這一瞬間的聯想，暗示著飼主華人的身影。然而一回到家，「找我去了」的「父親隨後回來，迎面便是一巴掌」。這是對「**侵犯**」「**禁令**」者一個典型的「**處罰**」。而且處罰不只這個，「我」有「好一些時日」被「**禁足**」，不能再次尋訪「後面那片神祕的荒原」[29]。依照故事展開理論的話，這時候會有一個新的動機，誘使主角再次「**侵犯**」[30]。

IV 童年的冒險故事：「糞便」、「囈語」

即便／正是被「**禁足**」，童年時期的我仍學不乖，而且還出發得更早，走得更深（**侵犯**），「找到一個陳舊的防空洞」。「當我正往內舉步時，突然看見屁股後方有人影一閃，趕緊回頭，卻只見樹葉一陣搖晃，沙沙的腳步聲快速遠去。我快步跟上，走了沒幾步，那隻黑狗又鬼魅一樣的突然出現……這回……露齒而狺狺有聲」，所以「我只好打退堂鼓」[31]。如同所見，「我」和「失蹤者」之間，從童年時期開始，總是小心翼翼地避免直接接觸。不過「我」正在「洞口」附近「發現」了故事發展上具決定性意義的重要「祕密」。敘事者遇見了「一灘屎，還在冒煙」。這個和「糞便」有關的「記憶」正是和「洞窨」一起，成為日後成年以後能夠發現「郁達夫」「殘稿」的決定性線索（認識論上的**手段價值**）。

「莫非是他們？就是不知道為什麼我腦中卻浮現『趙老闆』三個音響形象。」「不管那是誰，**老巢既已給人發現，他就不可能再留下——那堆糞便便是他的告別了，一個具體的句點**」[32]。

---

25 黃錦樹，〈南方に死す〉，《夢と豚と黎明》，頁一七二－七三。

26 F. K. Stanzel. *Theorie des Erzahlens* (Göttingen: Verlag Vandenhoeck & Rupreche, 1979)；前田彰一譯，《物語の構造》（東京：岩波書店，一九八九）。

27 В. Я. Пропп (1929). *Морфология сказки* (M.:Наука, 1969), 另參英譯本 V. Y. Propp. *Morphology of the Folk Tale*, L. Scott Trans. (Austin, Texas: University of Texas Press, 2010)；普羅普著，北岡誠司、福田美千代譯，《昔話の形態学》（東京：白馬書房，一九八七）；Мелетинский Е. М., Неклюдов С. Ю., Новик Е. С. And Сегал Д. М. *Проблемы структурного описания волшебной сказки // Труды по знаковым системам IV* (Тарту, 1969) (E. M. Meletinsky, S. Yu Neklyudov, E. S. Novek, D. M. Segal, "Problems of the Structural Analysis of Fairy Tales," in *Works on Sign Systems IV* [Tartu, 1969]).

28 Б. М. Эйхенбаум. *Сквозь литературу* (Ленинград: Academia, 1924) (B. M. Eikhenbaum. *Through Literature* [Leningrad: Academia, 1924]).

粗體字的部分就如同文本前半部所示，是成年人的話語，投射到童年時期的意識流。以兒童來說這樣的判斷太過成熟（「老巢」「發現」），比喻也太過精準（「糞便」「句點」）。與先前「狗」和「印尼人」相關的洞見相比，這裡的話語更加成熟，已經成年「進行敘述的我」進入童年「進行體驗的我」的意識裡，用自己的語言表現完全包覆童年的自己。這一點在「另一個直覺」處更為顯著。「有人從某個不明的方向窺視我，所以我必須盡速離去」，「後面一個念頭令我心生恐懼，而記起父母嚇孩子時慣用的說詞——『被陌生人抓去』——而拔腿就跑。」「我不知道摔倒了幾次。是跑出去了，手臂、臉上卻給野草芭藤割出不少創痕」[33]。

這個經驗成為了敘事者的心靈創傷。「惡夢連連，夢裡都是堆堆**冒煙的人糞**，沒有腳而在草上飛跨滑行的我的追捕者，臉孔模糊，一忽兒是印尼人，一忽兒是趙廉。發了兩天高燒，父母一直弄不懂我為甚麼會在昏迷中頻頻呼喚『趙老闆』，而懷疑是犯了沖」[34]。

和方才過於精準的比喻不同，這一段成年的「進行敘述的我」盡可能貼近童年「進行體驗的我」。「恐怖的回報」也就是心靈創傷「**處罰**」了違反禁令踏入森林深處的孩童，為這段童年的冒險故事畫下終止符。這個冒險故事不過是隱藏的巨型結構的一部分而已。在發「高燒」「昏迷」之中，童年的「我」嘴裡發出的囈語「趙老闆」，雖然只是孩子「無意識的聲音」，卻擁有足夠的「證據力」，不輸給成年後敘事者聽到的「傳聞」，能證實「趙廉／郁達夫」存活（認識論上的**目的價值**）。回頭來看，在森林裡的恐怖經驗是獲得價值之前不得不體驗的「**考驗**」。用另一個詞組結構上的意義來換句話說：民間故事的主角實踐「**命令**」

「**考驗**」「**獲得價值**」的詞組結構[35]。不過這個場景當中，父母「一直弄不懂」我試圖表達的意思，僅「懷疑是犯了沖」，敘事者沒有成功得到他們的「認同」（「**二次考驗**」），也就是說「**目的價值**」（證言）得不到應有的反應，成人／父母無從得知郁達夫還存活著。主角應該實踐的一連串過程在父母親認同的這個階段失敗，童年時期的「我」和〈鑄劍〉（魯迅）的眉間尺一樣，止步於假主角的範圍。

V 發現「目的價值」「殘稿」．成年的「我」＝主角

a.尋找洞穴　有了童年時期「上回」的經驗，成年後的「我」「這回我帶了一把刀，依記憶指示的路徑，迂迴的找去。那地方一如往昔的未開發，一如往昔的荒涼。我以長刀劈開一條路徑，再上坡下坡之間尋找那洞穴」，「久久，我近乎迷失」（巨型排比 marco parallelism 的否定項[36]）。「一直到看見一排瘦削的香蕉樹在茅草中陳列，才算發現了轉機。」「我劈斷

---

29 黃錦樹，〈南方に死す〉，《夢と豚と黎明》，頁一七二－七三。
30 同前注，頁一七二－七四。
31 同前注，頁一七三。
32 黃錦樹，〈南方に死す〉，《夢と豚と黎明》，頁一七四。
33 同前注。
34 同前注。

幾莖攔路的香蕉樹，**記憶中的洞窖**便在後頭。」[37]

b.尋找「殘稿」「我點了火把，彎腰進入」之後「在一個轉彎處發現一攤骨頭，勉強可以分辨出是一個人和一條狗」（毫無相關地，隔了好長一段出現的這條「狗，」彷佛是繫在「郁達夫」存活／死亡的事象間的一條「亞莉阿德妮的線」一般發揮作用），在「洞裡除了一些酒瓶、鋁罐、破布之外」「什麼都沒找到」[38]。「驀然肚子一陣激痛，跑到外頭胡亂扯下幾片枯乾的香蕉葉，就地蹲下辦起「急事」來。在一陣精神鬆散當中，**突然記起那堆很素的人糞**。據判斷，那方位就在我正前方一英尺左右。我便一心二用，以刀尖掘地。挖了好一會，還真的碰見了一塊硬實的事物」。「好一會兒」「捧出一團一、二公斤重的東西」「觸火即熔，約莫是蠟。使勁敲也敲不破，只好抱回老家去」[39]。

童年時期遇見的「**人糞**」的「**記憶**」，如上標記，在成年以後成為了尋找失敗（否定項）轉換為尋找成功（肯定項）的關鍵。從這裡我們終於了解，為何要預先導入童年時期的冒險故事的理由，隱藏的故事結構也真相大白。童年時期的冒險故事可以說是成年後發現「殘稿」的準備階段，也是為了先行發現認識論上的「**手段價值**」，將其留置於記憶中的階段。成年後的「我」透過實踐這個「**手段價值**」才得以發現「**目的價值**」[40]，也就是「殘稿」。我們可以說這個自稱「後現代」的「敘事」言說的基底裡，如各位所見，其實潛藏著「前現代」特有的民間故事所具有的巨型詞組結構。

c.驗明「殘稿」回到家「燒了三個晚上，才露出它的內核。深褐色，看得出外頭裡的

35 Мелетинский Е. М., Неклюдов С. Ю., Новик Е. С. And Сегал Д. М. *Проблемы структурного описания волшебной сказки // Труды по знаковым системам IV* (E. M. Meletinsky, S. Yu Neklyudov, E. S. Novek, D. M. Segal, "Problems of the Structural Analysis of FairyTales," in *Works on Sign Systems IV*).

36 這裡是以雅各布森（一九八八〔一九六〇〕）所說的「否定的排比」（negative parallelism）為前提。他以"Not a bright falcon was flying beyond the hills. A brave fellow was going to the porch"（部分省略）這段詩句為例，將「否定的排比」定義為"This is the traditional Slavic negative parallelism-the refutation of the metaphorical state in favor of factual state"（頁三六九）。什克洛夫斯基（一九二七）以此為基礎重新詮釋為散文的排比（論）。什克洛夫斯基以托爾斯泰的短篇小說〈三死者〉中，「地主太太的死／馬車夫的死／樹的死」之間的並列關係為例，指出"The author's artistic intention consists in showing these deaths in their dissimilarity"（頁一九三）。

雅各布森的妻子波莫斯卡對散文的排比（論）感興趣，在她整理自己與雅各布森一系列對談的著作《對話》（一九八七）中，波莫斯卡提到：「果戈里的諷刺散文、托爾斯泰的道德寓言等作品當中，可以明顯看出故事概要整體是由一個連續的排比所構成。這些例子以某種形式和民間故事有所關聯。」「關於排比，韻文和散文之間，有一個嚴密的分界嗎？」對於這個問題，雅各布森並沒有舉出具體的作品名稱，而是答道：「基本上文學作品是基於一貫的排比原則所構成。」「在散文裡語言學上大大小小的各種單位」「基於類似、對照、接近性，在故事概要結構上、塑造行為主體或行為對象的性格上、故事母體的連鎖上等等互相結合。」「作家創作的散文越接近民間故事，排比就越明顯」。接著一樣舉托爾斯泰為例，肯定妻子的問題（Roman Jakobson. *Selected Writings. VIII* [Mouton: De Guyter The Hague, 1988], pp. 522-23）。

本文所謂的排比，一方面是以中國散文當中的對偶法相關的論考，如古田敬一《中国文学における対句と対句論》（一九八二）第五、第六章〈散文的對偶〉〈駢文的對偶〉，以及承接此論的Plaks（Andrew H. Plaks. "Where the Lines Meet: Parallelism in Chinese and Western Literatures," *Poetics Today* 11.3 [Fall 1990]）用比較文學的角度出發的意見為基礎。另一方面，倣傚語言學中擴大論述對象——從句子擴大到文本——的前例，從對偶中的單位「句子」，擴大到什克洛夫斯基舉的最小的故事（〈三死者的故事〉）裡提到的「大大小小的各種單位」上，重新解釋雅各布森所說的「否定的排比」。依此立場，民間故事中的「三次化」（國王命令三兄弟用跳馬與站在高塔窗邊的公主接吻〔婚姻考驗、難題求婚型〕。兩位哥哥都失敗了，只有最小的弟弟傻子伊凡成功）也可以重讀為散文中的巨型排比的典型。

是桐油紙——油紙傘的傘面」（關於「油紙」詳見後文）。「表層」的蠟「去除乾淨後，是一個不大的包裹」「打開看看，是一些寫著字的紙張」。「沒有一張是有署名的，但那筆跡，卻和我父親手上保存的一紙趙／郁親筆寫的買酒批示十分近似，細細讀下去，那人便在細雨的夜晚悄悄的回來了」[41]。

如此一來，「我」便成為了「郁達夫」在〈遺囑〉後半（虛構部分）默默期待的「有緣人」，如上所述，結構上的圓環便合起來了。但「我」的「敘事」言說當中，敘述這個「發現」的成果，成為「有緣人」的記述還沒結束。

Ⅵ 異常的時間與空間

因此，身為讀者的我們在「敘事」部的最後，遭遇到兩個難題。首先遭遇到的難題是難以辨別這是敘事者＝作品中角色「我」「沉浸」自失的場景，還是接近「附身」的狀態。第二個難題便是，不知是否與此相關，在模糊不清的，另一個異常的時空突然出現「日本人」，「發現」了某些事物的場景。要如何解讀這些場景呢？真是本作品當中特別棘手的課題。為了找到一些線索，以下我將比對原文與兩種翻譯之間的差異。

首先是在舞台設定的階段（號碼、（）皆為筆者所加）。

❶「在有風的午夜，他落寞的身影順著風向化身為**孤獨的螢**，勉強映照出沒身之地最後

的荒涼（a）。我搜羅了他**生前死後出版的各種著作**——他的，**及關於他的**（b）——堆積在蜘蛛盤絲的屋角，深宵偶然醒來，**熒熒磷火守護著殘涼故紙**（c）」[42]。

❶1「風の吹く午後、彼の落莫たる姿は風向きに任せて**孤独な蛍**と化し、死を迎えた土地の最後の荒涼をかろうじて照らしだしている（a）。私は**生前や死後に出版された彼の著作**を捜し求めた——**彼自身のもの、および彼に関するもの**（b）——。クモが巣を張った建物の隅に積んであって、夜たまたま目が覚めると、**きらきらした燐火が残った古紙を守っている**（c）」[43]。

❶2 "In the windy night, his desolate shadow followed the breeze and was transformed into **a solitary firefly**, attempting to illuminate the final desolation of this uninhabited region（a）. I had collected **all of his writings that had been published either before or after his death**—including works both by and about him—and piled them up in a corner of the cobweb-filled room（b）. In

37 同上肯定項，黃錦樹，〈南方に死す〉，《夢と豚と黎明》，頁一七七。
38 同前注。
39 同前注。
40 Мелетинский Е. М., Неклюдов С. Ю., Новик Е. С. And Сегал Д. М. *Проблемы структурного описания волшебной сказки // Труды по знаковым системам IV.*
41 黃錦樹，〈南方に死す〉，《夢と豚と黎明》，頁一七八。

the middle of the night I would occasionally wake up, as the shimmering fireflies kept watch over these desolate old pages（c）.”[44]

　我們先來看時態，日譯、英譯兩邊都遵從原文，將譯文的時態區分為：現在式（a）／過去式（b）／現在式（c）（日譯），過去式（a）／過去完成式（b）／過去式（c）（英譯），把（b）段的時態與前後段（a）（c）區分開來，挪動到時間軸上的前一個時態上。也就是說，我們可以整理出下列順序：敘事者先收集郁達夫的著作及其相關文獻，並「堆積」在屋角後（這裡先不論日譯和英譯時態上的差異），「郁達夫」的「身影」才化作「螢」回來，「守護」那些著作文獻[45]。

　舞台設定之後便進入「高潮場景」（因為我想強調所有引用的文字，所以除了（a）～（d）以外，皆不以粗體字標示）。

❷「瘋狂的擬倣他的字跡，無意識的讓自己成為亡靈最後的化身**（a）**。深入他著作之中的生平和著作之外的生平，當風格熟悉至可以輕易的複製**（b）**，我彷彿讀出了許多篇章的未盡之意**（c）**，逝者的未竟之志竟爾寄託在大自然的周始循環和記憶的混濁沉澱之中**（d）**」[46]。

❷1「狂ったように彼の筆跡を真似し、無意識のうちに自ら亡霊の最後の化身となる

（a）。彼の著作の中の人生、および著作の外の人生へと深く入り込み作風（を）熟知して容易に複製できるようになった（b）。いくつもの文章の言いつくしてない意図を汲みとったと感じた（c）。亡くなった人の未完の志は大自然の循環と記憶の混濁および沈殿の中に託してあるのだ（d）」[47]。

❷2 "Frantically copying his documents, I unconsciously transformed myself into the final reincarnation of his deceased spirit（a）. As I penetrated deeper into the life revealed in and outside his writings, his style became so familiar to me that I could easily imitate it（b）. It was as if I were able to read a vast amount of meaning from the margins of the text（c）, as the unquenchable spirit of the deceased was projected onto the cycles of nature and the residue of memory（d）."[48]。

我們可以將引文當中的第一行（a），讀為其他三行（b）（c）（d）的同義句。在

42 黃錦樹，〈死在南方〉，《夢與豬與黎明》，頁二〇七－二〇八。

43 黃錦樹，〈南方に死す〉，《夢と豚と黎明》，頁一七八。

44 Kim Chew Ng. "Death in the South," *Slow Boat to China and Other Stories*. Trans. Carlos Rojas (New York: Columbia University Press, 2016).

45 無論是「螢」還是「磷火」，都是「郁達夫」「亡靈」的轉喻吧。此外關於黃錦樹作品中死後回訪revenant相關論證，請參照David Der-wei Wang. *The Monster That Is History: History, Violence, and Fictional Writing in Twentieth-Century China* (Berkeley: University of California Press, 2004)。

（a）當中先大略說明整體意涵，「成為亡靈最後的化身」這一點衍伸出（b）（c）（d），個別具體化為不同的字句，重新敘述。其中（d）又可讀作解釋（c）的理由。

❸「我失神的放逐想像，夢遊在亡靈巡遊之地。／在一個無風的夜晚，面對著一個逗號苦苦思索，在涔涔的汗水中，猛然尋回失落的自己」[49]。

❸1「私はぼんやりと想像を追いやり、亡霊がさまよう土地を夢遊する。／風のない夜、句読点ひとつに対して苦心を凝らし、汗びっしょりになって、突然失っていた自分を取り戻す」[50]。

❸2 “I slipped into a reverie and started sleepwalking through a valley of death./ One breezeless night, I was pondering a comma in one of the texts when, covered in sweat, I suddenly succeeded in finding my lost self”[51].

以上便是「高潮場景」的全文節錄，從頭到尾毫無遺漏。

如果要概括性的點出❷跟❸所記述的場景裡頭的特徵，並加以命名的話，應該視為什麼樣的事物，應該怎麼稱呼呢？就結論而言，這一連串的現象都可以讀作身為「郁達夫」讀者的「我」進行的「沉浸」（immersion）體驗。現今的敘事學是如何思考「沉浸」概念的呢？為了能具體掌握這個概念，我們先看Marie-Laure Ryan[52]是怎麼讀阿根廷作家科塔薩爾（Julio

Cortázar）的掌篇（短篇）〈公園續幕〉的。這個讀法被評為「敘事學給予範例的地位」[53]。「在這個故事裡，**身為作品中角色的讀者**（男子）**漸漸深陷**於**小說**——大意為女子與她的情人密謀殺夫的小說——之中。故事裡的書（小說）當中的作品中角色（女子與情人）一開始只是二次元文學創作的產物。然而藉由**讀者＝作品中角色**（男子）**的想像力**，她們兩人逐漸產生肉體成為三次元活生生的個人。當那位讀者（男子）的**沉浸**（immersion）達到頂點時，虛構和現實間的界線崩解了，讀者（男子）成為了殺人事件中的被害者」[54]。

根據Marie-Laure Ryan的論述[55]，這個短篇是「沉浸」概念具象化、比喻化後的「諷喻」（allegory）。「虛擬現實不管是文本創造的，還是電腦生成的，對於體驗其中的人來說，一般而言都是安全的。然而〈公園續幕〉這篇寓言暗示，若是過於融入虛擬現實，將有可能難逃死劫」。幸好我們的敘事者平安從「亡靈巡遊之地」回來，「猛然尋回失落的自己。」但是「無意識的讓自己成為亡靈最後的化身」，不言可喻，可以說是極度的「沉浸」「著迷」

46 黃錦樹，〈死在南方〉，《夢與豬與黎明》，頁二〇八。
47 黃錦樹，〈南方に死す〉，《夢と豚と黎明》，頁一七八。
48 Kim Chew Ng. "Death in the South," pp. 65-66.
49 黃錦樹，〈死在南方〉，《夢與豬與黎明》，頁二〇八。
50 黃錦樹，〈南方に死す〉，《夢と豚と黎明》，頁一七八。
51 Kim Chew Ng. "Death in the South," p. 66.

（absorption）所招來的境地。只是這個自失的過程整體是否單用「沉浸」概念就能解釋清楚，還留下一些疑問。如果將「熟悉至可以輕易的複製」**郁達夫的**「風格」，「面對著一個逗號苦苦思索」，解釋為接受「亡靈」的指使而不停寫下郁達夫的文章的話，這不就是極度的「沉浸」所導致的，某種「附身」狀態嗎？如前所述，從台灣、香港、廈門到新加坡或檳島（相對接近本作品的舞台）等華人文化圈當中，「扶鸞／扶乩」是一種廣為人知的薩滿教現象[56]。薛佛（Jean-Marie Schaeffer）認為「附身」現象也與「沉浸」概念有關[57]。這麼一來，如果這裡的「我」也是因為極度「沉浸」**郁達夫的著作**、**郁達夫相關文本**之中，「熟悉至可以輕易的複製」他的「風格」，與郁達夫合而為一的話（「亡靈」的「化身」），是否也可以解釋成：「我」被「亡靈」附身，就像「**扶鸞／扶乩**」一**樣**接受亡靈的指使，不停寫下郁達夫風格的文章呢？如果結合這兩個概念，也就是說「高潮場景」其實是援用了「沉浸」概念與「**扶鸞／扶乩**」概念（後者應只是部分援用）的話，暫且就能完整解釋了。這是本文目前僅能達成的結論。

VII「惡臭的鬧劇」「不可能的時（空）間」

我們的敘事者平安從「亡靈巡遊之地」回來，「猛然尋回失落的自己。」但是也許是跟這個特殊經驗有關，他回來這個世界後時空卻一口氣「發生錯亂」「次日，當我憂鬱的再度回到那裡（發現殘稿的現場），企圖找到更多的殘跡，卻發現之前埋下（人與狗）的枯骨已杳無蹤跡，記憶中的埋骨之地青草披覆，也不見有挖掘的跡象。在惶惑下四處搜尋，也找遍了附近的山洞。一無所獲。原先的蠟製品也找不到原先的出處。」「我」除了自問「這是怎麼回事？」以外，別無方法。最後，只能將尋找這個難題解答的任務，交給我們這些文本外的讀者。線索就是「敘事」言說最後登場的「惡臭的鬧劇」場景。在這個場景裡碰到了一位貌似「版本氏」的日本人，從「冒煙」的「大便」裡，拾起疑似可證明郁達夫存活的文件等事物。

52 Marie-Laure Ryan. *Avatar of Story*, 2006.

53 粗體字，補充皆為引用者所加。Matei Chihaia. "Immersive Media in Quiroga, Borges, and Cortázar. What Allegories Tell about Transportation Experience," *DIEDESIS* 2.1 (June 2013).

54 Marie-Laure Ryan. *Avatar of Story* (Minneapolis : University of Minnesota Press, 2006), p. 209.

55 Marie-Laure Ryan (2001). *Narrative as Virtual Reality: Immersion and Interactivity in Literature and Electronic Media* (Baltimore: Johns Hopkins University Press, 2015).

56 A. J. A. Elliott (1955). *Chinese Spirit-Medium Cults in Singapore* (London: The Athlone Press, 1990); 志賀市子，《近代中国のシャーマニズムと道教》（東京：勉誠出版，一九九九）；《中国のこっくりさん－扶鸞信仰と華人社会》（東京：大修館書店，二〇〇三）；Philip Clart. "Spirit-Writing and the Cultural Construction of Chinese Spirit-Mediumship," *Ethnologies* 25.1 (October 2003); Jean DeBernardi. *The Way that Lives in the Heart: Chinese Popular Religion and Spirit Mediums in Penang, Malaysia* (Stanford, Calif.: Stanford University Press, 2006).

57 Jean-Marie Schaeffer. *Pourquoi la Fiction?* (Paris: Éditions du Seuil, 1999), pp. 51-60, 30-36.

> 「八格野鹿」／一聲怪叫。一個小日本戴著頂鴨舌帽，約莫三十來歲，左腳高舉，身後跟著兩個印尼人。／「這裡怎麼會有人的大便？」他問印尼人。「而且還在冒煙！」／鬼子表情古怪的深思著，支頤，抓腮，拍額，然後突然露出笑容——好像踩到了黃金。只見他俯身，拈起幾團皺而泛黃的紙，顧不得印尼人捏著鼻子把頭轉開，隨即展讀——「是這個了！是這個了！」／鬼子大聲歡呼。[58]

只是，若是沒有找到埋葬「枯骨」的痕跡，也沒有找出挖掘出「蠟製品」的地方，那麼這個「惡臭」場景就不可能是「我」「尋回失落的自己」的「次日」在森林裡所遭遇的情況。這裡我們所目擊到的場景，如果要給一個名字的話，就是「不可能的時間」[59]。「如果我們依照關於時間最根本的直覺來看，時間是往一個固定的方向流動的」。只是「只要逆流而上，就能打破這個時間固定方向的公理」[60]。疑似郁達夫留下的「大便」還在「冒煙」，還混有一張經過鑑定後筆跡確認是「真的」，郁達夫親筆寫下的紙張，倘若一切為真，時間就會從上述文字「次日」（一九九〇年代？）一口氣「逆流」到一九四〇年代末期至一九五〇年代初期，郁達夫還可能「存活」的時期。也就是說回溯到「我」的童年時期。「時間」「不可能的」「逆流」產生了不存在「現今」當中的「過去」。而且時間的「逆流」和相機軟片回捲一樣，連空間都回到了過去的當下。這是時間空間整體的「逆流」，也就是說出現了「不可能世界」[61]。

VIII〈生／死〉的「手稿」——「版本氏」「資料」

雖然除了「我」之外他者的話語，比方說傳聞或者目擊證言等口傳資料也都是補強「我」所主張郁達夫存活的材料，但是比這些資料更能加深人們印象的是，「郁達夫」「失蹤」後所留下來的親筆「草稿」。具體而言可分為「版本氏」得到的「資料」和「我」挖掘出來不成篇的紙張。這些直接表象〈生／死〉的草稿，兩邊共計七篇（文本開頭所示，彷彿依照「郁達夫」逃亡路線排序的短文六篇，以及題為〈沒落〉的「殘稿」描述主角「余均」前往「南洋」之前的場景。如果把這些草稿分門別類，全部都屬於〈生〉的這一邊。但傳聞等等也相同，現在先暫時擱置不提）。這七篇當中，關於文本前半部「論述」部已經引用的兩篇「版本」「資料」，前文已做解釋，這裡只關注這兩篇「資料」與〈生／死〉相關，且有明確對立關係這一點。

首先，「版本氏」認定為郁達夫作品〈遲桂花〉「變衍」的短文，「我」描述自己目擊到主角「翁則生」背部中彈倒地的場景[62]。另一方面，另外一篇開頭先提到郁達夫「失蹤」當晚的情況，以及之後日本「憲兵隊警務班」進行的搜查[63]，這篇無題的引文之中主角「男人」

58 黃錦樹，〈南方に死す〉，《夢と豚と黎明》，頁一七九。斜線表示換行。

59 Marie-Laure Ryan. "Possible Worlds," The living handbooks of narratology. http://www.lhn.unihamberg.de/article/possible-worlds 2013/10/24.

60 Ibid..

「他」毫無疑問暗暗指向郁達夫。因此「他」敘述某天晚上悄悄回來的祕密行動。「大家都沉浸在他的失蹤」的「哀傷氣氛中時」，「第七天」晚上「他卻悄悄的回來了」「那一晚沒有月光，」可是「狗也許還認得他，所以沒吠。」他躲在家門外的樹蔭下，看見妻子和嬰兒的身影，但「他們的結合純粹是因為戰爭」，所以戰爭結束以後就「沒有留下的理由了」。他「飄然走了，以夜的堅決（決意離開到人世間之外）」[64]。

這兩篇文章將郁達夫作品〈遲桂花〉作品中的人物「翁則生」的「死」與作者「郁達夫」的「生」互相對照展現。因此，這兩篇文章間的對立關係，也是將後半「敘事」部裡引用的五篇「郁達夫」「殘稿」當中所提到，各式各樣的「生／死」場景間相同的對立關係，以最小的縮圖（Miniature）＝「圖標 icon」（浦安迪〔Plaks〕）事先展示在我們面前。前半的「論述」部中預先引用的兩篇「版本」「資料」間的對立關係，在後半的「敘事」部中，乍看之下是隨機反覆引用，卻是這些「殘稿」被大量引用的方法與順序的「圖標 icon」。這樣解釋下來我們方能了解，為何這兩篇不是放在後半的「敘事」部，而是先在前半的「論述」部裡引用的理由了。

IX「挖掘」「殘稿」的配置——包含轉折點的「否定的排比」

如果事先概觀「敘事」部中所引用的「生／死」「殘稿」的配置，首先能發現，根據「我」的看法「郁達夫」南下以前所寫的若干「小說中的主人翁」在「殘稿」裡頭「被選擇性的加以處決」[65]。實際存在的郁達夫作品〈遲暮〉和〈沒落〉同樣標題的兩篇「殘稿」，確實作品中角色都遭受「死」的威脅（巨型排比中的否定項）。緊接著登場的殘稿〈最後〉當中，主角「他」（或許是「郁達夫」）免於被「處決」，取而代之的是被迫成為斬下「印尼人」頭顱的「劊子手」。「他」雖然活著但是「必須永遠在人間消失」。接下來兩篇〈殘稿〉〈末了〉當中，主角「他」和「文樸」，彷彿像是「版本」「資料」中長長的引文（見上文）的後續故事，再次回到家人離開（被強制遣送回中國？）後無人居住的舊房子。當然他們都屬於「生」這一類（巨型排比的肯定項）。簡單整理「生／死」「殘稿」的配置。首先以同時包含「生／死」雙方，具有雙重意義的殘稿〈最後〉為界，之前的兩篇文章作品中角色遭到「處決」（同上否定項），之後的兩篇文章裡面作品中角色活著重新造訪無人居住的舊家（同上肯定項）。這是把「生／死」單純對立的「版本」「資料」重新配置為，將包含「生」「死」的複合場景放在正中央，前／後方分別配置「死」的場景／「生」的場景，可說是一種排比

---

61 Ibid..

62 黃錦樹，〈死在南方〉，《夢與豬與黎明》，頁一八七。黃錦樹，〈南方に死す〉，《夢と豚と黎明》，頁一六四。Kim Chew Ng. "Death in the South," p. 50.

63 兩方都是根據史實。請參照鈴木正夫，《蘇門答臘的郁達夫》。

64 黃錦樹，〈南方に死す〉，《夢と豚と黎明》，頁一六四－一六五。是「狗」的初出之處，「狗」連結了疑為「郁達夫」人物登場的多個場面。請參照上文。

結構。以下分別具體細看其中的關係。

❶「敘事」部一開始引用的文章，是和郁達夫實際現存的作品〈遲暮〉（一九三二）同樣題名。這篇文章的後半，作品裡的角色「林旭」遭到射殺。「就在他轉身之際，一點藍色螢光準確而徐緩的從他心臟部位穿過」，「他臉上沒有痛苦的神色，只是鈕扣突然紛紛墜落，掉了一地。」[66]

❷另一篇以「余均」為主角，傳為郁達夫作品的〈沒落〉也是一樣。「為了避免驚動村人，他們沒有用槍」而是「砍頭」。「他們在他的嘴裡塞了一粒雞蛋大小的青色的番石榴」「以戰敗者特有的文化涵養把這祕密處決搬演成一次高貴且壯烈的戲劇演出。」「余均」「笑得很痛苦的剎那，一隻冰冷的手把他的頭往下一壓，讓他凝視自己跪著的雙膝。接著脖子一輕，他感到自己的頭急速下墜，在雙眼即將碰著地面的瞬間，為免讓沙子跑進眼眶，他毫不猶豫的閉上了雙目。」[67]

畫底線的部分是作品當中罕見的特異描述，令人注目。令人注目的理由是，這裡的「頭」雖然遭到斬落，卻能針對自己所處環境做出迅速反應，超越生／死界線，死後也能如同生者般活動，可說是在描繪一種不自然、不可能的狀態。其實這個部分早已有個知名的前例，那就是魯迅的〈鑄劍〉。無力的假主角——少年眉間尺應武功高強的幫手「黑衣人」的要求，用自己的劍砍下自己的頭，也就是在無頭的狀態下將自己的劍交給「黑衣人」。另一個例子是《卡拉馬助夫兄弟們》第二篇Ⅱ當中，因為信仰而被砍頭的聖者「撿起自己的頭顱『深情地親吻』」。這些例子都是巧妙運用了超越「生／死」界線「本體論的轉敘metalepsis」[68]這個技巧。

❸「殘稿」的第三篇〈最後〉裡，本應死亡的主角，以殺死另一個男人作為代價，獨自存活於「人間」之外。也就是說這篇作品描述的是「人間」裡他者的「死」和「人間」之外自己的「生」的世界。作為具有「生／死」雙重意義的複合世界中央的分歧點，能轉換至只有「死」的單一世界的敘述，和只有「生」的單一世界的敘述。在這部作品所引用的「殘稿」當中，〈最後〉也和其他僅有單一意義世界的「殘稿」不同，因為具有這個雙重意義與轉換功能，使得原本早應死亡的「他」透過某些緣由繼續存活，得以敘述這個極為機密的場景，就這點來看〈最後〉是不容忽視的引文。不僅如此，〈最後〉這份「殘稿」也證明了這部作品確確切切是個「反事實歷史小說」，也就是敘述反史實的「替代史」的虛構故事。

史實　為了凸顯這一點，這裡是以鈴木正夫氏花了一番苦心才詢問到的「武吉丁宜憲兵隊」「班長D」的證言為唯一可信的史料及互文作為參考。在鈴木正夫對前憲兵隊班長D出示無從狡辯的資料仔細追問後，他「終於卸下心防，**承認在自己的責任下，命令幾位部下逮**

65 同前注，頁一七一。
66 同前注，頁一七〇。
67 同前注，頁一七一；黃錦樹，〈死在南方〉，《夢與豬與黎明》，頁一九七。

捕趙廉並予以處分」。「根據D的敘述，逮捕趙廉並下令處分的隔天，**接到部下回報已經逮捕並絞死完畢**。因為D並不在殺害趙廉的現場，所以他不知道部下如何收拾趙廉的屍體，他想應該是埋在某處了吧」[69]。

反事實史的場景 與此史實相對應，〈最後〉這篇「殘稿」所描述的場景如下：

> 「他做夢也沒想到，握筆的手竟也會有握劊子手的刀的一天」。即將替他而死的「印尼人毫無表情的跪著，雙眼給蒙上白布，雙手反綁。脖子伸長，似乎也早已瘦疲了。兩個日本憲兵站在一旁，扯一扯他的衣角，用日語道：『動手吧！』他兩眼發直，緩緩的、高高的舉起武士刀」「終於揮了下去，『磔』的一聲，身首分離。」「日本憲兵拿走他手上的武士刀，把屍體推進挖好的坑裡」「『別忘了先前的承諾。』雙雙回到汽車上去：開車走了。」「當那印尼人奉命把他叫出來時，他大概也沒料到死的會是自己。他以在他們的內部共識裡被判了死刑，並且予以祕密處決。執行者卻是他的朋友。於是，交易便產生了：以他的消失為代價來換取死亡。而那印尼人，在保密的原則下，是非死不可的。於是他變成了附帶條件中的劊子手，以取得共謀的身分。帶著罪惡與承諾，他必須永遠在人間消失。」[70]

當人們開始接受「趙廉」「已死亡」的信念時，童年時期的「我」說出自己目擊趙廉身影的冒險故事，而成年的「我」發現並驗明郁達夫「失蹤」後所留下的「殘稿」，「沉浸」在郁達夫的作品、評論等著作當中，受到「亡靈」控制寫下類似「**扶鸞／扶乩**」的文章，依照「由死至生」的順序排列，試圖使人留下郁達夫「死後」卻依舊「生存」的印象。若比較上述的「**史實**」和敘事者「我」的這個企圖，毫無疑問的，我們可以說敘事者意圖建構出他獨有的「反事實史」。「反事實史的世界指的是，與現實對照來看，（和現實）不同的**決定**與**目的**（蓄意行為）及其結果，發生的事件也（和現實世界所發生的）不同的一個世界」[71]「現實」之中憲兵隊班長「**D命令部下逮捕並絞死**」**郁達夫**，「**與其不同的決定**」，**疑似郁／趙廉的「他」殺了「印尼人」**，**而「他」自己**則是「永遠在人間消失」。這個「**不同的決定**」造成一個「**反事實史」的狀態**，就是「他」永遠存活在「人間」之外，而**在「人間」的「印尼人」死亡**。

「他」如何走到「人間」之「外」的這段「路途」，如前所述，已經寫在「版本」發現的那篇無題的「手稿」長文之中。他悄悄回到自己的家門外，進行了無言的道別（詳見上文）。方才引用的〈最後〉這篇「郁達夫」「殘稿」的結尾，與「版本」發現的這個「手稿」

68 Marie-Laure Ryan. "Possible Worlds," The living handbooks of narratology. http://www.lhn.unihamberg.de/article/possible-worlds 2013/10/24.

69 鈴木正夫，《蘇門答臘的郁達夫》，頁二八〇－八一。粗體字為筆者所加。

的結尾，如果依照故事大綱開展的「必然」的話，很明顯的形成一種前後關係，連成一串。雖然引文（言說）的順序與事件的進展（故事大綱）的順序是相反的。

與「手稿」相同，之後的兩篇「殘稿」讓我們知道「一個『死後』的可能」當中的「生」為何物。就是題為〈殘稿〉和〈末了〉的兩篇文章。與上述的場景一樣，都是描繪「永遠在人間消失」途中的一景，加深對「郁達夫」還存活一事的印象。

這裡就不引用〈殘稿〉的內容，只看〈末了〉這篇引文。受到現實的「政治事件」影響，居民都被強制驅離，只剩下悲慘的遺跡留存。「文樸輕輕推開小木屋大門，裡頭很暗，他摸索著點起一根蠟燭。蠟燭是燒剩的半截，沾滿灰塵，火柴盒裡頭也只剩下三根火柴，」「家具全被搬走了，只留下一個牛奶箱，」「最後，他的目光落在床太下一把橫躺的**油紙傘**上。」文樸「拎著轉身走了，費勁的把生澀的大門帶上」[72]。

這段最後的引文，直接與文本接近結尾處「我」發現「殘稿」的場景「看得出外頭裡的是桐油紙——**油紙傘的傘面**」[73]緊緊連結。「油紙傘的傘面」跨越相隔兩個世界的界線，從「殘稿」這個文字的世界，來到「我」所在的現實世界，可以說是一種「本體論的轉敘metalepsis」式的轉移。

結語

黃錦樹寫了一篇題為〈我們的新加坡〉的文章，投稿到新加坡發行的《志異Draft》三卷一期（二〇一四七月）。這篇文章的結尾提到「一九六三年被冷藏行動逮捕的那代知識菁英，那被強迫犧牲掉的一代人，如果不是已過世，也都垂垂老矣。那被抹除的可能性，倘若成功的是他們，今日的新加坡會是怎樣的一副模樣，大概只有賴於小說家的想像了」[74]。表示相較於歷史敘述的原則，是將過去實際發生的事件、狀況再次展演，將或許可能發生的另一個「歷史」，嘗試以類似反事實史的方式敘述則是「小說家」的工作[75]。如果這是他的小說觀，那麼我們可以總結，〈死在南方〉裡的敘事者「我」也是相對於證明郁達夫之「死」的歷史敘述（主要是鈴木氏的論文、著作），用類似「替代史」的「反事實歷史小說」，以「**記憶**」（手段價值）和「**埋土的引文**」（目的價值）為基礎嘗試建構的作品。而且黃錦樹這個「反事實歷史小說」的嘗試，並不限於郁達夫三部曲，也能在最近的〈馬來亞人民共和國備忘錄〉（二〇一二）再次看見[76]。

追記：開篇引文出自維根斯坦（Ludwig J. J. Wittgenstein）著，野矢茂樹譯，《邏輯哲學論》（*Tractatus Logico-Philosophicus*）（東京：岩波文庫，二〇〇三），頁一一四。

---

70 黃錦樹，〈南方に死す〉，《夢と豚と黎明》，頁一七一－七二。

71 Ondřej Sládek. "Between History and Fiction: On the Possibilities of Alternative History,"，斜體字為原文所加。

72 黃錦樹，〈南方に死す〉，《夢と豚と黎明》，頁一七六。

73 同前注，頁一七八。

感謝審查委員的寶貴意見。很遺憾的無法全數回應，若有機會希望能再寫一篇「補遺」。

參考文獻

黃錦樹，〈死在南方〉，《夢與豬與黎明》（台北：九歌出版，一九九四）。

黃錦樹著，大東和重譯，〈南方に死す〉（死在南方），《夢と豚と黎明：黃錦樹作品集（台湾熱帯文学）》（京都：人文書院，二〇一一）。

Ng, Kim Chew. "Death in the South," *Slow Boat to China and Other Stories*. Trans. Carlos Rojas (New York: Columbia University Press, 2016).

北岡誠司，〈民話の形態学と変形論〉，《言語》一九八三年九月號（重新收入《言語選集》卷二〔東京：大修館書店，二〇一二〕）。

北岡誠司，〈テクストに物語を読む－物語記号論・チンパンジー・魯迅〉，《岩波講座・現代思想》9（東京：岩波書店，一九九九）。

志賀市子，《近代中国のシャーマニズムと道教》（東京：勉誠出版，一九九九）。

志賀市子，《中国のこっくりさん－扶鸞信仰と華人社会》（東京：大修館書店，二〇〇三）。

鈴木正夫（一九九五），《スマトラの郁達夫－太平洋戦争と中国作家》（東京：東方書店，二〇〇七）。

古田敬一，《中国文学における対句と対句論》（東京：風間書房，一九八二）。

Chihaia, Matei. "Immersive Media in Quiroga, Borges, and Cortázar. What Allegories Tell about Transportation Experience," *DIEDESIS* 2.1 (June 2013).

Clart, Philip. "Spirit-Writing and the Cultural Construction of Chinese Spirit-Mediumship," *Ethnologies* 25.1 (October 2003).

DeBernardi, Jean. *The Way That Lives in the Heart. Chinese Popular Religion and Spirit Mediums in Penang, Malaysia.*

(Stanford, Calif.: Stanford University Press, 2006).

Doležel, Lubomir. "Narrative of Counterfactual History," in *Essays on Fiction and Perspective.* Göran Rossholm ed. (Bern: Peter Lang Publishing Group, 2004).

E. M., Elliott, A. J. A. (1955). *Chinese Spirit-Medium Cults in Singapore* (London: The Athlone Press, 1990).

E. M., Мелетинский, Неклюдов С. Ю., Новик Е. С. And Сегал Д. М. *Проблемы структурного описания волшебной сказки // Труды по знаковым системам IV* (Тарту, 1969) (E. M. Meletinsky, S. Yu Neklyudov, E. S. Novek, D. M. Segal, "Problems of the Structural Analysis of Fairy Tales," in *Works on Sign Systems IV* [Tartu, 1969]).

Jakobson, Roman. *Selected Writings.* VIII (Mouton: De Guyter The Hague, 1988).

Plaks, Andrew. H. "Where the Lines Meet: Parallelism in Chinese and Western Literatures," *Poetics Today* 11.3 (Fall 1990).

Ryan, Marie-Laure (2001). *Narrative as Virtual Reality: Immersion and Interactivity in Literature and Electronic Media* (Baltimore: Johns Hopkins University Press, 2015).

Ryan, Marie-Laure. "Impossible Worlds," in *The Routledge Companion to Experimental Literature.* J. Jay et al, eds. (London: Routledge, 2012).

---

74 黃錦樹，〈我們的新加坡〉，《志異Draft》三卷一期（二〇一四年七月），頁二三。

75 黃錦樹〈我們的新加坡〉另外以英譯"Our Singapore"全文刊載在*Newsletter DRAFT* 3.1 (2014) 當中。為了直接表達黃錦樹的意思，本文引用原文（中文）（譯者按：在日文版本中，上述黃錦樹文章的引文，就是直接以中文呈現。此處另刊載由北岡正子翻譯日文的內容）。

「冷藏行動」（Operation Coldstore）指的是「在一九六三年二月二日發生於新加坡的一場大規模警方誘捕行動，在這場行動中，有超過一百名反政府的左翼分子遭到新加坡政府逮捕或拘留」。節錄自維基百科「冷藏行動」條目。https://zh.wikipedia.org/wiki/%E5%86%B7%E8%97%8F%E8%A1%8C%E5%8B%95.

76 黃錦樹，《南洋人民共和國備忘錄》（台北：聯經出版，二〇一三）。

Ryan, Marie-Laure. *Avatars of Story* (Minneapolis: University of Minnesota Press, 2006).

Schaeffer, Jean-Marie. *Pourquoi la Fiction?* (Paris: Éditions du Seuil, 1999).

Shklovsky, V. (1927). "Technique of Writing Craft," in *Victor Shklovsky A Reader.* Alexandra Berlina ed. & trans. (New York: Bloomsbury Academic, 2017).

Sládek, Ondřej. "Between History and Fiction: On the Possibilities of Alternative History," in *Fictionality-Possibility-Reality*. Pokorny M. Kotatko and P. Sabates eds. (Bratislava: Aleph, 2010).

Stanzel, F. K. (1979). *Theorie des Erzahlens* (Göttingen: Verlag Vandenhoeck & Rupreche, 1979); 前田彰一譯，《物語の構造》（東京：岩波書店，一九八九）。

Tsu, Jing. Comment on *Slow Boat to China and Other Stories* in the back cover, 2016.

Tsu, Jing. *Sound and Script in Chinese Diaspora* (Cambridge, MA: Harvard University Press, 2010).

Wang, David Der-wei. *The Monster That Is History: History, Violence, and Fictional Writing in Twentieth-Century China* (Berkeley: University of California Press, 2004).

Пропп, В. Я. (1929). *Морфология сказки* (М.:Наука, 1969); Propp, V. Y. *Morphology of the Folk Tale*, L. Scott Trans. (Austin, Texas: University of Texas Press, 2010)；普羅普著，北岡誠司、福田美千代譯，《昔話の形態学》（東京：白馬書房，一九八七）。

Эйхенбаум, Б. М. *Сквозь литературу* (Ленинград: Academia, 1924) (Eikhenbaum, B. M. *Through Literature* [Leningrad: Academia, 1924]).

二

黃錦樹〈開往中國的慢船〉與〈我的朋友鴨都拉〉之研究筆記

1. 英文「黃錦樹論」之我見（1）

緣起

一切的開始，都是從我讀到《台灣熱帶文學》日語譯本系列裡，馬華小說家黃錦樹《夢と豚と黎明：黃錦樹作品集》這本短篇小說集。這本短篇集由大東和重等人翻譯，當中收入了將郁達夫「失蹤」事件小說化的〈死在南方〉。

這幾年我對照矢野龍溪的〈經國美談〉，這是從古希臘史「底比斯霸權」時代實際存在的兩位人物為藍圖，所虛構而成的小說，以及龍溪所引用的古希臘史家「多卷本」的歷史記述，一邊再次核對其符合史實的一面，一邊用敘事學的角度，微觀分析出這個作品以虛構而成的隱喻敘事。我偷偷期待可以透過這樣的兩線作戰，從**歷史**與**虛構**的關係這個既古老又新穎的問題中，找到一個嶄新的解答。然而在這個過程裡，我遇見了比矢野龍溪作品更有魅力的〈死在南方〉。我像是失了魂般的呆住半晌，一腳踩進了這個未知的領域。

傳記與小說

我照著黃錦樹小說集當中松浦恆雄的解說，從鈴木正夫所寫的《蘇門答臘的郁達夫》（一九九五）、《郁達夫資料》以及其《補遺（上・下）》（一九七三－一九七四）當中收入的證言集等，再次檢驗〈死在南方〉裡面的史實。另一方面也讀了陳舜臣的短篇小說〈沉沒於蘇門答臘〉（一九六五），這部作品較早成書，同樣也是將郁達夫「失蹤」事件小說化。根據二〇〇〇年重新收入這篇小說的《陳舜臣中國歷史短篇集》當中，陳舜臣自己的解說，這篇小說「原則上是虛構」，然而與郁達夫相關的「事件大綱是事實」（頁三七九）。這麼說來，這篇小說也應該和〈死在南方〉一同列為歷史與虛構的案例才是。

英文黃錦樹論

我又從谷歌搜尋到幾篇以英文寫成的黃錦樹論。這幾篇論文與黃錦樹身為當事者的歷史概觀（〈馬華文學與（國家）民族主義：論馬華文學的創傷現代性〉、羽田朝子譯〔二〇〇九〕），和松浦恆雄的解說既重疊又相異，以互補的方式讓我充分了解馬華作家，與其作品的時代背景和其他問題。本文正是要討論這些英文黃錦樹論。這些論文大部分都是討論黃錦樹以外的馬華作家或是中國作家，因此以下的概論，並非全面討論這些論文，而是聚焦於他們提到黃錦樹的部分。

目前可以找到的英文黃錦樹論有以下六篇：

Chiu, Kuei-Fen. “Empire of the Chinese Sign: The Question of Chinese Diasporic Imagination in Transnational Literary Production,” *The Journal of Asian Studies* 67.2 (May 2008): 593-620.

Groppe, Alison McKe. “The Dis / Reappearance of Yu Dafu in Ng Kim Chew’s Fiction,” *Modern Chinese Literature and Culture* 22.2 (Fall, 2010): 161-95.

Groppe, Alison McKe. "Not Made in China: Inventing Local Identities in Contemporary Malaysian Chinese fiction," (Harvard University Dissertations, 2006).

Kaiser, Marjolijn, "Don't believe a Word I say: Metafiction in contemporary Chinese Literature," (Ann Arbor: UMI, 2011).

Paoliello, Antonio, "Reading Ng Kim Chew: Malaysian-Chineseness and Memory in Contemporary Malaysian Chinese Literature in Taiwan," (Universitat Autònoma de Barcelona. Facultat de Traducció i d'Interpretació, 2008).

Tsu, Jing. *Sound and Script in Chinese Diaspora*. (Cambridge, MA: Harvard University Press, 2010).

與郁達夫問題直接相關的作品是〈死在南方〉、〈M的失蹤〉、〈補遺〉三篇，然而上述的論文並非都是討論這三篇小說。邱貴芬（中興大學）的那篇期刊論文是探討〈魚骸〉（一九九五），而張曉東（Antonio Paoliello，巴塞隆納自治大學）的研究報告則是分析〈土與火〉，都沒有討論到郁達夫問題。因此上述六篇論文當中有談到黃錦樹這三篇小說的是：古艾玲（Alison M. Groppe，奧勒岡大學）的哈佛大學博士論文與期刊論文，石靜遠（耶魯大學）著作*Sound and Script in Chinese Diaspora*《華人（文）離散中的聲音與文字》中的一章，與凱瑟（Marjolijn Kaiser）在奧勒岡大學的碩士論文這四篇。

這些論文選擇黃錦樹作品的方式與他們依據的理論或者討論主題，並不一定高度相關。在這六篇論文當中，率先明確表明自己依據的理論，和討論相同的黃錦樹作品的其他論文有著明顯差異的，是最後一篇凱瑟的論文。

作者．後設小說．讀者

凱瑟認為，黃錦樹「既是作家也是學者、評論家」，「『藉由同時達到作者的功能與讀者的功能，得以體現小說創作與小說受容這兩個面向』[1]」，因此在一個故事的「內部」當中「可以結合文本與對這個文本的批判或評論」，很輕易地就能成為一篇「後設小說」[2]。她更進一步指出，後設小說是透過各種「文學技巧」，以「文本的內部結構出現在文本上」，將後設小說視為一種文本內在的特性。另一方面，她也認為後設小說是讀者「分析文本的方式所產生的結果」（頁一三）。參照「後設小說是某種特定讀法的實踐所產出」[3]，「後設小說是閱讀讀法的功能」[4]等等閱讀論的見地，凱瑟以這些理論為前提，仔細爬梳黃錦樹〈死在南方〉、〈M的失蹤〉這兩篇作品中知識論的開展過程，也就是這兩篇小說共通的特徵：試

1 Mark Currie ed. *Metafiction* (London: Longman, 1995), p. 3.

2 Ibid., p. 45.

3 Wenche Ommundsen. *Metafictions?: Reflexivity in Contemporary Texts* (Carlton, Vic.: Melbourne University Press, 1993), p. 29.

4 強調標記為作者所加。Mark Currie ed. *Metafiction*, p. 5.

圖尋找行蹤不明的對象這種探索的故事。接下來，我將探討凱瑟如何運用「文本與對這個文本的批判或評論」和上述知識論的開展過程之間的關係，也就是後設小說論來分析黃錦樹作品。

參考文獻

Currie, Mark ed. *Metafiction* (London: Longman, 1995).

Ommundsen, Wenche. *Metafictions?: Reflexivity in Contemporary Texts* (Carlton, Vic.: Melbourne University Press, 1993).

松浦恆雄，〈解說——黃錦樹的華語情結〉，收入黃錦樹著，濱田麻矢等譯，《夢と豚と黎明：黃錦樹作品集（台湾熱帯文学）》（京都：人文書院，二〇一一）。

2.〈開往中國的慢船〉：引言筆記——圓環結構與轉敘

我暫時中斷〈英文「黃錦樹論」之我見〉探討凱瑟論述的寫作，收集相關資料的過程當中，對於黃錦樹作品的引言與作品最後的場景或表達手法之間，似乎有著某種對應關係的這個問題，獲得相當程度的「驗證」成果。所以我想在我還沒忘記的時候，以〈英文「黃錦樹論」之我見〉的一個很長的旁注的形式，做一個短短的筆記。具體而言是指日文版〈開往中國的慢船〉的開頭引言與最後的場景之間的關係。

引言

黃錦樹短篇集所收入的日文譯本，並沒有將〈開往中國的慢船〉的開頭引言翻譯成日文，而是保留馬來文的原樣，連譯注都沒有。如下所示[1]：

Syahadan maka diberi oleh Tuan Bonham tiga pucuk surat berpalut kuning, sepucuk kepada Raja Bendahara, dan sepucuk kepada Raja Temenggung, dan sepucuk kepada Yang Dipertuan

1 黃錦樹著，森美千代譯，〈中国行きのスローボート〉（開往中國的慢船），《夢と豚と黎明：黃錦樹作品集（台湾熱帯文学）》（京都：人文書院，二〇一一）。

Kelantan.

——*Kisah Pelayaran Abdullah Ke Kelantan*（斜體為筆者所加）

這一段文字翻譯成英文是——As a result they went to see Mr. Bonham and asked him for letters to Kelantan. Mr. Bonham gave them three letters wrapped in yellow, one to the Raja Bendahara, one to the Raja Temenggong, one to the Ruler.[2]（斜體字的部分請參照後述）

而法文翻譯則是D’aprés cette résponse, les marchands se concertérent et se rendirent tous ensemble chez M.Bonham pour lui demander cette lettre. Celui-ci leur en donna trois enveloppées de jaune, l’une pour le Radja Toumenggong. Et la troisiéme pour le roi de Kalantan.[3]（接獲吉蘭丹方面的回信後，華裔商人便和猶太商人共商對策，因為後者在那些船上也有配貨。他們聯袂去會晤博納姆先生，要求他書函致給吉蘭丹當局。博納姆先生一共寫了三封信，用黃布包裹。一封致給拉惹本達哈拉，一封給拉惹天猛公，另一封是給吉蘭丹的陽第伯端）[4]。

最後的場景「皮很黑的瘦子」

〈開往中國的慢船〉最後的場景，主角從「昏迷」中醒來，三位「華人」與「一個穿著鮮亮的馬來裝，松谷還插著把金光閃閃的吉利斯的皮很黑的瘦子」站在他身邊，「嘴巴和鼻子之間有很濃密油亮的鬍子，眼睛圓睜，看起來像印度人。」（「松谷」是「馬來人的伊斯蘭教男性正式穿著的帽子」、「吉利斯」是「插在松谷上的一種飾品。表示地位與榮譽」[5]）。其中一個華人是這樣介紹這位皮很黑的瘦子：「這是我們頭家，真有名的**文西鴨・都拉**先生。我們剛遊完**吉蘭丹**，正要回新嘉坡拉」[6]。文本就此結束。

兩者的關係・轉敘

問題在於這兩者之間的關係：其一是開頭的引言，另一個則是最後的場景。它們各自在文本中的不同位置，形成要素也完全不同，然而卻讓人感到一種神祕的對應關係。具體來說是在引言的最後一行「*Kisah Pelayaran Abdullah Ke Kelantan*」這段馬來文，和最後的場景被稱作「**文西鴨・都拉**」的這位「穿著馬來服」「戴著插著吉利斯的松谷」的「皮很黑的瘦子」

2 A. E. Coope (1849, 1967). *The Voyage of Abdullah (Pelayaran Abdullah). Being an Account of his Experiences on a Voyage from Singapore to Kelantan in AD 1838*, pp. 1-2.

3 E. Dulaurier (1850). *Voyage d'Abd-Allah ben Abd-el-Kader Mounschy (homme de lettres) de Singapore à Kalantan sur la côte orientale de la péninsule de Malaka, entrepris en l'année 1838*, pp. 5-6.

4 編按：原初北岡先生的日文翻譯乃取大致意思。本段譯文為忠於原著，取自楊貴誼譯，《阿都拉遊記：吉蘭丹篇》（新加坡：熱帶出版社，二〇〇〇），內容較英文、法文譯文都較為完整。Raja，拉惹，王者。Bendahara，本達哈拉，相當於宰相。Temenggong，天猛公，次於宰相的官職。Yang Dipertuan，陽第伯端，州統治者。

5 日文版小說譯者注。編按：松谷，songkok，也稱宋谷帽，東南亞穆斯林在正式場合配戴的男用帽子。吉利斯，keris，馬來短劍。

6 黃錦樹著，森美千代譯，〈開往中國的慢船〉，《夢と豚と黎明》，頁二二七－二二八。

（粗體字為筆者所加）突然登場之間。這也和「遊完」這個詞之前出現的「**吉蘭丹**」這個地名似乎有些關係。

根據我收集的資料來看，引言的最後一行是書名，在英文與法文的譯文中（以下粗體字為筆者所加）——

Coope, A. E. (1849, 1967). *The Voyage of Abdullah (Pelayaran Abdullah). Being an Account of his Experiences on a Voyage from Singapore to Kelantan in AD 1838.*

Dulaurier, E. (1850). *Voyage d'**Abd-Allah** ben Abd-el-Kader Mounschy (homme de lettres) de Singapore à **Kalantan** sur la côte orientale de la péninsule de Malaka, entrepris en l'année 1838*（在一八三八年，文學家文西鴨都拉沿著馬六甲所在的半島東岸，由新加坡至吉蘭丹的旅遊〔省略部分專有名詞〕）。

原著阿都拉就是《文西阿都拉自傳》的作者文西阿都拉（Abdullah bin Abdul Kadir, 1796-1854），也是被譽為「馬來現代文學之父」[7]的文豪。

而看到粗體字的地名「吉蘭丹」各位也能馬上了解，這是作品開頭的引言與最後的場景相呼應的地方。然而地名並非兩者共鳴的關鍵。重點是我所強調的另一個要素：穿著「馬來服」的「皮很黑的瘦子」的名字「文西鴨．都拉」。原作將它表記為「文西鴨．都拉」，旁邊的華人講「閩南語」，所以這邊應該是用閩南語的發音才是（閩南語發音就教於黃英哲先生）。承蒙黃英哲先生的相助，我詢問作者黃錦樹先生才知道，這裡華語的寫法是對應馬來語的Encik Munsyi Abdullah，Encik是尊稱「先生」，Munsyi Abdullah是前述的文西阿都拉。也就是說開頭引言最後一行《吉蘭丹遊記》的作者。如此一來開頭引言和作品最後突然登場的「皮很黑的瘦子」之間的關係，可以說豁然開朗了。從文本結構來看，可說是作品的開頭與結尾暗地互相共鳴的**圓環結構**。故事世界的建構法可以說是「本體論的轉敘metalepsis」[8]。「本體論的轉敘指的是，作品中的人物與（作品中的）事物，將兩個層次／兩個世界之間的……本體論〔時間上空間上〕的界線，既弔詭又看似從現實層面、身體性、物理性地侵犯跨境而成立」（Wolf 2009）的一種建構故事世界的手法（〔 〕內為筆者補充）。

舉例來說，十九世紀作家高提耶（Théophile Gautier）的作品《翁法勒》（*Omphale*）當中，十七歲的年輕人借住在叔父家，借住的房間牆上掛著一幅織著海利克斯與翁法勒（利比亞女王）圖像的掛毯。住了一陣子之後，每天晚上翁法勒（其實是T侯爵夫人的變裝）都會從掛毯上降臨，與年輕人同床共枕，傾訴愛意——這個狀況下，從年輕人的「現實世界」角

7　Keat Gin Ooi. “Abdullah bin Abdul Kadir Munsyi (1797-1854), Modern Malay Writer,” in *Southeast Asia: A Historical Encyclopedia, From Angkor Wat to East Timor*. V. II. Keat Gin Ooi ed. (Santa Barbara, Calif.: ABC-CLIO, 2004).

8　Marie-Laure Ryan. “Logique Culturelle de la métalepse, ou la m´talepse dans tous ses états,” in *la métalepse littéraire*. John Pier et al., eds. *Métalepses: Entorses au pacte de la representation* (Paris: Édition de l’EHESS, 2005); Werner Wolf. “Metareference across Media: The Concept, its Transmedical Potentials and Problems, Main Forms and Function,” in *Metareference Across Media: Theory and Case Studies*. Werner Wolf, Katharina Bantleon and Jeff Thoss eds. (Amsterdam: Rodopi, 2009).

度來看，扮作翁法勒的侯爵夫人**肖像**，從虛構的掛毯繪畫世界裡面，侵犯隔開虛實兩界的界線，「身體性・物理性地」出沒於年輕人的「現實世界」。這就是最典型的本體論的轉敘[9]。

類似的例子還有伍迪・艾倫（Woody Allen）的〈庫格馬斯插曲〉（"The Kugelmass Episode"）。現實存在的紐約市立學院人文學教授庫格馬斯，如字面所述，侵入了《包法利夫人》這個虛構世界之中。他不僅與愛瑪共譜戀曲，愛瑪也反過來拜訪「現實的」紐約市。阿根廷作家胡里奧・科塔薩爾（Julio Cortázar）在〈公園續幕〉（"Continuidad de los parques"）這篇小說中描繪，看似正在不倫的兩位男女角色穿越公園，悄悄入侵一棟房子，「身體性・物理性地」殺害了一位男子。而這位男子正專注閱讀這兩位角色登場的小說[10]。

在〈開往中國的慢船〉裡，雖然不像前述二例這麼明確，也可看出有相同的「跨境」現象。比方說這篇小說當中，不過是引言文本裡的一個語言符號的**作者名**，卻能超越區分符號的世界與「現實的世界」（〈開往中國的慢船〉作品人物生活的世界），所謂「本體論的界線」，進入「現實」的世界裡，以「穿著馬來服的」「皮很黑的瘦子」阿都拉先生（文西）的身分，在「現實」的世界裡親「身」經歷「五一三事件」（一九六九年五月馬來亞半島的種族衝突事件）（此外關於阿都拉來自「印度」的祖先等內容請參照《文西阿都拉自傳》）。而且「阿都拉」這個名字，也從故事世界**外**的引言，踏入了故事世界**內**，大膽進行了另一個跨境。

然而〈開往中國的慢船〉這個作品所包含的課題，不光只是我們所探討的圓環結構與轉敘而已。接下來還有更大的課題：我們該如何把剛才探討的結論，與這個作品的主要內容，也就是以主角少年「鐵牛」開往中國的故事放在一起討論。我會在之後的文章仔細思考這個問題。

文本參照

黃錦樹著，森美千代譯，〈中国行きのスローボート〉（開往中國的慢船），《夢と豚と黎明：黃錦樹作品集（台湾熱帯文学）》（京都：人文書院，二〇一一）。

參考文獻

Meyer Minnemann, Klaus. "Un proceed narrative qui *produit un effet de bizarrerie*," in *la métalepse littéraire*. John Pier et al., eds. *Métalepses: Entorses au pacte de la representation* (Paris: Édition de l'EHESS, 2005).

Ooi, Keat Gin, "Abdullah bin Abdul Kadir Munsyi (1797-1854), Modern Malay Writer," in *Southeast Asia: A Historical*

---

9 詳細的分析請參照 Klaus Meyer Minnemann. "Un proceed narrative qui *produit un effet de bizarrerie*," in *la métalepse littéraire*. John Pier et al., eds. *Métalepses: Entorses au pacte de la representation* (Paris: Édition de l'EHESS, 2005).

10 Marie-Laure Ryan. "Logique Culturelle de la métalepse, ou la m'talepse dans tous ses étas," in *la métalepse littéraire*. John Pier et al., eds. *Métalepses: Entorses au pacte de la representation.*

Encyclopedia, From Angkor Wat to East Timor. V. II. Ooi Keat Gin ed. (Santa Barbara, Calif.: ABC-CLIO, 2004).

Ryan, Marie-Laure. "Logique Culturelle de la métalepse, ou la m´talepse dans tous ses étas," in *la métalepse littéraire*. John Pier et al., eds. *Métalepses: Entorses au pacte de la representation* (Paris: Édition de l'EHESS, 2005).

Wolf, Werner. "Metareference across Media: The Concept, its Transmedical Potentials and Problems, Main Forms and Function," in *Metareference Across Media: Theory and Case Studies*. Werner Wolf, Katharina Bantleon and Jeff Thoss eds. (Amsterdam: Rodopi, 2009).

3. 英文「黃錦樹論」之我見（2）

在〈英文「黃錦樹論」之我見（1）〉當中，我簡單整理了凱瑟所著的黃錦樹論的基本立場，接著當然是要具體探討其立論。在那之前，先釐清凱瑟的黃錦樹論大致的框架。這也是因篇幅限制，沒能好好在前文提及的內容。

凱瑟的論文摘要如下：「本論文是從現代中國的作家，高行健、黃錦樹、王小波的作品當中選出幾篇，並聚焦在這些作品裡面後設小說的要素。我〔一方面〕將後設小說定義為**存在於文本內部**、**形式上的特徵**，以及〔另一方面是讀者〕**貼近文本的方法帶來的結果**。因此我們會面臨兩個問題。（1）文本在本體論上理想的狀態，（2）作者與讀者之間，虛構與現實之間的，（曖昧的）關係等（後現代的）問題〔結論裡凱瑟又加入了「文本與世界之間・事實與虛構之間」的關係〕。藉由結合中國固有的文學傳統與國際上的文學運動，來爬梳現代中國的後設小說，對後設小說研究領域能有寶貴的貢獻」。也就是說跳脫以往以歐美後設小說作品研究為中心的西歐學術圈的框架，透過引進「現代中國的後設小說」作品研究，彌補西歐後設小說研究的不足，因而「對後設小說研究領域能有寶貴的貢獻」，是凱瑟認為自己的論文的研究意義（粗體字與〔〕為筆者所加）。[1]

1 Marjolijn Kaiser, "Don't believe a Word I say: Metafiction in contemporary Chinese Literature," (Ann Arbor: UMI, 2011), p. IV.

這篇論文可分作三部分。第一章將論述架構定為「現代中國文學中的後設小說」[2]，概略解說所有的專門用語（八〇年代後期——九〇年代後期的華語作品）。第二章「後設小說 這裡．那裡．所有地方」裡，根據最早提出後設小說這個論點，並建構／論述的Linda Hutcheon（一九八〇），書寫後設小說論指南書的Patricia Waugh（一九八四），彙整各家後設小說論的Mark Currie編輯（一九九五）等論著，定義後設小說的用語／概念（廣義解釋下可理解為「（創造）虛構的虛構」，「前者所指的虛構指的是特定的文本／其他文學文本／一般而言所謂虛構的概念」。[3]這部論文以這些一般論為前提，在第四章探討黃錦樹的兩個作品〈M的失蹤〉（一九九〇）、〈死在南方〉（一九九二）。並以「行蹤不明的動機」作為共通主題來解讀這兩篇作品（第三章是高行健（一九四〇－）的〈靈山〉（一九九〇）論，第五章是王小波（一九五二－一九九七）的〈未來世界〉（一九九七）論，第六章是〈結論：不要相信我說的話〉，這個悖論也是論文全體的標題。

凱瑟的這篇碩士論文（二〇一一）是由古艾玲（奧勒岡大學）指導。如〈英文「黃錦樹論」之我見（1）〉當中所述，古艾玲在自己的博士論文（二〇〇六）與期刊論文（二〇一〇）裡，也和凱瑟探討相同的黃錦樹作品，只是從「身分認同」這個不同的觀點切入。凱瑟將這些前行研究作為基礎。[4]然而她自身的「分析目標」並不在那些問題，而再三強調自己的分析目標是「闡明這些故事如何善用後設小說的要素，來解構事實與虛構的既定概念，探求文本的本體論理想的形態」[5]。很明顯地與她的指導老師有著不同的觀點。或許也隱含對於老師的「挑戰」吧。我們先來看接受挑戰的論文大要。

古艾玲〈M的失蹤〉論的特徵在於雙線作戰。一線是以尋找M這個身分不明作家的「身分認同」，將「探索」作為主導動機來閱讀。另一線是以郁達夫的「失蹤」問題來和上述的「探索」連結。這一點她在博士論文中，〈M的失蹤〉的內容介紹裡就說得十分明確。根據這個內容介紹，本作品中「南洋的郁達夫傳說的引用方法（和〈死在南方〉、〈補遺〉）並不相同。黃錦樹在這個故事當中，召喚郁達夫這個人物，來批判馬來西亞全體，特別是馬華文學的文學文化政策」。然而同時她又認為「〈M的失蹤〉說的是**探索的故事**，也就是在英文小說"Kristmas"受到《紐約時報》的文藝評論家注目後，試圖尋找除了M這個名字之外，人們一無所知的馬來西亞作家的身分的故事」[6]。故事的「主角是一位對於馬華文學有興趣，也十分精通的馬華新聞記者，為了找出廣受好評的小說"Kristmas"的作者，展開了廣闊的探索」[7]。然而「這位記者最後發現，**自身的探索**，完全被另一位作者（其實就是M）**事先紀錄下來**。

2 Ibid., p. 1.
3 Ibid..
4 Ibid., p. 46.
5 Ibid., pp. 47-48, cf. p. 88.
6 粗體字為筆者所加。Groppe, Alison McKe. "Not Made in China: Inventing Local Identities in Contemporary Malaysian Chinese Fiction," (Harvard University Dissertations, 2006), p. 146.

『也許不久後會有人發現我的「失蹤」（那是結構上的必然……）。』」故事的摘要就這樣，在記者擔憂自己的未來作結[8]。這個結尾[9]正是問題點的所在。

凱瑟繼承了古艾玲的讀法，她也認同「**探索**是黃錦樹的許多作品中具有支配地位的主題」[10]。〈M的失蹤〉裡「從開頭推動故事前進的主要疑問，就是M到底是誰？這個問題」。她承繼這個讀法，更進一步引Waugh（一九八四）為據，拿另一個也是以探索為主的故事「偵探小說」作為對照。根據Waugh的論述，偵探小說當中「緊張感都是藉由提出謎題、祕密來製造，並且藉由推遲正確的解謎來更加提高緊張感」。「和後設小說一樣，前景化真實身分的問題（誰是犯人）。犯人究竟是誰，讀者的一顆心從頭到尾都被懸在半空中。最後**偵探合乎理性的操作全面勝過無秩序**[11]」[12]。如此，「傳統的偵探小說是在故事的框架內解決謎題祕密。從文本的開頭這種懸在半空中的狀態一直維持到最後。但是最後的解謎也會讓讀者覺得，肩膀上真實人生的責任被卸下來了。因為不管怎樣的謎題，最終都會獲得解決。然而將後設小說引進偵探小說這個類型時，就不再遵守〈問題——探索——解決〉這個傳統的結構。在故事的框架裡也不會提供令人滿足的解謎，而是告訴讀者問題存在於文本之外的世界。因此『偵探小說的情節並不是秩序，而是利用故事世界的表層與深層結構來表現不合常理』」[13]。在〈M的失蹤〉之中古艾玲和凱瑟都認同「我們可以將尋找M讀作探索M的民族身分」。「然而透過提出絕對不會出現（不可能出現）答案的問題，來解釋世界就是不合常理這件事，也是可以理解的。這個不合常理又透過可悲的記者「黃」氏表現出來。因為他將察覺到，自己寫的故事已經〔以M的作品〕被發表在報紙上了。所以他也從為了結束探索而踏上旅途，一個積極的行動者，被轉換為一個不知作者為何者的故事中，無能為力且被操縱的作品中人物」[14]。

在最後一點上，指導老師和研究生的看法有著決定性的區別。前面敘述過的「這位記者最後發現，自身的探索，完全被另一位作者〔其實就是M〕」事先紀錄下來。『也許不久後會有人發現我的「失蹤」（那是結構上的必然……）。』」故事的摘要就這樣，在記者擔憂自己的未來作結[15]」這個問題點，也就是本作品最具決定性的重要部分，指導老師古艾玲發表在期刊時竟然刪除了[16]。與她相反，研究生凱瑟把這個被指導老師刪除的部分，在短短的〈M的失蹤〉論文裡面，一共提及了五次[17]。對作品核心的看法，兩者呈現鮮明的對比，更可看

---

7 Ibid., p.148.
8 粗體字為筆者所加。Ibid., p.150.
9 Ibid..
10 粗體字為筆者所加。Marjolijn Kaiser, "Don't believe a Word I say," p. 55.
11 Patricia Waugh. *Metafiction: The Theory and Practice of Self-Conscious Fiction* (London: Methuen, 1984).
12 粗體字為凱瑟，〔 〕為筆者。Marjolijn Kaiser, "Don't believe a Word I say," p. 56.
13 Patricia Waugh. *Metafiction*, p. 83.
14 Marjolijn Kaiser, "Don't believe a Word I say," p. 57.
15 Alison McKe Groppe. "Not Made in China," p. 150.
16 Alison McKe Groppe. "The Dis / Reappearance of Yu Dafu in Ng Kim Chew's Fiction," p. 183.

出兩人對於〈M的失蹤〉論點有著決定性的差異。接下來我們再來仔細看看這個差異。（追加參考文獻。其他請參照〈英文「黃錦樹論」之我見〔1〕〉）

參考文獻

Hutcheon, Linda. *Narcissistic Narrative: The Metafictional Paradox* (Waterloo ON: Wilfrid Laurier University Press, 1980).

Waugh, Patricia. *Metafiction: The Theory and Practice of Self-Conscious Fiction* (London: Methuen, 1984).

17 Marjolijn Kaiser, "Don't believe a Word I say," pp. 50, 53, 54-55, 57, 59.

4. 英文「黃錦樹論」之我見（3）：〈我的朋友鴨都拉〉文西阿都拉的再登場（一）

這裡我們先暫時擱置古艾玲／凱瑟師生的對抗關係，先前〈英文「黃錦樹論」之我見（1）〉當中提到的張曉東（Antonio Paoliello，巴塞隆納自治大學），以及他的碩士論文"Reading Ng Kim Chew,"），請容許我暫且離題至張曉東最近完成並公開發表的博士論文"Self, Other and Other-Self: The Representation of Identity in Contemporary Sinophone Malaysian Fiction,"（2011）。從副標題所示的相關問題看來，這篇博士論文確實是一部需要好好討論的力作。不過馬華文學的整體論與古艾玲的論文關係，我想另起新稿再論。這裡我將聚焦到某個特定的問題。解說完黃錦樹〈非法移民〉（一九九五）、賀淑芳〈別再提起〉（二〇〇二）等一連串的作品之後，論者張曉東接著討論黃錦樹〈我的朋友鴨都拉〉（二〇〇二、二〇〇五；黃錦樹著，森美千代譯，〈中国行きのスローボート〉（開往中國的慢船），《夢と豚と黎明》），並詳細解說評論。在這個評論的開頭有一個重大的缺漏令我大吃一驚，先簡單討論。張曉東竟然忽略了黃錦樹這篇作品靠近結尾的重要小節裡，一個不容忽視的交互文本（intertext）。如果他注意到這個交互文本，他細心闡述的故事解釋，以及奠基於此的精巧結論，都將面臨大幅變更與修正。但只要發現這個隱藏的交互文本就能避免。讓我們來看看這個隱藏的事實，以免這個伊比利半島上發生的漏讀在亞洲重演。這也是之前拙作〈黃錦樹〈開往中國的慢船〉引言筆記〉當中確認過，黃錦樹對於現代馬來文學的先賢文西阿都拉的關注的另一個表現，同時也是他持續關心的證明。

張曉東的漏讀在他整理這篇作品的**摘要**中就顯而可見——

敘事者「我」，和「我的朋友」（華人名不明），一位已經改信伊斯蘭教，名字也改成「鴨都拉」，娶了「一個華人、一個馬來人、一個印度人、一個『山番』」的人。這位朋友為了達成「族群融合」的「宏願」，如何粉身碎骨，過著滑稽又悲慘的故事前半，在此先略過不提，只看和問題相關的故事後半的摘要，張曉東如此整理——「他和敘事者『我』都捲入了一個文化宗教計畫當中，這是個將在全國各地興建孔廟的計畫，也給他帶來經濟上的支持。然而這時他卻被懷疑和危險的國際伊斯蘭恐怖組織網絡有關，為了逃避警察追捕，敘事者在一間他們投資興建的孔廟中找到鴨都拉。此時鴨都拉的健康狀態極差，**簡直認不出來**。**敘事者與他共度一夜，然而天一亮，敘事者便發現『我的朋友』鴨都拉消失無蹤**。敘事者與朋友們過了幾個月才收到鴨都拉的死訊。敘事者最後才道出，原來他們參加了一場假的喪禮。因為鴨都拉的屍身早已不在，真正的喪禮在遙遠的地方，以伊斯蘭教的方式舉辦了」[1]。

這個摘要看似無誤，然而潛藏一個重要的問題。粗體字的部分，特別是共度一夜然而醒來卻發現對方消失不見這兩件事之間隱藏著一個不可忽視，應該說不容忽視的交互文本。因為張曉東沒有注意到這個交互文本，所以他解讀出了一個有瓦解之虞、不上不下的結論——「鴨都拉有了新的信仰、新的名字，確實成為了伊斯蘭教徒。然而這個信仰、這個名字並不足以將他**變成一個馬來人**（或者用更普遍的說法「**馬來西亞土著／土地之子**

Bumiputera」）。因此鴨都拉便往來於兩個世界之間。他來回於**馬來西亞華人的世界**與**馬來人的世界**之間，**從屬於雙方的同時，也不屬於任何一方**。他為了能被雙方接納，盡了極大的努力。他一方面毫無放棄身為華人這個出身的念頭，一方面也願意做任何事來融入馬來人社會」[2]。

如果上述的摘要無誤，那就是一個非常精采的結論。可以順利依照格雷馬斯的「符號矩陣」中的「複合」（both-end）與「中性」（neither-nor）畫成圖形。然而如果重新考量那個漏讀的交互文本，一切都很有可能化為烏有。張曉東完全沒有提及，根據敘事者「我」的說法，在孔廟的夜裡「我的朋友」「他說他突然好想**念書**，說了段關於**他爸爸的故事**，聽起來他似乎已經是**另一個人**了」（粗體字為筆者所加）。在這個饒富興味的脈絡之後，用直述句的方式引用「我的朋友」的話——

> ……我爸爸的工作是當馬六甲拉惹派往馬來諸邦的代表。過了不久，巴達維亞的政府祕書傳來一項命令，要他到寥內、凌加、彭亨、丁加奴和吉蘭丹等地去搜羅馬來文書

---

1 Antonio Paoliello, “Self, Other and Other-Self: The Representation of Identity in Contemporary Sinophone Malaysian Fiction,” (Bellaterra: Universitat Autònoma de Barcelona, 2011), p. 254. 粗體字為筆者所加。

2 Ibid., p. 259. 粗體字為筆者所加。

> 籍。我爸爸到上述各地後，買到了部分書籍，有些是拉惹們當成廢物贈送的，有些是僱人抄錄的，最後大概收集了六七十部各種不同名目的書籍。[3]

黃錦樹的原文裡，這一段加上引號、改變字形、前後換行等，與敘事者的敘述分離，明確強調這是直述引用自鴨都拉。然而這又**隱隱是從另一個獨立的文本「引用」而來，是雙聲部引用**的這個事實，彷彿在挑戰讀者的學識似的隱藏於故事之中（譯者也故意不注記不揭發出來）。「我的朋友」所說的故事背後，藏著一個赫赫有名的前行文本。那就是實際生活於十九世紀的文西阿都拉（Abdullah bin Abdul al Kadir, 1797-1854）的《**文西阿都拉自傳**》（***Hikayat Abdullah***）。這本書後來被翻譯為英文***The Story of Abdullah*** (trans. A. H. Hill, 1970)，以及日文《**阿都拉物語**》（中原道子譯，一九八〇），是阿都拉的「代表作 magnum opus」[4]。這段獨白的 Hill 譯文被稱為「定本翻譯」[5]，收入在頁三三至三四。日譯本雖然有部分省略，不過這個部分有完整翻譯出來，所以在此引用。（引用自中原譯文，若有誤譯、漏譯之處則引用 Hill 譯文補齊）。中原的翻譯是：

> 我的父親最後受僱於馬六甲的副武官，亞德李安．庫克先生。……我父親代表馬六甲武官范克爾與副武官庫克，出使至凌加、寥內、彭亨、丁加奴、吉蘭丹、巨港、爪哇等馬來各國，以及鄰近諸國。

有一次，巴達維亞政府的祕書傳達一份指令到馬六甲。命令我父親到寥內、凌加、彭亨、丁加奴、吉蘭丹，去尋找馬來文書籍。同時命我父親帶著馬六甲的拉惹，汀梅爾曼・泰勢的信，出使馬來人的拉惹。……我父親到訪上述各國，買了許多本書籍。有些書籍是拉惹所贈，免費得到的。又有些故事或書籍是我父親請人抄寫的。如此，我父親總共收集了六七十本，不同書名不同內容的書籍。[6]

「我的朋友鴨都拉」這時候突然節略《文西阿都拉自傳》的這一段「彷彿像念書一般」說出來。而且是以「**他爸爸的故事**」的形式說出。「似乎已經是另一個人」，而那個人正是實際生活於十九世紀前葉的歷史名人，文西阿都拉。當然，這位阿都拉在「我的朋友」生活的二十一世紀，早已成為紙上的「存在」，化為一連串文字符號，早已是久遠的「他人」。也許是考量到這個時間差距，**敘事者**在這之前就為了鴨都拉這個相隔將近一百五十年的時空跳躍，事先埋下了伏筆——「他剛從**阿拉伯**回來」的敘述後面接著一個注釋「（他說反正**他的祖先來自那裡**（？））」[7]。《文西阿都拉自傳》彷彿變成了這段的證據，扣除短短的序

3 Ibid., p. 309.

4 Abdullah bin Abdul Kadir. *The Hikayat Abdullah*. A. H. Hill Trans. (Kuala Lumpur. Oxford University Press, 1970).

5 Ajip Rosidi. *Voyage de Noces*. Trans Henri Chambert-Loir (Paris: Puyraimond, 1975).

6 阿都拉（Abdullah bin Abdul al Kadir）著，中原道子譯，《文西阿都拉自傳》（東京：平凡社，一九八〇），頁八－九。

文，這個作品的開頭是「我的曾祖父是葉門出身的**阿拉伯人**，來自烏斯曼家」[8]。而根據 Hill 及中原的解說，阿都拉的**曾祖父 Shaikh Abdul-Kadir** 是「遜尼派的正統穆斯林」，為了傳教而移居印度南部的邁索爾，在那裡和坦米爾女性結婚。婚後育有四子，第四個兒子也就是阿都拉的**祖父**，搬到馬六甲，在此與同為印度混血兒的女性蒲麗．阿淇（教師）結婚，生下**父親 Abdul Kadir**。阿都拉的父親是「精通馬來語、坦米爾語、阿拉伯語的優秀語言學家」，第一段婚姻所生的四個兒女全部夭折，再婚的妻子是馬六甲出身的印度混血兒絲拉瑪，生下一個兒子平安長大，就是我們所知的阿都拉[9]。雖然是疑問句，但是敘事者首先把這個鴨都拉可能帶有阿拉伯血統的暗示，輕描淡寫地放進故事裡。應該說也許改信伊斯蘭教時，改為「鴨都拉」這個名字本身，就是一個遙遠卻又大大方方的伏筆也不一定。只是「我的朋友」對於這個隱藏在血緣後的時空間隔有點滿不在乎，彷彿自己不停地加強身為「那個阿都拉」的「事實」似的，「隨著夜漸深，他突然改用馬來語獨白」，開始一一說起下列事蹟：

> 談到新加坡的奇聞軼事，喜歡吸食產婦血液的無頭鬼傳說、降頭的傳說；因華人農曆年放爆竹不慎造成大爆炸，燒毀了他的家當；談到許多他和萊佛士之間的故事，關於萊佛士之懼怕榴槤，萊佛士之勤勉學習馬來文及收集馬來文古抄本、博物學家似的好奇和專注……語調中滿是緬懷和尊敬；講到送萊佛士回英國時，竟然還難過的流下眼淚，啜泣不已，好像是剛剛發生的事。隨之敘及他的馬來文教師生涯、與英國牧師湯遜合作把

聖經譯成馬來文……他編纂第一部馬來語語法書的苦心、編印《馬來紀年》……述及妻子因難產而死而嚎啕大哭。[10]

這些當然全部都是引自《文西阿都拉自傳》。以下我將會幫每一個事蹟標上編號，除了一部分以外，我會依編號順序標示出處。這裡也是以中原譯本為主，Hill譯本為輔。日文譯本省略的部分會用英文譯本補充。

1.「新加坡的奇聞軼事」（〈我的朋友鴨都拉〉）。

符合這段敘述的事蹟相當多，一一引用會太長，所以除去某些事蹟，我放棄照著譯文引用，簡單摘要。即使如此還是過於蕪雜冗長，與萊佛士有關的事蹟請參照（5），許多可找出特定身分的教育對象就跟「馬來文教師生涯」（6）一起放到最後。

7　Antonio Paoliello, “Self, Other and Other-Self,”, p. 308. 粗體字為筆者所加。

8　阿都拉著，中原道子譯，《文西阿都拉自傳》，頁六；Abdullah bin Abdul Kadir. *The Hikayat Abdullah*. A. H. Hill trans., p. 31. 粗體字為筆者所加。

9　Abdullah bin Abdul Kadir. *The Hikayat Abdullah*. A. H. Hill trans., pp. 6-7; 阿都拉著，中原道子譯，《文西阿都拉自傳》，頁二九三。

10　黃錦樹著，森美千代譯，〈我らがアブドラ〉（我的朋友鴨都拉），《夢と豚と黎明》，頁三〇九。

2.「喜歡吸食產婦血液的無頭鬼傳說」（〈我的朋友鴨都拉〉）

「無頭鬼（penanggalan）」是「只有到脖子的頭，後面拖著內臟」，「喜歡吸食孕婦的血。因此有一個習俗是有孕婦的人家，都會在門或窗放帶刺的葉子。或者在產褥旁放荊棘。那是為了防止無頭鬼來吸孕婦的血。」[11]（〔〕為筆者所加）。以下是阿都拉親手畫的插圖[12]。這個插圖是由這本雜誌複印而來。

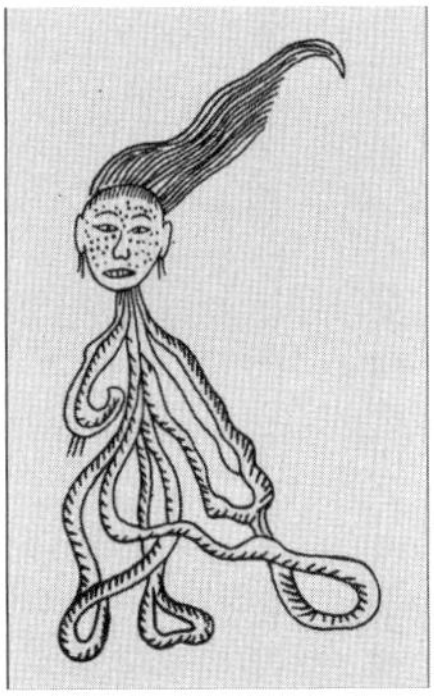

3.「降頭的傳說」（〈我的朋友鴨都拉〉）。

「有太多魔法多到我想不起來。比方說使肉體強壯的法術、打倒敵人的法術、春藥、不死身的法術、超能力、妖術、透明人法術、使敵人武器容易碎裂的法術、使人難以下判斷的法術、奪取他人記憶的法術、激起戰鬥意志的法術等等，我不知道其他到底還有多少種。這裡所說的都是人們相信的法術。有老師，有學習這些魔法的地方，也有熟知許多疾病、許多藥物的專家。這些都是給人類帶來災難的東西」[13]。

在《文西阿都拉自傳》2和3原本順序相反，這裡我調整成〈我的朋友鴨都拉〉敘事者的先後順序。兩件都是應英國傳教士W. 米憐（一七八五－一八二二）及其夫人要求，阿都拉講述的一連串「幽靈」「魔術」奇談的一部分。起頭是因夫人僱用替孩子修改衣服的華人女性對夫人說，前一天孩子「被龐蒂雅娜（Pontianak）和波隆（Sundel bolong）附身，差點被殺死」，而受夫人之託的阿都拉傾囊相授，告訴傳教士和夫人這些傳說[14]。

4.「因華人農曆年放爆竹不慎造成大爆炸，燒毀了他的家當」（〈我的朋友鴨都拉〉）。

「那時我借宿在新加坡商人的地方。那個月剛好是華人的新年，在那個月的十三日許多孩子**排隊提著花燈**〔there were crowds of children **throwing fire-crackers**〕[15]」。「晚上七點左右，突然有人跑來大喊『失火了』。剛好那時候我生病躺在陽台的床上。我從枕頭上抬起頭，看到窗外一片紅紅的火焰。火花成團如雨落下。我像是因為恐懼而失了魂的人愣住，衝到窗邊，沒換衣服就往下跳。身邊細軟、行李、旅行箱、文具盒、在中國人的船上買的美麗的物品、八籠甜橙、萊佛士給我的信件、書、其他的信、以及放在箱子裡大概四百令吉左右

---

11 阿都拉著，中原道子譯，《文西阿都拉自傳》，頁一一〇－一一；Abdullah bin Abdul Kadir. *The Hikayat Abdullah*. A. H. Hill trans., pp. 116-17.

12 Robert Morrison and William Milne eds. *The Indo-Chinese Gleaner: Containing Miscellaneous Communications on the Literature, History, Philosophy, Mythology &c. of the Indo-Chinese Nations* (Malacca : Printed at the Anglo-Chinese Press, 1818-1821), p. 140.

13 阿都拉著，中原道子譯，《文西阿都拉自傳》，頁一〇九；Abdullah bin Abdul Kadir. *The Hikayat Abdullah*. A. H. Hill trans., p. 115.

14 阿都拉著，中原道子譯，《文西阿都拉自傳》，頁一〇九－一一三；Abdullah bin Abdul Kadir. *The Hikayat Abdullah*. A. H. Hill trans., pp. 113-18。

15 Abdullah bin Abdul Kadir. *The Hikayat Abdullah*. A. H. Hill trans., p. 239.

的現金等等，全部都放著逃跑。那時我根本失去理智。完全沒有想到自己的財產。因為火炎和爆炸的聲音，像是暴風雨般發出巨大的聲響，我看到火勢燒得跟山一樣高，十分恐懼。我跳下窗，卻一點也不覺得痛，也不覺得累。原本生病的我突然好像跑得動了。抬頭一看，火勢已經燒到我住的地方。那時候我才想起，我的信件、旅行箱以及身邊細軟。我要往回跑的時候，旁邊屋子裡的火藥突然發出雷鳴似的聲響爆炸。石頭、柱子、布匹等四處飛濺，整間房子都崩塌了。我很難過，深受打擊，吸了一大口氣，飛奔逃命。心裡滿滿都是我的失意、失去財產、身上病痛，這些不幸的事」[16]。

7.「與英國牧師湯遜合作把聖經譯成馬來文」（〈我的朋友鴨都拉〉）。

和阿都拉「合作把聖經譯成馬來文」的「湯遜」[17]就是Claudius Henry Thomsen。這位「湯遜」不是「英國人」，而是有著強烈自我主張的「德國人」[18]。中原並沒有把這段和聖經相關的部分翻譯出來，只在譯注標示「這是有關翻譯馬太福音時湯遜和阿都拉的論爭，以及阿都拉指正湯遜的誤譯」[19]。Hill的譯文（為了避免雙重翻譯，故直接引用英文原文）——

Mr. Thomsen had said to me one day "Now I want to do a revision of the Gospel according to St. Matthew from Javanese Malay into proper Malay. For at present there is only a Dutch version which is not in correct Malay. Let us therefore rewrite it, changing all the phrases which are unidiomatic." I replied. "If, sir, you wish to change the wording of the book, you had better explain the meaning carefully to me until I have grasped it, and then I can supply the Malay words. Do not force suggestions on me but be patient. Moreover, I would like a promise that you will not dispute anything which I consider correct." "That is agreed," he said. 然而湯遜一一打破這個約定。I started to revise the work but I felt that I cramped my efforts, not giving me a chance to make corrections, for he really could not fathom the nuances of Malay style. 阿都拉將那些例子一一具體舉出，為免繁瑣在此省略，只引用他的結論。I have given a brief summary of the words which passed between me and Mr. Thomsen owing to his obstinacy and his very inadequate understanding of Malay. So there remain several obscure renderings for which I will not quote chapter and verse, for readers of this book will perfectly well understand. But if they come across any mistakes in the Gospel according to St. Mattew due to Mr. Thomsen's clumsy renderings in the Malay language, they should kindly

16 阿都拉著，中原道子譯，《文西阿都拉自傳》，頁二三一；Abdullah bin Abdul Kadir. *The Hikayat Abdullah*. A. H. Hill trans., pp. 239-40.

17 Abdullah bin Abdul Kadir. *The Hikayat Abdullah*. A. H. Hill trans., p. 74.

18 Ibid., p. 110.

19 阿都拉著，中原道子譯，《文西阿都拉自傳》，頁一三〇。

remember I was acting under instructions and could do nothing to add or remove a single word without Mr. Thomsen's full authority. I myself have fully realized that in this Gospel there are many awkward-rendering passages, and words used in impossible contexts. Because of these solecisms people are liable to misconstrue the sense. 然而湯遜不僅想要改譯〈馬太福音〉，還表示要改譯〈使徒行傳〉，結果也是相同。阿都拉最後的總結就是—— It was still Mr. Thomsen's habit always to be guided by English or other languages in his Malay translation, paying no attention to Malay idiom. Therefore people quickly recognize any work done by Mr. Thomsen, the words only being in Malay, the construction in English which does not resemble Malay style.[20]

8.「他編纂第一部馬來語語法書的苦心」（〈我的朋友鴨都拉〉）。

這個事件還有一個前傳。「我的馬來語基礎是他〔拿督蘇萊曼〕教我的。我認識拿督蘇萊曼的時候，他已經大概八九十歲了。他是道地的馬來人，也是一個學者，出身在一個很好的家族。還有一位拿督阿斯杜爾，也是差不多年紀」。「這兩位先生是向我引介馬來語所有奧祕的老師。他們教我馬來語的文法變化，及這些文法的正確用語，文節有始有終，發音符號寫在字的上下前方，還有發音符號的分別」。「『可是』我的老師說，『沒有一個人夠聰明，可以組織這些詞語，發明馬來語的文法』」[21]。「我每天向他（J. Hughes）學習英語文法。因為我想要把它們應用在馬來語裡。我會覺得……這些東西能派上用場，是因為馬來語沒有文法。因此，很多馬來人在學阿拉伯語的文法……只是一千個人裡也沒有一個人有辦法完全學好」。「我想要是馬來語有文法的話……對馬來人來說很方便，也可以拿去學校教學習馬來語的兒童」[22]。然而中原的譯文就此中斷，英文譯文中長達兩頁的敘述，僅簡單摘要成「他提到希望能編纂出一本馬來語文法的正確用法的文法書」一句話。這裡我想特別指出一點，就是如同日文譯者摘要所示，阿都拉用「編纂」這個字的過去式表示一個事實：在那之前並沒有「馬來語文法書」。他所說的不過是「編纂」的「期望」而已。因為如同他的老師所說，十九世紀前半並沒有「一個人夠聰明可以發明馬來語的文法」。

但是這裡需要加注一件事。在阿都拉生前，雖然不是馬來人自己編著，W. Marsden, *Grammar of Malayan Language*（London, 1812），和同一位作者的馬來語辭典（*Malay Dictionary*〔London, 1811〕）已經出版。阿都拉自己也注意到了這件事。為了測試阿都拉身為馬來語教師的實力，傳教士William Milne帶來的這兩本馬來語的「辭典和文法書」也是

20 Abdullah bin Abdul Kadir. *The Hikayat Abdullah*. A. H. Hill trans., pp. 131-33.

21 阿都拉著，中原道子譯，《文西阿都拉自傳》，頁三六－三七；Abdullah bin Abdul Kadir. *The Hikayat Abdullah*. A. H. Hill trans., pp. 52-54.

22 阿都拉著，中原道子譯，《文西阿都拉自傳》，頁一三七；Abdullah bin Abdul Kadir. *The Hikayat Abdullah*. A. H. Hill trans., p. 245.

Marsden所編著的[23]，同樣情形根據Hill的考據，海軍上尉T. J. Newbold應該也是拿這兩本[24]（待續）。

23 Abdullah bin Abdul Kadir. *The Hikayat Abdullah*. Trans A. H. Hill, pp. 106-107.

24 Ibid., p. 249.

5. 英文「黃錦樹論」之我見（4）：〈我的朋友鴨都拉〉文西阿都拉的再登場（二）

9.「編印《馬來紀年》」（〈我的朋友鴨都拉〉）。

關於這一項《文西阿都拉自傳》當中只有用極為平淡的口氣提到「我們出版了《馬來紀年》」[1]，I was occupied printing an edition of the "*Sejarah Melayu*"[2]，完全沒有提到其他事情。這部《馬來紀年》不僅是「以馬來語紀錄這個國家的主要史料」[3]，也是「從歷史敘述的發展史來看……屬於伯倫漢的所謂敘事風的歷史"erzählende Geschichte"」[4]。而且「幾乎可說是馬來文學的典型，本書典美的文體至今仍占據馬來古典文學的寶座」[5]。因此，阿都拉「編印」的版本，應該是他在世時出版的《馬來紀年》的英譯本[6]，阿都拉死後出版的法語譯本[7]，或

1 阿都拉著，中原道子譯，《文西阿都拉自傳》，頁二七三。
2 Abdullah bin Abdul Kadir. *The Hikayat Abdullah*. Trans A. H. Hill, p. 291.
3 Ibid..
4 西村朝日太郎，《馬來編年史研究：スヂャラ・マラユ》（東京：東亞研究所，一九四二），頁一九。
5 同前注，頁一五。
6 John Leyden trans. *Malay Annals: Translated from the Malay Language* (London: Longman, Hurst, Rees, Orme, and Brown, 1821).
7 Aristide Marre. 1896. *Le Sadjarah Malayou (L'arbre généalogique malais) ou histoire des radjas et des sultans malais depuis les origines jusqu'à la conquête de Malaka par A. d'Albuquerque en 1511 (par Toun Bembang de Patani)*. Traduit du malais en français par ..., tome I, Vaucresson: Villa Monrepos-Suger.

是Hill也有參與的荷蘭復刻本[8]，三個版本的「標準版」[9]。西村朝日太郎翻譯及注釋的《馬來編年史研究》[10]中，也將阿都拉校訂版稱作「舊新加坡版」，並高度評價為「定本」[11]。此外，西村也留下相關的一則有趣的評論。「**文西阿都拉Munshi Ab-dullah**為《馬來紀年》寫下許多饒富興味的注釋，而**《文西阿都拉自傳》*"Hikayat Abdullah"*及《阿都拉遊記》*"Pelayaran Abdullah"*則是關於他的諷刺故事**」[12]。當然前者就是《文西阿都拉自傳》，後者則是前文已介紹過的紀錄前往吉蘭丹的《阿都拉遊記：吉蘭丹篇》。前書的譯者中原總括此書「為阿都拉絮絮叨叨，將他所見所聞所思集大成的著作」[13]（後者亦同）。爾後書的譯者Coope也指出，「他總是將所見所聞紀錄下來，充滿熱誠，是個天生的報導者」[14]。還有一本同為Pelayaran Abdullah的書，是阿都拉死後才出版，前往麥加的遊記，現在暫且按下不表。

10.「妻子因難產而死而嚎啕大哭」（〈我的朋友鴨都拉〉）。

「星期四晚上，我的妻子生病了。孩子好像快生出來了。那天晚上，我們一夜難眠。星期五的早上六點半（一八四〇年五月八日），一個男孩誕生。在孩子生下來的那個瞬間……妻子就離開這個短暫的世間，出發前往永恆的國度天國。我悲嘆、痛苦，沒有任何字眼可以表達我心中的悲傷，沒人能了解，也無法訴說。彷彿像是撞上岩石的玻璃，我的心碎成了一片一片。」「下午三點，我的妻子下葬於**印度人的清真寺壁龕**（**米哈拉布，mihrab**）後方〔my wife was buried **at the Indian mosque on the west side**〕」[15]。

〈我的朋友鴨都拉〉當中找不到其他情節，像這一段婚姻相關的敘述一樣，和文西阿都拉的生涯相反、矛盾。〈我的朋友鴨都拉〉當中鴨都拉改信伊斯蘭教（「入番」）娶了第二位穆斯林的妻子，但是原配「華裔女子」要求「讓她『做大的』，並且不住在一起；『下不為例』，不能繼娶第三房；她和原配生的小孩也不能跟著『入番』」[16]。爾後「他臨盆中的穆斯林妻子透過她的家人訴請離婚」，結果這樁婚姻也結束了[17]。不准他繼娶三房這個約定也在「大願成就」大勢底定之後，流連於「有印度咖哩味哦」的「印度妹」，染上「印度人特有的凶猛的性病」[18]。然而真正的阿都拉和〈我的朋友鴨都拉〉完全相反，是個性格保守的人。

---

8 Abdullah b. Abdul Kadir ed. *Sadjarah Malajoe of de Maleische Kronieken mar de uitgave van Abdoellah bin Abdel-kader Moensji*. H. C. Klinkert ed. (Leiden: Brill, 1884).
9 Ajip Rosidi. *Voyage de Noces*. Henri Chambert-Loir trans., pp. 408-409.
10 西村朝日太郎，《馬來編年史研究：スヂャラ・マラユ》。
11 同前注，頁二五、二七、三一。
12 同前注，頁一六。粗體字為筆者所加。
13 阿都拉著，中原道子譯，《文西阿都拉自傳》，頁三〇四。
14 A. E. Coope (1849, 1967). *The Voyage of Abdullah (Pelayaran Abdullah). Being an Account of his Experiences on a Voyage from Singapore to Kelantan in AD 1838*, p. XI.
15 阿都拉著，中原道子譯，《文西阿都拉自傳》，頁二七四－七五；Abdullah bin Abdul Kadir. *The Hikayat Abdullah*. A. H. Hill trans., pp. 292-93. 粗體字為筆者所加。
16 黃錦樹著，森美千代譯，〈我らがアブドラ〉（我的朋友鴨都拉），《夢と豚と黎明》，頁二九九。
17 同前注，頁三〇五－三〇七。

原本不願結婚，在傳教士米憐熱心的勸說下好不容易才答應[19]。

對於妻子過世兩人的態度也相差甚遠。真正的阿都拉懇求阿拉消除他心中「沉重痛苦的回憶」，陷入情緒中整整十天，最後賣掉馬六甲那間充滿與妻子回憶的家，與孩子搬到新加坡。並且在幾個月之後開始撰寫《文西阿都拉自傳》[20]。而鴨都拉的華裔妻子與馬來人妻子都順利安產[21]。因此兩者都不是他悲嘆的對象。「病危的印度情人」不是他的妻子，也沒有提到她有懷孕、生產、死亡。因此也不可能是他悲嘆的對象。這麼說來，鴨都拉今年（二〇〇二）回憶起傷心悲嘆的，難道是一八四〇年死亡[22]的真正的阿都拉的妻子！真是奇妙的連結啊。所以在妻子死後他的態度敘事者也完全沒有描述，只說他「當下」的樣子「直哭至聲嘶力竭、涕淚縱橫，像猩猩一樣澎澎澎的猛力搥打自己的胸部」，與真正的阿都拉的悲傷既相近又截然不同。不僅如此，鴨都拉開始發出「怪異的、念咒般的聲音」，所說的語言也「大概是改用阿拉伯語了」。

雞啼了，「四面八方遠遠近近的共同響徹回教堂的誦經聲」，「鴨都拉立時五體投地」，「朝向聖城麥加的方向」。疲憊不堪終於陷入睡眠的敘事者「我」醒來之後，鴨都拉「卻已經消失得無影無蹤」，「幾個月後，我們這一干死黨再度會聚，卻是在他的告別式上」[23]。另一方面，真正的阿都拉在他妻子過世十四年後，往聖地出發進行「麥加巡禮之旅」，在旅途中「突然」追上亡妻的腳步告別人世[24]。

最後我們來看看先前保留的5，6，1的各項內容（粗體字與括號為筆者所加）。

5.「談到許多他和萊佛士之間的故事」（關於萊佛士之懼怕榴槤，萊佛士之勤勉學習馬來文及收集馬來文古抄本、博物學家似的好奇和專注……語調中滿是緬懷和尊敬；講到**〔送萊佛士回英國時〕**，竟然還難過的流下眼淚，啜泣不已，好像是剛剛發生的事）（〈我的朋友鴨都拉〉）。

這邊是鴨都拉「當下」獨白的態度（非粗體字），而他回憶起的**過去的對象（粗體字）**，非常明確地以鑲嵌的框架「現在」和被鑲嵌的**過往的事件**的形式區分開來，形成不同的層次。先說結論的話，**過往的事件**全部都是引用自《文西阿都拉自傳》，相較之下非粗體字「當下」的敘述全部是「我的朋友」，也就是屬於〈我的朋友鴨都拉〉。前者鑲嵌進後者

---

18 同前注，頁三〇二，三〇四。

19 事情原委請參照阿都拉著，中原道子譯，《文西阿都拉自傳》，頁一二四－一二六；Abdullah bin Abdul Kadir. *The Hikayat Abdullah*. Trans A. H. Hill, pp. 128-30，有詳細的說明。

20 阿都拉著，中原道子譯，《文西阿都拉自傳》，頁二七六；Abdullah bin Abdul Kadir. *The Hikayat Abdullah*. Trans A. H. Hill, pp. 22, 292-93.

21 黃錦樹著，森美千代譯，〈我らがアブドラ〉（我的朋友鴨都拉），《夢と豚と黎明》，頁二九九、三〇二－三〇三、三〇五、三〇七。

22 Abdullah bin Abdul Kadir. *The Hikayat Abdullah*. Trans A. H. Hill, p. 19.

23 黃錦樹著，森美千代譯，〈我らがアブドラ〉（我的朋友鴨都拉），《夢と豚と黎明》，頁三〇九－一〇。

24 Abdullah bin Abdul Kadir. *The Hikayat Abdullah*. Trans A. H. Hill, p. 19; 阿都拉著，中原道子譯，《文西阿都拉自傳》，頁二九五。

當中。這種兩個文本間的層次關係也暗示著「現在」「我的朋友鴨都拉」與**過去的文西阿都拉**的關係。也就是說，兩者之間的結構是處於一個鑲嵌／被鑲嵌的多層次的關係。

在確認上述的關係以後，我們來看各個事項的出處。首先關於「萊佛士之懼怕榴槤」——

> 有一天萊佛士和祕書談話時，「突然有一個馬來人拿著六個榴槤走進來。他覺得萊佛士會買下來所以搬進萊佛士家中。他站在門口等著萊佛士。然而萊佛士還沒有聞到榴槤的味道，就捏著鼻子衝上二樓。每個人看了都嚇了一跳。他們不知道原來萊佛士無法忍受榴槤的氣味。過了不久，萊佛士喊守門的印度傭兵過來，對他說『是誰把榴槤放在這裡的？』印度傭兵指著馬來人。他命令馬來人立刻離開，並且命令印度傭兵今後再也不准任何人拿榴槤進這個門。」「他不僅不敢吃，連那個氣味都無法忍受。過了不久他從二樓下來，說道『榴槤的氣味讓我頭痛，想到要吃那種東西我就想吐（That food is nauseating）』」。[25]

「**萊佛士之勤勉學習馬來文**」這一點《文西阿都拉自傳》中提到「他非常勤勉且小心翼翼地學習馬來文。他學到了彷佛馬來人使用的馬來文」[26]。但這件事沒有提到和文西阿都拉之間的關聯。

「**收集馬來文古抄本、博物學家似的好奇和專注**」——在這裡敘事者「我」／作者以和前文不同的方式引用《文西阿都拉自傳》。阿都拉的原文中描述萊佛士熱衷於「博物學」的收集，是記述實際發生的事實，而不是使用比喻法。更精確地說，把「收集馬來文古抄本」也當作是「博物學」收集的一部分混著記述。在手抄本收集這個記述的前後文，有採集昆蟲、軟體動物、甲殼類、鹿及其他野生動物、蛇或蜈蚣、蠍子、鳥類等等的記述，全部都沒有分類混在一起紀錄。只是關於其他的收集阿都拉並沒有特別表示疑慮，只有對於收集「古抄本」一事表達對於「流失古文物」的危機感。「**馬來文的文件與書籍〔Malay manuscripts and books. I do not remember how many hundreds of these texts there were. Almost, it seemed the whole of Malay literature of the ages.**〕[27]我們的祖先的財產被變賣，被帶離這個國家。因為有個好價錢，就被賣掉了。人們要到很久以後才會發現，那是一件多麼愚蠢的事。連一本可以用自己的語言讀的書都沒有留下來。所有的文件，書籍都是手抄本，所以連一顆種子都不剩」。「總共大概有三百六十本的手抄本，他〔萊佛士〕光是請人來抄這些書，就請了

---

25 阿都拉著，中原道子譯，《文西阿都拉自傳》，頁六二；Abdullah bin Abdul Kadir. *The Hikayat Abdullah*. Trans A. H. Hill, pp. 78-79.

26 阿都拉著，中原道子譯，《文西阿都拉自傳》，頁六〇；Abdullah bin Abdul Kadir. *The Hikayat Abdullah*. Trans A. H. Hill, p. 78.

27 Abdullah bin Abdul Kadir. *The Hikayat Abdullah*. Trans A. H. Hill, p. 76. 粗體字為筆者所加。

四五個人」[28]。而且這些書最後都沉到海底，化作海草了。

「**送萊佛士回英國時**」這點，包含前因後果，就是《文西阿都拉自傳》第十八章〈萊佛士的歸國〉全部，也是和萊佛士相關的紀錄中最長的一段[29]。在此只討論「送別」的場景，以及船發生火災的事件。船從新加坡出海，所以「萊佛士夫婦往海邊出發。後面跟著一群各色人種的隊伍」。「我和他們一同前往。大家乘著小接駁船到船邊後，萊佛士夫妻就上船了。眾人要起錨的時候，萊佛士叫住我。我進了他在船上的房間。我發現他臉色發紅，擦著眼淚。他說道『回家路上小心，而且不要難過。因為只要我還活著，就有機會見面』，夫人也過來，給我二十五令吉然後說道『這是要送給你馬六甲的孩子們的』。我聽到夫妻倆的話，深深為夫妻倆的溫柔親切而感動。我向他們道謝並接受他們的禮物，噙著淚和萊佛士夫妻握手。然後我就回到了小接駁船。小接駁船離開一段距離以後，我回頭看，看見萊佛士夫妻從窗戶目送我們。我向他們打了招呼，他們也揮手回應我。爾後他們的船便揚帆出發了」。「自從萊佛士出航離開以後，我就再也感覺不到幸福，每天都深陷在悲傷當中」。「過了好幾天，我依然覺得難過」。而且約兩個月後阿都拉回到新加坡，從萊佛士的繼任者得知「載萊佛士回歐洲的船，某天下午從明古魯（蘇門答臘島西南海岸）出航，當天晚上船上就發生火災，船上運的貨物全部燒毀。什麼都沒能帶走。萊佛士夫妻只有帶走獲救時身上穿的衣服。聽到這個消息我不禁失了魂。因為我腦海裡想著那些古代馬來文與其他語言的抄本，還有從各國收集來的書全部都沒了。那些都是手抄本，所以連種子都不剩了」。「我想起萊佛士說他要寫一本書，是關於這個半島的各個國家，還跟我約定要在這本書裡把我的名字寫進去。現在這些資料全部都散失了」[30]。這個意外Hill也寫進腳注裡[31]。不過《馬來紀年》的原本《諸王起源 *Sulalatus Salatin*》（譯者按：日文原文作『馬來物語』）的版本鑑別（Text-kritik）中，「萊佛士抄本」占了決定性的地位[32]。這個「手抄本」是否逃過化為海草的命運，至今仍不清楚（待續）。

28 阿都拉著，中原道子譯，《文西阿都拉自傳》，頁六〇；Abdullah bin Abdul Kadir. *The Hikayat Abdullah*. Trans A. H. Hill, pp. 76-77.〔 〕為筆者所加）

29 阿都拉著，中原道子譯，《文西阿都拉自傳》，頁二〇〇－二〇六；Abdullah bin Abdul Kadir. *The Hikayat Abdullah*. Trans A. H. Hill, pp. 191-96.

30 阿都拉著，中原道子譯，《文西阿都拉自傳》，頁二〇四－二〇六；Abdullah bin Abdul Kadir. *The Hikayat Abdullah*. Trans A. H. Hill, pp. 194-95.

31 Abdullah bin Abdul Kadir. *The Hikayat Abdullah*. Trans A. H. Hill, pp. 195-96.

32 西村朝日太郎，《馬來編年史研究：スヂャラ・マラユ》，頁三三－三四。

6. 英文「黃錦樹論」之我見（5）：〈我的朋友鴨都拉〉文西阿都拉的再登場（三）

6.「馬來文教師生涯」（〈我的朋友鴨都拉〉）

這是文西阿都拉的傳記性事實「他十一歲之前，都透過抄寫可蘭經來賺取金錢」[1]。給他錢的都是駐屯在「城寨」的印度傭兵。他們大多都是穆斯林。阿都拉跟這些傭兵學習印地語（Hindi），阿都拉約定好幫他們抄寫可蘭經作交換，而住進了城寨裡。「人們就是從這個時候開始叫我老師（guru），或者是**文西**——教語言的人的意思」[2]。這時候他還不是「**馬來文教師**」，但是已經被叫做「文西阿都拉」，因此可以說是他「教師生涯」的起點。

前文已確認過萊佛士勤勉學習馬來文的事實，但是並沒有紀錄究竟是不是阿都拉教他的。明文記載中，阿都拉的馬來文學生是英國傳教士威廉・米憐（William Milne, 1785-1822）。而且米憐為了測試阿都拉是否能勝任馬來文教師，還準備「資格考」[3]來考驗阿都拉的馬來文「能力」。在這場考試當中，米憐向阿都拉說了一個故事。這個故事裡隱藏著民間傳說的結構。這個結構忠實呈現蘇聯的文學結構主義學者弗拉基米爾・雅可夫列維奇・普羅普（Vladimir IAkovlevich Propp, 1895-1970）在一九二九年從一百篇俄羅斯民間傳說中歸納出的「角色功能」以及動態關係的「機能」，還有民間傳奇的「表層結構」（格雷馬斯〔Greimas〕）。首先「假的主角」們登場，沒有通過資格考。「已經有三個馬來人來到這裡。他們來應徵馬來文教師這個職位」米憐說道：

（1）第一個挑戰者，米憐從前文提到的W. Marsden的《馬來語文法》（*Grammar of Malayan Language*〔London, 1812〕）中選出「幾個馬來語相關的」問題，結果這位挑戰者說「那不是馬來語，是白人的語言」而失敗。

（2）第二個挑戰者，米憐問他「你有學過馬來語嗎？」那人回答「先生（Tuan），我為什麼要學呢？這是我自己的語言。我從來沒有聽過有人學過馬來語」。這時候米憐反問「如果你沒有學過馬來語，你要怎麼教導別人呢？」那個人沒辦法回答，一聲不響地離開房間。當然也失敗了。

（3）最後來了一位老人，他說自己「有數十年教師的經驗」。這時候米憐問他「老師，馬來語當中究竟有幾種發音呢？」「先生（Tuan），誰能數清楚呢？有好幾千個啊」。米憐就說「你怎麼當上老師的呢？你連馬來語有幾種發音都不知道」，那位老人生氣地說「我的頭髮都白了，但是從來沒有人問過我，馬來語有幾種發音」，頭也不回就走了。同樣也失敗了[4]。

---

1 Abdullah bin Abdul Kadir. *The Hikayat Abdullah*. Trans A. H. Hill, p. 8.

2 阿都拉著，中原道子譯，《文西阿都拉自傳》，頁三〇。粗體字為筆者所加。

3 A. J. Greimas et. al. *Sign, Language, Culture; Signe, Langage, Culture; Znak, Jezyk*, (The Hague: Mouton, 1970).

4 阿都拉著，中原道子譯，《文西阿都拉自傳》，頁一〇〇—一〇一。

最後到了阿都拉。他到住在城寨中的米憐家，原本不是要應徵馬來文教師。而是因為萊佛士勸他來學英文，他又從大家口耳相傳的「新聞上聽到」這個「新來的英國傳教士」免費教孩子們英文才來的。阿都拉在窗外用他僅知道的一句英文Good morning!向米憐打招呼，而被請入房間，接受了第一個考驗。

A.「你會讀馬來文嗎？」「會讀一點」。這時候米憐給阿都拉一本荷蘭人翻譯成馬來文的聖經，請他讀過後明天再來。隔天阿都拉來米憐家，「昨晚你讀了那本書了嗎？」「我讀了」「它的馬來文正確嗎？」「不正確」「如果不是馬來文的用法，那是什麼？」「我無話可說。那本書的作者會很多語言吧」。至此所謂期待否定答案的考驗已經結束。接下來是期待肯定答案的考驗。這也是我之前在論小黑的〈細雨紛紛〉的論文[5]中提到的「散文化」的「否定的排比」相同。[6]

B. 這次米憐拿出來的是前文介紹過的W. Marsden的《馬來語文法》和《馬來語辭典》。從辭典裡找出五六十個單字問阿都拉。阿都拉發現「這些單字都是正確的馬來文，馬六甲也用，是在馬來文的書或信件裡使用的馬來文」所以回答「這些都是正確的馬來文。但是您昨天給我的書，不是正確的馬來文」。聽到阿都拉的回答，「米憐露出微笑」。接下來米憐要阿都拉讀《馬來語文法》裡收入的信件範本，問他「這是正確的馬來文嗎？」阿都拉回答「是的，這是正確的馬來文」。聽到這個回答米憐也露出滿意的微笑。

C. 最後米憐要求阿都拉寫一封信。而且米憐說「我會請懂馬來文的人讀這封信」。至此，已經明確表示這是一場「資格考」了。可是少年阿都拉寫的信內容卻是「想要學外語的人，首先必須充分理解自己的母語」。以一位少年來說，實在是太好，太超齡了。這篇信件原文在此省略。隔天和米憐見面，米憐認出「你是在萊佛士那裡工作的……阿都拉吧？」並且第一次認定「你有資格擔任我的老師」。然而少年阿都拉可能受到父親的教導，列舉出身為教師必須具備的五個條件而婉拒。米憐被拒絕後，最後問阿都拉他考老教師的「馬來文有幾種發音」的問題，得到滿意的答案以後，再次認可阿都拉通過一連串的資格考。結果，兩人立下契約，約定上午十點到下午一點，阿都拉教米憐馬來文，米憐教阿都拉「英文的口說和閱讀」，而且米憐將支付阿都拉一定的酬勞。米憐說「不久以後，應該有很多朋友會來找你。他們都想學馬來文」[7]。就這樣，阿都拉通過了資格考，使米憐認同他的教師資格和能

5 譯注：這裡提到的論文是作者在日本中國文學研究期刊《野草》所發表的馬華作家小黑〈細雨紛紛〉的研究論文，出處如下：北岡誠司，〈小黒「小ぬか雨やまず」：真に喪失の物語り：二種の時間・「否定のパラレリズム」・「埋め込み鏡像」〉，《野草》九〇期（二〇一二年八月），頁二〇－三八。

6 同前注，頁二四－二五。

7 阿都拉著，中原道子譯，《文西阿都拉自傳》，頁九八－一〇一。

力之後，阿都拉的「馬來文教師生涯」也正式展開（不過必須先聲明的是，事實上描述三位挑戰者失敗的過程，和剛才敘述阿都拉合格經過的小節，在阿都拉的文本中順序剛好相反。用上述探討小黑作品的論文裡面提到的話語discourse／故事story的用語來重新表達的話，本文所述的內容是將阿都拉的「話語」按時間順序重新排列的「故事」。用普羅普的結構、用語來說，「故事形態學」當中「故事」的層次都是公開透明的，而「話語」的層次卻是被蓋上各式各樣的「迷彩」）。

話說那些想學馬來文的「我的朋友」當中，出現一位怪人。就是先前提過在將聖經譯為馬來文（改譯）時以協助者的身分參加，最後卻把整件事搞得烏煙瘴氣的德國傳教士湯遜。（這裡事件的時間順序也顛倒了。聖經改譯是很後期發生的事）。

湯遜一開始以馬來語學生的身分登場，情節與米憐接連淘汰三位挑戰者的特徵完全相反。給予考驗的湯遜做了錯誤的判斷，而且既固執又不肯讓步，讓回答出正確答案的挑戰者在其他挑戰者面前難堪地離開。而第一個犧牲者就是阿都拉。而且這一次已經不算**資格**考了。而是已經獲得資格的「馬來文教師」進行馬來語教學的「核心考驗」[8]。

這個情況是雙重的「考驗」。身為學習者的湯遜毫不畏懼，勇敢地一一斷定這些馬來人「馬來文教師」的說明都是「錯誤」的。此時應該先改正那些「錯誤」，可是這些馬來文教師也在氣頭上不予回應，甚至有人當場發怒[9]。而且湯遜還對阿都拉的推薦人，也就是米憐抱怨。湯遜說「我要阿都拉寫下來，他就跑掉了」。另一方面阿都拉說「湯遜先生自己想當馬來文教師。想要建立新的規則。把馬來文的書寫法丟到一邊……連拼字系統都要自己創造」。而且湯遜張狂斷定「錯誤」的內容，其實都是Marsden的《馬來語文法》和《馬來語辭典》裡面有的例句。這時米憐也接受阿都拉的抗議，找其他的「老師」來教馬來文。「我沒去米憐家的這六天，有四五個人」到米憐家，忍耐的期間各不相同，但是最後都離開，「沒有任何一位老師」留在他身邊[10]。此時米憐搬家，在新家請阿都拉教他的三個孩子學馬來文[11]。這時湯遜總算出現。某天，阿都拉在樓梯遇見了湯遜，「你還在生氣嗎？」湯遜問他，阿都拉當然否定，兩人的第一次再會就這樣結束。但是之後湯遜偷偷透過米憐請阿都拉教他馬來文。阿都拉不想再碰到米憐又為了這件事「吵架」，就和湯遜說，如果他願意遵守「不許在因為馬來文找人調停」、「必須接受我教的任何內容」這些條件，阿都拉就願意再教湯遜馬來文。雙方同意以後，又請米憐擔任中間人，把這些條件寫成白紙黑字，交給湯遜。「從那天起，我擔任湯遜的馬來文教師好長一段時間。應該有六七年吧。我也發現他的態度和以前有很大的改變」[12]。就這樣，阿都拉順利通過「核心考驗」。看起來考驗者和被考驗

---

8 Мелетинский Е. М., Неклюдов С. Ю., Новик Е. С. and Сегал Д. М. *Проблемы структурного описания волшебной сказки // Труды по знаковым системам IV* (Тарту, 1969).

9 阿都拉著，中原道子譯，《文西阿都拉自傳》，頁一〇五—一〇八。具體事例省略。

10 同前注，頁一一三。

11 同前注，頁一〇八。

12 同前注，頁一一三—一一四。

者好像相反，阿都拉身為「馬來文教師」的核心考驗不過是教對方馬來文，對方是否能學好是另一件事。因此就算對方從錯誤的考驗者轉變成能正確判斷的考驗者，教導馬來文的阿都拉依舊是被考驗者。關於這一點，有一件事實必須點明，就是這個部分同樣適用於散文化的「否定的排比」。錯誤的考驗者首先提出負面的考驗，經過失敗以後，正面的考驗才會登場。其後阿都拉也在新加坡教一位英國商人馬來文，從他那裡得到一張「茲證明本人經阿都拉教授馬來文以此為證」的證明[13]。這些事實在在證明了阿都拉以「馬來文教師」的身分一一通過這些「核心考驗」，獲得了「目的價值」[14]。米憐和其他人多次口頭推薦阿都拉，這是第一次以文書的形式證明阿都拉的價值（待續）。

13 Abdullah bin Abdul Kadir. *The Hikayat Abdullah*. Trans A. H. Hill, p. 224. 中原道子沒有翻譯這段。

14 Мелетинский Е. М., Неклюдов С. Ю., Новик Е. С. and Сегал Д. М. *Проблемы структурного описания волшебной сказки // Труды по знаковым системам IV* (Тарту, 1969).

7. 英文「黃錦樹論」之我見（6）：〈我的朋友鴨都拉〉文西阿都拉的再登場（四）

首先，這是為了不要忘記這個新的例子，所以寫下來備忘。

我正舉例討論張曉東在他的博士論文（二〇一一）當中，漏讀了黃錦樹〈我的朋友鴨都拉〉靠近結尾的一段，與《文西阿都拉自傳》的交互文本，才到一半，又發現了以「黃錦樹近年創作裡一再關懷的核心主題」「流亡詩學」的觀點來閱讀〈我的朋友鴨都拉〉的高嘉謙（國立台灣大學）〈ディアスポラと歴史の骸骨——黃錦樹と馬華文学について〉（家國離散與歷史骸骨——論黃錦樹與馬華文學）[1]，也和張曉東的博士論文一樣，「忽略」了這個交互文本。高嘉謙將〈我的朋友鴨都拉〉內容簡單摘要為「吃香喝辣的投機派華裔穆斯林，**最後躲進孔廟避難，更悲慘的下場是死後搶屍，被宗教局處理掉的屍體**，從此朝著麥加的方向流亡，象徵了大馬政教結構裡華人荒謬和扭曲的處境」[2]。這是一份富有啟發性的精采摘要。只是論者在此如同所見，直接將「避難」和「悲慘的下場」連結在一起。他和張曉東一樣，沒有發現在這兩者的隙縫中，如同前文所述有個祕密，就是作者黃錦樹隱密地引用，並讓作

---

1 高嘉謙著，羽田朝子譯，〈ディアスポラと歴史の骸骨——黃錦樹と馬華文学について〉（家國離散與歷史骸骨——論黃錦樹與馬華文學），《野草》九〇號（二〇一二年八月），頁六一－八九。

2 同前注，頁六二，粗體字為筆者所加。

品人物囈語似的說出《文西阿都拉自傳》的內容。而且高嘉謙在後續論〈開往中國的慢船〉時不停提及阿都拉。如此一來論及〈我的朋友鴨都拉〉時的漏讀，對比之下就更加顯眼（不過高嘉謙後續引用的不是《文西阿都拉自傳》而是《文西阿都拉遊記：吉蘭丹篇》[3]）。

回到一開始的話題1.「**新加坡的奇聞軼事**」（〈我的朋友鴨都拉〉）。作者黃錦樹、敘事者「我」用「奇聞軼事」這樣的敘述，以至於我們很難鎖定具體而言他指的是《文西阿都拉自傳》當中和新加坡有關的哪一段故事，也很難推測鴨都拉在那樣的場景下會獨白出哪一段故事。反過來說，也可以說是以這種具有歧義性的方式，把要選定哪一段故事的選擇權，交給讀者決定。因此在這裡，我們必須一面考量《文西阿都拉自傳》作者、敘事者的觀點，另一方面思考和黃錦樹的其他作品（〈開往中國的慢船〉等）的關聯，我特別以我們讀者的觀點，選出一項和新加坡有關的「奇聞軼事」來討論。刻有無法辨識的文字的「新加坡石」、和鴉片戰爭相關新加坡華人反應的轉變、傳聞中出沒於新加坡的鬼怪的真面目等等，有太多難以捨棄的話題了，這裡我只討論其中一件，就是阿都拉經歷過的「恐怖」經驗，「新加坡的天地會」[4]。只是不巧收入這個故事的章節並沒有被翻譯成日文，所以在此我只簡單介紹事件的「概要」。

「傳聞居住在新加坡內陸華人的祕密會社天地會，計畫要攻擊新加坡。阿都拉拜託華人朋友，找到了密林之中的天地會總部。穿越了沒有道路的密林終於抵達天地會的阿都拉，祕密觀察了天地會的〔入會〕儀式，並仔細紀錄下來。那天晚上他看見天地會的會眾把臉塗黑離開總部。隔天早上，便聽說有兩百多個黑臉華人攻擊甘榜格南（許多穆斯林馬來人居住的地區。天主教傳教士也住在那裡）。阿都拉向克勞福（英國新加坡駐紮官）報告自己目擊到的內容。很快就派出警察，在前往天地會總部的路上，發現了塗著黑臉的華人，便將他們逮捕。然而那天晚上，好幾百個華人襲擊監獄，把那些被逮捕的華人救了出去。」[5]

在那之後，還有一些紀錄零星的襲擊或者一夜之間大炮都消失的奇異事件，但是這裡我的焦點是在阿都拉窺見天地會的入會儀式，所以就省略這些襲擊事件或是殖民地政府的失敗。

阿都拉的這個親身經歷的紀錄，早已受到注目，並以不同的脈絡、不同的觀點被高度的評價。比方說贊同阿都拉的紀錄「是新加坡三合會活動最早的實際目擊紀錄」[6]，「天地會在新加坡的活動最早的實際目擊紀錄」[7]，「直到一八二四年阿都拉在新加坡（深處）Tangling

3　同前注，頁六四。

4　阿都拉著，中原道子譯，《文西阿都拉自傳》，頁二二六；Abdullah bin Abdul Kadir. *The Hikayat Abdullah*. Trans A. H. Hill, pp. 204-17.

5　阿都拉著，中原道子譯，《文西阿都拉自傳》，頁二二六。（ ）為筆者所加。

6　M. L. Wynne. *Triad and Tabut: A Survey of the Origin and Diffusion of Chinese and Mohamedan Secret Societies in the Malay Peninsula, 1800-1935* (U. S. Government Printing Office, 1941).

7　Leon Comber. *Chinese Secret Societies in Malaya. A Survey of the Triad Society from 1800 to 1900* (Locust Valley, N.Y.: Published for the Association for Asian Studies by J. J. Augustin, 1959), p. 53.

Tuah的森林裡面，目擊入會儀式為止，完全沒有新加坡華人祕密會社的任何紀錄」[8]，「第一個來自非三合會成員所做的入會儀式的目擊證言」[9]，並且足堪成為「在新加坡成立五年後的一八二四年，三合會已經屹立不搖」的證據[10]。還有從持續關心薩滿教與祕密會社的關聯這個十分值得注目的議題的立場，認為阿都拉是最早「於十九世紀便紀錄天地會的入會儀式」的例子[11]，以及「最早提及新加坡的祕密會社，並且直接於現場目睹的便是出生於馬六甲的文西阿都拉的紀錄」[12]，「一八二五年從隱密處直接觀察新加坡天地會的入會儀式」[13]等等。

這段紀錄的翻譯，也在《文西阿都拉自傳》出版（一八四九）後沒多久（一八五二），便由日後從副警長升至署理的托馬士・布萊德（Thomas Braddell）以“Concerning the Tian Tae Hoey in Singapore”為題，節譯這章刊登在*Journal of the Indian Archipelago and Eastern Asia*上。而一八五三、五四年居住在上海的漢學家亞歷山大・韋烈亞力（Alexander Wylie）在“Secret Societies in China”（*Chinese Almanac for 1853*）這篇文章當中，幾乎全文引用布萊德的文章。爾後有段時間這篇文章似乎被遺忘，但是進入二十世紀後，第二次世界大戰期間，上述的韋恩[14]也在「附錄」裡全文收入這篇文章。如同替韋恩這本巨作寫序的布萊斯（W. L. Blythe）所說，馬來半島陷入「戰後不久，和登錄結社相關的法律暫時停止執行」「所以三合會在〔馬來亞〕國內勢力迅速擴張，擁有數千名會員。每次的入會儀式都有一千多人列席。在某些區域不停發生的殺人、勒贖、竊盜、海賊等案件三合會都能自由操縱，而〔英國〕政府卻無力阻止」[15]的狀態當中。而在二戰期間，合力對抗日軍的英軍與馬來共產黨，戰後關係迴變，進入了英軍用「委婉語法」所說的「緊急狀態」（emergency），而馬共方則描述為「反英民族解放戰爭」，也就是一九四八至一九六九年長達十二年的「全面戰爭」。祕密會社也在這場戰爭與許多事情牽扯[16]，連報紙*The Singapore Free Press*（一九五八年八月二十日）都以頭條刊出"Initiation rituals and a man who risked death to watch one"，將一個半世紀以前

---

8 Mak Lau Fong. *The Sociology of Secret Societies* (Kuala Lumpur: Oxford University Press, 1981), p. 2.〔 〕為筆者所加。

9 B. J. ter Haar. *Ritual & Mythology of the Chinese Triads: Creating an Identity* (Leiden: Brill, 1998), p. 103.

10 Patricia Pui Huen Lim. *Continuity and Connectedness: The Ngee Heng Kongsi of Johor, 1844-1916* (Singapore: Institute of Southeast Asain Studies, 2000), p. 10.

11 Jean DeBernardi. "Malaysian Chinese Religious Culture: Past and Present," in Leo Suryadinata ed. *Ethnic Chinese in Singapore: A Dialogue between Tradition and Modernity* (Singapore: Times Academic Press, 2002), p. 308.

12 Chwee Cheng Foon. *Secret Societies in Singapore: Survival Strategies, 1930s to 1950s* (Singapore: National University of Singapore, 2003), p. 37.

13 Jean DeBernardi. *Penang: Rites of Belonging: Memory, Modernity and Idenntity in Malaysian Chinese Community* (Stanford: Stanford University Press, 2004), pp. 80, 92.

14 M. L. Wynne在*Triad and Tabut*出版後的隔年，於「蘇門答臘日軍戰時俘虜收容所」「死亡」。Leon Comber. *Chinese Secret Societies in Malaya*, p. 43; Leon Comber. *Malaya's Secret Police 1945-60*, p. 87.

15 M. L. Wynne. *Triad and Tabut*, p. XII.

16 Leon Comber. *An introduction to Chinese Secret Societies in Malaya* (Singapore: D. Moore, 1957), pp. 42-46, 61-62; Leon Comber. *Malaya's Secret Police 1945-60*, p. 10.

阿都拉親身經歷的紀錄，用彷彿昨天才發生似的口吻煽情地介紹。英國政府「公安課」所屬的李昂．康博（Leon Comber，參照他的著作 *Malaya's Secret Police 1945-60*[17]）也在 *Chinese Secret Society in Malaya*（一九五九）中，將阿都拉的文章從馬來文重新翻譯成英文，特別是以入會儀式的部分為主，引用了很長一段[18]。雖然沒有提到阿都拉，但是康博在這段期間前後，也許是應時代的要求，不僅出版了 *An Introduction to Chinese Secret Societies in Malaya*（一九五七）、*The Traditional Mysteries of Chinese Secret Societies in Malaya*（一九六一）這兩本短短的手冊，還在一九五四至一九五九年期間，在雜誌與其他自己的著作以外，發表了八篇討論結社的文章（順帶一提，康博目前仍生活在澳洲，發表了許多著作，包含結社相關的文章，令人十分好奇。他與好萊塢電影《生死戀》的原作作者韓素音結婚，在她描繪「緊急事態」時代的小說《餐風飲露》（*And The Rain My Drink*, 1956）出版後，據說因這本小說而離婚。康博從公安課離職，最後成為學者。關於兩人的關係最初是從黃錦樹先生得知。在考察他的〈猴屁股、火及危險事物〉主角的歷史背景時，康博的著作是最好的資料來源。在考察黃錦樹作品中與馬來半島相關所有的歷史背景時，康博的著作是不可或缺的資料）。康博也為謝諾（J. Chesneaux）的英譯本 *Secret Societies in China*（一九七一）寫序，這本書的第一章一開頭就以「入會儀式（新加坡）一八二四年」為題，以間接引用的方式，從韋烈亞力的文章轉錄布萊德的翻譯[19]。

行文至此，這是阿都拉的自傳紀錄當中微不足道的一章，也許是因為紀錄對象的關係

（日文譯者認為不需要翻譯），在歷史劇烈變動的時刻，令人不經意地想起。然而卻是在提到新加坡的「軼事」時，不可忽視的一篇文章。阿都拉身邊除了創辦英華書院（Anglo-Chinese College）並擔任第一任校長的米憐（William Milne，一八一四年從澳門來到馬六甲上任，一八二二年過世），他過世以後（一八二五）他的同事英國傳教士馬禮遜（Robert Morrison）也在英國皇家亞洲學會上代讀一篇題為“Some Account of A Secret Association in China, Entitled the Triad Society”的報告（刊登於該學會的《會報》[20]，韋恩認為這篇文章於一八二一年寫成[21]。米憐除了這篇之外還在一八一八年發表兩篇關於結社的簡短報導）。這篇將近十頁的報告當中，指出天地會的「會名、目的、管理營運、入會儀式、暗號、印章」與「英國共濟會」有著類似之處，雖然不夠完備，但是也整理得相當好。關於會名米憐也指出「Sán hoh hwui **三合會**也就是結合三者的會 **The Triad Society**。這三者指的是**天、地、人**」，「也稱作 T'ien ti hwui **天地會**，結合天和地的會」加上羅馬拼音，與粗體字漢字，正確介紹結社名稱[22]。關於集會的「目的」，

17 Leon Comber. *Malaya's Secret Police 1945-60*, p. 2.
18 Leon Comber. *Chinese Secret Societies in Malaya*, pp. 53-58.
19 Ibid., pp. 13-14.
20 William Milne. "Some Account of a Secret Association in China, entitled the Triad Society," *Transactions of the Royal Asiatic Society of Freat Britain and Ireland* 1.2: 240-50.
21 M. L. Wynne. *Triad and Tabut*, p. 114.
22 Ibid., p. 60.

米憐指出「一開始並不是什麼有害的事，但隨著會眾增加，從原本只是單純的互相扶持變成了偷竊、強盜」等「劣化」的過程，在英屬殖民地「偷竊或搶奪來的東西，根據在會中的地位分配。攻擊警察時也互相防守，藏匿犯罪的會眾，幫助被緝捕的會眾從警方的追查中逃走」。這些行為從會眾的角度來看是「互相扶持」，但是從殖民地政府的觀點看來就是「犯罪組織」（阿都拉也與殖民地政府持相同看法）。「管理營運」方面，「三合會由三種，全部都被稱作Kó**哥**的人物進行管理」，「統治會眾的哥之間也分成Yìh kó一**哥**、'rh kó二**哥**、Sán kó三**哥**」[23]。他們所依據的「法規、罰則」則是「收集不到情報」[24]，雖然提及往後的學者也再三引用的「三十六誓」，但只有提到這個名稱，沒有列舉詳細內容項目。也沒有提到「十罰則」。對於「管理營運」的介紹不夠充分。關於「入會儀式」的紀錄，自己也聲明「極為不完整」[25]，為了和阿都拉的紀錄進行比較，留到下文再敘。

參考文獻

阿都拉（Abdullah bin Abdul al Kadir）著，中原道子譯，《文西阿都拉自傳》（東京：平凡社，一九八〇）。

高嘉謙著，羽田朝子譯，〈ディアスポラと歴史の骸骨——黄錦樹と馬華文学について〉（家國離散與歷史骸骨——論黃錦樹與馬華文學），《野草》九〇號（二〇一二年八月），頁六一－八九。

Abdullah bin Abdul Kadir (1849). "Concerning the Tan Tae Hoey in Singapore," trans T. Braddell, from *Hikayat Abdullah bin Abdullah Kadir Munshi*. *Journal of the Indian Archipelago and Eastern Asia* 6 (1852).

Abdullah bin Abdul Kadir. *The Hikayat Abdullah*. Trans A. H. Hill (Kuala Lumpur: Oxford University Press, 1970).

Anonymus. "Initiation rituals and a man who risked death to watch one," *The Singapore Free Press*, 20 Aug. 1958.

Chesneaux, Jean. *Secret Societies in China in the Nineteenth and Twentieth Centuries*. Trans. Gillian Nettle (Ann Arbor : University of Michigan Press, 1971).

Comber, Leon. *An introduction to Chinese Secret Societies in Malaya* (Singapore: D. Moore, 1957).

Comber, Leon. *Chinese Secret Societies in Malaya. A Survey of the Triad Society from 1800 to 1900* (Locust Valley, N.Y.: Published for the Association for Asian Studies by J. J. Augustin, 1959).

Comber, Leon. *Malaya's Secret Police 1945-1960: The Pole of the Special Branch in the Malayan Emergency* (Singapore: Institute of Southeast Asian Studies; Australia: Monash Asia Institute, 2008).

Comber, Leon. *The Traditional Mysteries of Chinese Secret Societies in Malaya* (Singapore: D. Moore, 1961).

Foon, Chwee Cheng. *Secret Societies in Singapore: Survival Strategies, 1930s to 1950s* (Singapore: National University of Singapore, 2003).

DeBernardi, Jean. "Malaysian Chinese Religious Culture: Past and Present," in Leo Suryadinata ed. *Ethnic Chinese in Singapore: A Dialogue between Tradition and Modernity* (Singapore: Times Academic Press, 2002).

DeBernardi, Jean. *Penang: Rites of Belonging: Memory, Modernity and Idenntity in Malaysian Chinese Community* (Stanford: Stanford University Press, 2004).

Haar, B. J. ter. *Ritual & Mythology of the Chinese Triads: Creating an Identity* (Leiden: Brill, 1998).

Mak, Lau Fong. *The Sociology of Secret Societies* (Kuala Lumpur: Oxford University Press, 1981).

---

23 Ibid., p. 61.

24 Ibid., p. 62.

25 Ibid..

Lim, Patricia Pui Huen. *Continuity and Connectedness: The Ngee Heng Kongsi of Johor, 1844-1916* (Singapore: Institute of Southeast Asain Studies, 2000).

Wylie, Alexander. "Secret Societies in China," *Shanghai Almanac and Miscellany* for 1854.

8. 英文「黃錦樹論」之我見（7）：〈我的朋友鴨都拉〉與新加坡「天地會」

米憐（一八二二／一八二五）在標題為「入會儀式」的一小節裡這麼紀錄。「入會儀式通常在夜裡遠離人煙的地方，或是一個祕密會場舉行。會場裡有神像和供品，在神像面前發誓（嚴格）守密。這時候發的是華人所謂的Sán shih luh shin **三十六誓**。但是這些應該不是個別的誓約，而是一個誓約裡有好幾個不同的項目。誓詞的內容十之八九，一定是包含了對把結社的真面目、目的洩露出去的人的詛咒。

「首先參加入會儀式的人，為了分擔儀式的費用，會交一小筆金額。接下來是Kwó kiáu **過橋**的儀式，橋由刀組成。刀子或（交叉）放在兩張桌子上，或朝著同一個點刺入般的擺放，或由兩個幹部手持交叉刀刃形成一個橋的形狀。新進會眾要在橋下接受誓詞。這就稱為『過橋』。Yih kó一哥就坐在橋上（或兩人在刀下面對面站著），宣讀誓詞細項，所有的項目新進會員都必須答是。然後一哥會斬雞首。意思是『洩露祕密的人全部都會和這隻雞一樣下場』，在中國這是很普遍的立誓方式。當然，像這種大費周章的儀式，一定會有許多會眾列席參加。所以也會趁這個時候敬拜天地。若是能排除外界干擾，入會儀式也會在野外舉辦」[1]。

關於入會儀式的紀錄，如同米憐自己在開頭就先表明「我只收集到極為不完整的資訊」，他的紀錄從頭到尾只有一些斷片。為了補足米憐紀錄的缺口，用更完整的脈絡與阿都拉的紀錄進行比較，我找到了米憐報告發表的半世紀以後，且與阿都拉的報告已經完全無關的紀錄。同樣也是在新加坡，而且是「在完全依照規矩擺設的會場，從晚上十點進行到凌晨三點，總共有七十名新進會眾加入天地會」[2]，紀錄大規模入會儀式的報告。

這篇報告是海峽殖民地政府第一位「華民護衛司長Chinese protector」必麒麟（William Alexander Pickering，或譯白麒麟，一八四〇－一九〇七）在一八七九年七月的「皇家亞洲學會」發表，刊登在該學會的學會期刊[3]上的"Chinese Secret Societies: Part II"。必麒麟和米憐不同，他和阿都拉一樣，「親眼目睹」這場入會儀式（爾後入會）。但是必麒麟和阿都拉不同的地方是，必麒麟通曉當地所說的中國南方（馬來半島華人移民的主要出身地）方言，也精通漢字書寫與閱讀。加上以他的職務內容，要得到祕密會社相關的文書或其他資訊也是相當方便[4]。因此他的目擊證言，和阿都拉或者米憐的證言或紀錄相比，可信度遠遠高出許多。而且他手邊也有以十九世紀一八七〇年代來說最具公信力，由荷蘭漢學家施古德（G. Schlegel）所著，中國本土祕密會社相關介紹書籍*Thian Ti Hwui. The Hung-League or Heaven-Earth-League* (Batavia, 1866)（文中也有提及）。對於仿效共濟會的天地會特殊用語，從頭到尾也都用英語表記加上漢字。並且加上「華人素描的石版印刷」[5]的插畫。**圖 1**[6]就是作者說明的「新進會眾入會時集會所全圖」（彩色原件目前收藏在「新加坡歷史博物館The William Stirling Collection」[7]。多虧這幅圖，我們這些後世的外界人士才有機會用十分具體的方式，一窺入會儀式的全貌。

本文在此要更為離題，來看看這幅寶貴的全圖走過的「流浪」旅程。**圖 1**的原件，在第一位主人必麒麟過世後，首先是由幾代後的「華民護衛副司長」威廉斯特林，與「詳細的儀禮筆記」一起繼承。在他的著作 *The Hung Society or The Society of Heaven and Earth*[8]當中，加上「描繪正在進行的入會儀式的中國畫」這句說明後再次收入[9]。之後根據歷史博物館副館長Irene Lim的說明，包含這幅原畫的斯特林收藏（The William Stirling Collection），在主人過世後的一九八八年左右出現在阿姆斯特丹的舊書店（據說是從愛爾蘭買到）。然後被研究「神祕學與占星術」的學生收購來到德國，又被賣回荷蘭的舊書店。一九九六年由新加坡歷史博物館收購，總算回到新加坡。

1 William Milne. "Some Account of a Secret Association in China, entitled the Triad Society," *Transactions of the Royal Asiatic Society of Freat Britain and Ireland* 1.2: 240-50, as reprinted together with two anonymous articles in *Chinese Repository* 14.2 (1845): 62. 華語羅馬拼音同原文。

2 W. A. Pickering. "Chinese Secret Societies," part II, *Journal of the Straits Branch of the Royal Asiatic Society* 3 (1879).

3 Ibid., pp. 1-18.

4 請參照R. N. Jackson. *Pickering: Protector of Chinese* (Kuala Lumpur: Oxford University Press, 1965)。

5 Ibid., p. 3.

6 圖1轉錄自W. A. Pickering. "Chinese Secret Societies," part II (1879).

7 譯注：現為新加坡國立博物院。Irene Lim. *Secret Societies in Singapore* (Singapore: National Heritage Board, Singapore History Museum, 1999)。

8 J. S. M. Ward. *The Hung Society or the Society of Heaven and Earth*, Vol. 2 (London: Baskerville Press, 1925).

9 Ibid., pp. 14-15.

然而這裡關心的並不是這段顛沛的旅程本身。山田賢《中国の祕密結社》[10]裡紀錄的一段文字和副館長Lim的說法有所出入。山田表示這幅畫是以「入會儀式會場全體示意圖」為題重新收入為**圖 1**[11]，然後「由英國人帶回國後，蕭一山調查**大英博物館所藏的史料**後，附載於他的著作《近代祕密社會史料》當中」[12]。這段說明，究竟是副館長Lim在復原這幅圖顛沛流離的旅途過程中，不小心遺漏而新增的一段，還是只是單純的誤解、誤記呢？

其實這張**圖 1** 既不是必麒麟在皇家亞洲學會會誌發表的論考中，原先刊載的那張圖，也不是斯特林在他的書*The Hung Society*當中重新收入的那張圖[13]（那張圖上的文字已經模糊到無法複印）。這張圖很有可能是以*The Hung Society*所收的圖為底，再請華人畫工翻刻，然後收入到上述蕭一山的著作《近代祕密社會史料》[14]當中。也就是說這張圖其實是原件的複寫的複寫，但是跟彩色原件比起來清晰許多（原件和必麒麟或斯特林的複寫相比，細部都有細微的差異）。編著者蕭一山不僅將這幅圖重新命名為「洪門會場圖」收入到自己的著作裡，還補記了「自*The Hung Society* Vol. 14摹繪」這個事實。換句話說，原圖明確記載了這幅圖「摹繪」自斯特林的著作*The Hung Society*的卷一。蕭一山標明摹繪自*The Hung Society*的畫還不只這一幅。其他像是《近代祕密社會史料》裡「會場陳設圖」其實是*The Hung Society*[15]的插畫「入會儀式使用的道具全套」；《近代祕密社會史料》當中的「木楊城圖」其實是*The Hung Society*[16]的「另一個祕密旅行的方法」等等，一一「摹繪」而來。後者的原件現在於斯特林收藏中以「天地會的祕密旅行」（No. 94）為題所藏。《近代祕密社會史料》當中所收「三合會會所圖」，如蕭一山標明「自The Hung Society Vol. II摹繪」，也是從*The Hung Society*卷二[17]複寫而來。「義興公司」「松信公司」「洪順堂」的三張「天地會會員證」（腰憑）也是「摹繪」自*The Hung Society*[18]。

因此，不論是《中國的祕密會社》所說「收藏於大英博物館」的**圖1**「祕密會社入會儀式會場示意圖」，還是蕭一山所說的「洪門會場圖」，或者其他六幅與「大英博物館」相關的線索，都不在文本內部（《近代祕密社會史料》），也不在文本外部（副館長描述的原件流轉過程）。這個結論，只要把蕭一山若是真的從大英博物館所藏的「抄本」轉錄圖片，都會詳實記載「攝自倫敦不列顛博物院所藏Oriental8207k抄本」這個事實一起思考，就可以更加確定。除了Oriental8207k，和另一份全體示意圖「洪門總圖」（一至四）四張，還有其他許

10 山田賢，《中国の祕密結社》（東京：講談社，一九九八）。
11 同前注，頁七三。
12 同前注，頁七二。粗體字為筆者所加。
13 J. S. M. Ward. *The Hung Society or the Society of Heaven and Earth*, Vol. 2, pp. 14-15.
14 蕭一山，《近代祕密社會史料》（北平：國立北平研究院總辦事處出版社，一九三五）。
15 J. S. M. Ward. *The Hung Society or the Society of Heaven and Earth*, Vol. 2, pp. 24-25.
16 Ibid., pp. 32-33.
17 Ibid., pp. 62-63.
18 Ibid., pp. 133-35, 138-39.

多類似的例子。「圖像第一」的標題下所收的九十四幅、「碑亭第二」的九幅、「旗幟」的三十四幅、「腰憑（會員證）」的四幅全部都明確標明「攝自倫敦不列顛博物院所藏」「抄本」。也就是說蕭一山從斯特林著作 *The Hung Society* 轉錄的圖和從「倫敦不列顛博物院所藏」轉錄的圖，出處都非常清楚地分別標示出來。上述山田賢的**圖 1**「祕密會社入會儀式會場示意圖」相關說明，若不是混同就是無視這些明確的標示，只能說是山田賢的誤記。然而我們還沒有碰觸到真正的問題。（待續）

圖 1 ／ W. A. Pickering. “Chinese Secret Societies Art,” Part II (1879).

9. 英文「黃錦樹論」之我見（8）：長長的腳注（一）——正誤祕密會社論與正視「謎題」

山田賢《中国の祕密結社》之中關於入會儀式的敘述，除了插圖的出處等細微問題以外，關於儀式整體的描述方式也有幾個不小的問題。

山田賢先正面評價「平山周的敘述至少可以算是，較為正確傳遞辛亥革命前夕會黨祕密會社一面的史料」並以此為前提[1]，接下來提到「平山也紀錄了詳細的入會儀式。以此為基礎首先介紹舞台裝置」[2]，以平山的《覆刻支那革命党及祕密結社》[3]的敘述為基準點，不僅介紹「舞台裝置」，儀式過程本身也如前文所示，採取一邊將**圖1**「插圖與平山的報告相對照」，一邊「回復」的手法[4]。只是這個基準點的選擇也好，必麒麟所繪的插圖和平山報告的「對照」手法也好，兩者都為他帶來難題（山田賢之前也犯過一樣的錯誤且毫無自覺。在他之前康博明明已經在新加坡的*The Traditional Mysteries of Chinese Secret Societies in Malaya*為題的手冊，高度評價阿都拉的祕密會社紀錄「應該是亞洲作者所寫的最好的紀錄」，但山田

1 山田賢，《中国の祕密結社》，頁六四。
2 同前注，頁六八。
3 平山周，《覆刻支那革命党及祕密結社》（東京：長陵書林，一九八〇）。
4 山田賢，《中国の祕密結社》，頁七〇－七七。

賢依舊把平山的紀錄作為自己著作的基準點）。

今日我們若援用平山的著作，就一定會碰上一個難題。孫江最近也在《近代中國的革命與祕密會社》中提到的「剽竊」的問題[5]。具體而言，B. J. ter Haar在*Ritual & Mythology of the Chinese Triads: Creating an Identity*[6]中「已論斷平山的書是『一本（惡意）剽竊的翻譯』」[7]，也就是"the 1911 book...by Hirayama Shû is a **(badly) plagiarized** version of the 1900 study on the Hong Kong Triads by W. Stanton"。田海（ter Haar）在這裡說的「W. 史坦頓於1900年所作的香港三合會研究」指的是：William Stanton. "The Triad Society or Heaven and Earth Association," *China Review* 21 (1894-1895); 22 (1895-1896)。其後加上一頁序文以單行本的形式再次出版[8]。根據那篇序文，描述史坦頓以外國人身分而言擁有難得的經歷：「拜其身為負責華人事務的警官所賜，史坦頓與華人，特別是三合會會眾主要所屬的階級的華人長期交流，特別是他也會說當地的語言，所以能獲得相關的手冊與（會眾證等）會徽，在收集相關問題的情報資訊時也比其他人有更多的機會」。

由於這段關於史坦頓的敘述，田海認為平山周是「不當剽竊」，不過孫江卻有不同見解：「平山著作的前半，也就是第一、二、三章確實是從史丹頓著作**翻譯**過來的，批評是『剽竊』有點過分了」[9]。然而就算說是「翻譯」也還是有問題。再加上另一個事實，就是史坦頓的敘述順序和平山的並非完全相同（具體內容後敘明），表示這個問題出現了「第三者」。田海做了一張史坦頓和平山之間相似處的整體對照一覽表[10]，試圖一一具體證明有哪些地方「剽竊」。且在自己的先行論文“The Gathering of Brothers and Elders (Ko-Lao Hui): A New Hypothesis”[11]當中，提到了和平山問題相關的一位叫做「Nishimoto Seiji」的人物。孫江在上述的論述當中，完全沒有提到那位人物。他只說「關於這個〔剽竊〕問題，將另起新稿再論」[12]，我們也只能等待他在新論文當中做最終判斷。

不過，田海並不是第一個指出史坦頓和平山之間潛藏著過於相似問題的人。Wilfred Blythe在*The Impact of Chinese Secret Societies in Malaya: A Historical Study*[13]中已經提到平山著作（一九一一）的中文譯本《中國祕密社會史》[14]是“**close resemblance** to Stanton's book”[15]，

---

5 孫江，《近代中国の革命と祕密結社：中国革命の社会史的研究（一八九五－一九五五）》（東京：汲古書院，二〇〇七），頁七一。見該書注66。

6 同孫江論點。

7 B. J. ter Haar. *Ritual & Mythology of the Chinese Triads*, p. 28.（粗體字為筆者所加。同頁三六至三七也再次提及這個問題）。

8 William Stanton. *The Triad Society : or Heaven and Earth Association* (Hongkong: Printed by Kelly & Walsh, Ltd., Queen's Road and Duddell Street, Hongkong, and at Shanghai, Yokohama and Singapore, 1990).

9 B. J. ter Haar. *Ritual & Mythology of the Chinese Triads*, p. 28, 粗體字為筆者所加。順帶一提平山著作共五章。

10 Ibid., pp. 260-61.

11 B. J. ter Haar. "The Gathering of Brothers and Elders (Ko-Lao Hui): A New Hypothesis," in L. Blusse and H. Zurndorfer eds. *Conflict and Accommodation in Early Modern China: Essays in Honour of Erik Zurcher* (Leiden: Brill, 1993), pp. 259-83.

12 孫江，《近代中国の革命と祕密結社》，頁七一。

13 Wilfred Blythe. *The Impact of Chinese Secret Societies in Malaya: A Historical Study* (London; Kuala Lumpur: Oxford University Press, 1969).

"much of [this work] appears to have been **taken from Stanton book**"[16]，雖然沒有使用像是plagiarism這樣的詞彙，但是也指出了同樣的問題（〔〕與粗體字為筆者所加）。田海[17]文中也完全沒有提到布萊斯的這個前行研究。

回到原本的問題。其實上述還不過是「剽竊」問題的其中一個面向。因為討論布萊斯和田海所指的史坦頓和平山之間的「酷似」「剽竊」問題時，我們不能忽略剛才提起的那位第三者「Nishimoto Seiji」的介入。而且這個「Nishimoto」問題同時也能釐清另一個「謎題」。日本外務省在明治四十三年五月至四十四年六月（一九一〇年五月－一九一一年六月）之間，辛亥革命即將發生的時候，為了「探查清國革命黨的動靜」，緊急派遣了七名委託調查員到清國各地，請他們實地進行調查，寫成兩本報告書《清國情勢及祕密結社》和《祕密結社於清國》。這兩份報告書和「Nishimoto」問題之間具有某種關聯。

關於這點已經有兩篇文章解說。第一份是覆刻發行平山著書的長陵書林編輯部，針對平山著作與日本外務省派遣調查員的其中一位，山口昇的報告之間發現的類似處與相異的解說文[18]。另一篇是上述的田海論文[19]也指出史坦頓著作與「Nishimoto Seiji」報告間的「類似」與「剽竊」[20]。然而這些指摘都有需要訂正的地方。

首先我們從後者開始看。田海的論文散見一些單純的誤記或者錯認（以下，粗體字為筆者所加）——

The archive of the Japanese Minister of Foreigh Affairs contain an extensive file on "secret societies", hundreds of pages long. It was complied in 1910, slightly earlier then Hirayama's book, by special ageants who were appointed to travel around China and collect materials on such groups. **Nishimoto Seiji** was one of these agents (his report is dated **December 13, 1910**). He contributed a vast amount of material, which must certainly have impressed his superiors. However, like Hirayama's book, Nishimoto's material also mainly consists of an **unacknowledged translation of Stanton's book**. Although the translation is not identical to Hirayama's, there are **many similarities** and he adds **the same information** as Hirayama.[21]

這段敘述**有**三**個問**題（此外調查報告書宣布都是用毛筆手寫而成）。①為了「探查革命

14 平山周，《中國祕密社會史》（上海：商務印書館，一九一二）。
15 Wilfred Blythe. *The Impact of Chinese Secret Societies in Malaya*, p. 548.
16 Ibid., p. 535.
17 B. J. ter Haar. "The Gathering of Brothers and Elders (Ko-Lao Hui),"; B. J. ter Haar. *Ritual & Mythology of the Chinese Triads*.
18 平山周，《覆刻支那革命党及祕密結社》，頁一一二－一一三，解說者不具名。
19 B. J. ter Haar. "The Gathering of Brothers and Elders (Ko-Lao Hui),"。
20 Ibid., pp. 261-63.
21 Ibid., pp. 261-62.

黨的動靜」的這個時候派遣的七名調查員裡並沒有叫做「Nishimoto Seiji」的人（田海論文最後的拉丁字母／漢字對照表當中標示為「西本**省二**」，粗體字為筆者所加）。調查員裡面姓「西本」的只有一位西本**省三**。另外，七位調查員當中沒有人的名字叫做「**Seiji 省二**」（七名調查員的姓名請見後述）。②田海說西本報告的日期是“**December 13, 1910**”，然而西本沒有在這一天提出任何報告。若「十三日」是三十日的誤讀的話，就找得到報告書。西本提出的三份報告當中，有一份題為〈江蘇安徽兩省地方之會匪視察報告〉的報告書，於「明治四十三年十二月三**十日**」提交給上海總領事有吉明。而且這三份報告當中，只有這一份是以清國祕密會社為主的報告。如果田海所說的“Nishimoto material”存在的話，除了這一份報告以外不做他想。然而這份報告內容，與田海的解釋完全不同。這份報告書共有七章，「第一章　總論」、「第七章　結論」以及「第二章　地理與歷史上的江北」、「第三章　地理與歷史上的安徽」無須討論，「第四章　會匪的起因」、「第五章　會匪的性質及其種類」、「第六章　會匪的狀態」等，論及「會匪」祕密會社的章節當中，完全找不到田海所說從史坦頓著作「主要以無法認作是翻譯的內容構成」[22]等等「剽竊行為 plagiarizing」[23]的痕跡。因此，我完全找不到西本在撰寫這份報告書時，可以推論出他參考史坦頓著作的一點蛛絲馬跡。③因此，田海串起的平山周著作和西本報告之間的關係，田海所說的「許多類似之處」，西本和「平山用同樣的情報附加在〈史坦頓的敘述〉上」的這些敘述，完全不成立[24]。此外西本的另外兩份報告書當中，完全沒有寫到像這本報告書當中這麼完整的「會匪」訊息。連簡短提及都沒有。

但是上述的訂正並沒有辦法完整解決這個問題。田海[25]文中與平山的著作以「日本思想史史料叢刊」IV「覆刻」（一九八〇）相關，附上了這一段“the editors discuss original edition and its Chinese translation; this is flowed by some biographical information on the author”[26]。也就是說從這段敘述我們可以知道，田海有讀過「長陵書林編輯部」的覆刻版卷末解說文。然而田海讀完這篇解說文後，卻做出奇妙扭曲的選擇。

根據「編輯部」的解說，「外務省藏有比平山著作更早完成的調查書。這份調查書是同年〔明治四十四年，一九一一年〕六月，政務局第一課所編，以『祕密結社於清國』為題，長度約和紙兩百多頁，由朱墨校正過（外務省紀錄，別冊，革命黨相關，第五卷）」。「當時山口昇以外務省約聘的身分，派遣到清國中南部地區，自前年〔明治四十三年，一九一〇年〕起進行為期一年的調查。以山口昇為中心，還有**駐上海總領事館館員西本省**三（白川）、及**各地總領事館館員**、通譯生等數名，一起調查收集到的資料，由山口昇整理成報

22 Ibid., p. 261.
23 Ibid., p. 262.
24 Ibid.,〔 〕為筆者所加。
25 B. J. ter Haar. “The Gathering of Brothers and Elders (Ko-Lao Hui),”.
26 Ibid., p. 260, note 2.

告書。山口在這份報告書以外，還留下一本更為詳細的《清國情勢及祕密結社》（外務省紀錄，別冊，革命黨之動靜調查員派遣，第三冊（卷二）」。

這段文字也有些細微的錯誤（粗體字處），先在此訂正。首先，西本並不是「駐上海總領事館館員」。他以臨時調查員的身分替外務省工作的時候，正任職於「上海日報社」（參照他明治四十三年七月二日提出的「履歷書」）。其他的調查員也全部都不是「**各地總領事館館員**」。小路真平在大倉組，山田勝治和遠藤保雄在武昌陸軍學堂擔任教習，吉福奧四郎在漢口日報社，他們都各自有一份正職。有趣的是編輯部解說中與「各地總領事館館員」分開紀錄的「通譯生」（三浦一），只有他是「芝罘[27]領事館事務代理・外務書記生」。山口昇在探查工作時（明治四十三－四十四年）是外務省約聘的身分，但之後便就職於大倉洋行[28]。

田海應該是循著這份「長陵書林編輯部」的解說，直接到外務省外交史料館找到這份調查報告書。但是卻不知為何拒絕相信這份解說裡面所寫，沒有錯誤的敘述內容。也許是他讀到了手寫的第一手史料，選擇了相信自己的眼睛吧。如果要跟史坦頓報告對照，田海選擇的不是**山口**的報告（參照後述），而是完全無關的**西本**報告。最後將西本報告定罪為「剽竊」史坦頓報告，陷入「誤判」之中。

關於史坦頓／平山／山口的三角關係，不單只是他們之間的異同，無論是斷定是否「剽竊」的因果關係，或是深入史料允許的範圍來回覆三者的相互關係，雖然看似繞遠路，但是有必要針對明治四十一至四十四年之間，外務省委託山口昇的調查活動，進行某種程度的詳細追蹤。就算結果可能會面臨一個「謎題」。只是這個追蹤過程並不簡單，就留到下一篇文章吧。

27 罘，音同符。芝罘位於山東煙台。

28 以上全部出自大学史編纂委員會編集，《東亞同文書院大学史》（東京：滬友会，一九八二）。

10. 英文「黃錦樹論」之我見（9）：長長的腳注（II）——正誤祕密會社論與正視「謎題」

山口昇的調查報告當中，各個調查員的母校與所謂「大旅行」有著很深的關係，所以在此先介紹前文所提到的調查員們的畢業母校。西本、山田、遠藤都是「南京同文書院」的第一屆畢業生（明治三十七年，一九〇四年畢業），三浦稔（有時作「三浦一」）和小路則是「南京同文書院」改組為「東亞同文書院」（上海）後的第二屆畢業生（明治三十八年，一九〇五年畢業），而山口則是同校的第五屆畢業生（明治四十一年，一九〇八年畢業），也就是說七位調查員當中有六位是同一間「書院」的畢業生[1]。特別值得注意的是，山口昇是第五屆畢業生，而外務省官吏三浦是第二期畢業生。

山口昇所屬的第五屆畢業生，在畢業的前一年、明治四十年（一九〇七）的時候，分成八個班進行「中國內陸部調查旅行」，是書院相關人士稱之為「大旅行」的一趟大費周章的「畢業旅行」。山口與其他七名同學屬於「粵漢班」，從一九〇七年七月至九月，花了五十多天，從上海「行水路至長沙，再陸路經衡州、郴州，進入廣東州抵達廣州」[2]。而調查報告是由野口覺次代表這一班撰寫，以「支那縱斷旅行記・粵漢隊」為題，分四回連載於《支那經濟報告書》（東亞同文會支那經濟調查部，每月發行兩次）當中（明治四十一年十月－十二月），山口自己也寫了一篇題為〈粵漢路旅行記〉的文章，刊登在第五屆畢業生的報告集《踏破錄》當中（明治四十一年）。

會提到第五屆畢業生的這場調查旅行，不僅是因為這項活動是東亞同文書院第一次嘗試，由當時的院長根津一向外務省要求補助，而外務省特別撥款給東亞同文書院「清國調查旅行補助費金三萬圓」，「得此補助金學校當局得以啟動全新的計畫，即將此分成三等分，每年使用，將畢業生分班進行中國內陸部的調查旅行」開始了「貨真價實的中國內陸部調查」[3]。

山口昇的「自在學中便特別才氣煥發，富有進取之氣象，常為同學之間的領導」這種「俊材」名聲[4]，在上述的〈粵漢路旅行記〉也得到證明。他畢業（六月）的同時，在明治四十一年七月二十日向外務省提交他的履歷書。一週後的二十八日有一封以「局長」名義（從之後山口報告的對象判斷應該是「政務局長倉知鐵吉」），寄給「駐廣東瀨川總領事」的一封以〈為調查雲南省、江西省及法屬印度支那地方派遣**山口昇**乙事〉為題的「機密」文書

1　大学史編纂委員會編集，《東亞同文書院大学史》（東京：滬友会，一九八二），頁四〇一、四〇五－四〇六、四一七。以下簡稱《大学史》。吉福的畢業母校不明。
2　同前注，頁一八九。
3　同前注。
4　東亞同文会內對支功勞者傳記編纂會編，《對支回顧路》（第二冊・列傳）（東京：東亞同文会內對支功勞者傳記編纂會，一九三六），頁一二三二。

（粗體字為筆者所加）。從這封文書可知，山口昇以外務省約聘的身分，八月二十一日抵達廣東，在領事館「滯留二三個月以練習語言」（同文書），爾後直至明治四十三年（一九一〇）一月上旬為止約一年多的時間，他「以南寧為中心」，到雲南、江西、法屬印度支那等各地進行實情調查，包含孫文在新加坡的動靜，寫了長短三十多篇的報告書，寄給倉知局長。當然這些都是他突然跟上述同窗前輩一起被派遣去進行「清國祕密結社」及「革命黨的動靜探查」之前的事情。而且這個時候他是獨自獲選派遣進行這項任務。

另一方面，完全在同一時期，山口昇也以東亞同文會設立的「支那經濟調查部」派遣的「特派員」資格至各地進行調查，在「支那經濟調查部」發行的《支那經濟報告書》當中，以〈滇桂越旅行記〉為題，以經濟狀況為主撰寫一連串的報導，自第十五號連載至第二十四號。其內容有一部分和外務省的報告重疊（第二十二號報告的敘述「鎮南關」〔十二月十六日〕全文兼用）。而同樣的在《支那經濟報告書》第五十一號（明治四十三年、一九一〇年六月十五日發行）當中，刊登山口昇的〈雲南省各國地位及勢力〉一文，這篇文章前附有一段介紹文「本篇乃**山口昇氏**去年〔明治四十二年，一九〇九年〕依**某省**的委託至偏遠的雲南考察報告，足以窺知雲南地方各國勢力」。這裡的「某省」當然是指外務省。彷彿是為這段介紹文佐證，山口昇早在「前一年」也就是一九〇九年實際寄了一份報告給「外務省政務局長倉知鐵吉」，內容是與「雲南革命軍的殘黨」、「雲南省與緬甸的邊境，主要關於當地的日本人狀況」等與其他資訊。此時又經外務省同意，山口同時接受東亞同文會的委託，用同文會的經費到廣東省調查水災並提出報告。這次其中一部分內容則又轉用至外務省報告（明治四十一年九月八日〈廣東近時思潮〉）。

也就是說，只要不是特別機密的事項，向外務省提出的報告，同時公開發表在民間的經濟雜誌上，在當時看起來是不成問題的。因為在這個轉用之後，如上所述山口昇在明治四十三年也和其他六人一同錄取外務省的約聘，被派遣去「探查革命黨的動靜」。

其實外務省和東亞同文書院緊密的關係，並不是起於名為「大旅行」的第五屆畢業生調查旅行。而調查旅行的成果也不是第一次同時在東亞同文會相關的雜誌上公開刊登（之前便曾以〈復命書〉為題，以談話的方式討論大略內容，刊載於同文會的機關誌上）。

先前提到的三浦以及與他一起畢業的第二屆畢業生，是在明治三十八年（一九〇五）四月畢業的[5]。眾所周知，這一年是一九〇四年開戰的日俄戰爭的戰間、戰後動盪的期間。在戰況方酣的五月九日，有一封以外務大臣小村壽太郎的名義寄給「駐清內田公使」的「機密」信件，題為〈有關派遣視察員至庫倫外四處乙事〉，其中寫明因「眼下時局之際，監視清國邊疆俄國之動靜，併詳知地方之情勢頗為緊要」，所以「自上海東亞同文書院畢業生中揀選[6]前記五名，派遣為視察前記外蒙古中、庫倫、烏里雅蘇台[7]、及科布多，及甘肅、伊犁

5 大学史編纂委員會編集，《東亞同文書院大学史》，頁一〇〇。

6 譯者按：原文表記為「簡選」。

等五地」。「前記五名」指的是三浦以外，草政吉、櫻井好孝、波多野養作、林出賢次郎，他們都是剛從東亞同文書院畢業的第二屆畢業生。六月十七日五人分別抵達北京，七月三日至二十日各別前往目的地。五人當中調查期間最長的是「視察新疆省伊犁地方」的林出賢次郎。明治三十八年（一九〇五）七月十七日自北京出發，經山西、陝西、甘肅各省，隔年（明治三十九）四月十六日抵達目的地伊犁，在該地停留五個月，進行「來到蒙古郡王伊犁之際，遵從王命進入蒙古至郡王府停留整整一月有餘」，「原本經清俄邊境的山地至塔爾巴哈台，更訪視同地東北的國境後回到迪化」，明治四十年（一九〇七）「三月三日從迪化出發」，「五月七日抵達北京」前後長達兩年的調查旅行。引用自林出的〈復命書〉（明治四十年七月六日交給「政務局長山座圓次郎」），不過在《大学史》〈大旅行的起點〉這一章裡提到「林出連隨從都不帶，隻身一人遍歷、踏破的西域就是現在的新疆維吾爾自治區」，「從省城烏魯木齊到伊犁、土爾扈特、塔城的旅途，是從未有外國人的足跡抵達的祕境」。這趟旅行被定位為「書院兒憧憬的對象，也是大旅行的精神起點」，「和林出一起接受外務省特命的同期們」每一位都「不僅平安歸來還就任**外務省官吏**」[8]。

和第五屆畢業生山口昇的關係特別引人注目的是最後一點。也就是山口昇是否認為第二屆畢業生的調查旅行好比是「外務省官吏」的「錄取考試」呢？因為有了同窗的第二屆畢業生三浦調查「清國邊疆」並提交報告書，被錄取為「外務省官吏」的這個活生生的例子出現在他面前。他應該也有聽說林出的事蹟吧。所以山口昇相當頻繁地寄送涵蓋各方且十分精細的調查報告給政務局長，由此可以看出他的強烈企圖心及異常的熱誠。讓人不禁推測，這是否因為看到第二屆畢業生因為成功執行「邊疆」調查旅行而全部被外務省錄取的這個前例，所以心中默默深藏著滿滿的期待，進而努力不懈呢？在這股心中深藏的動機之外，是不是也忍不住大膽地（後述）將史坦頓的祕密會社論的翻譯，偷偷放進自己的報告書呢？在申請圖書購入費的時候，山口昇便向倉知局長呈報事由「為能呈上**幾近完善的報告書**，而**引用**這些**參考書**」（明治四十二年十一月二十二日。粗體字為筆者所加）。這位「俊材」為了完成「**幾近完善的報告書**」一償夙願，所以才偷偷「引用」史坦頓著作為「參考書」之一吧。牽扯到平山周，這個看不見決定性證據的問題，將留到下文繼續追查。

7　譯者按：應為「烏里雅蘇台」，此處遵照引用原文漢字表記。

8　大学史編纂委員會編集，《東亞同文書院大学史》，頁一八五—八六。粗體字為筆者所加。

11. 英文「黃錦樹論」之我見（10）：長長的腳注（III）——正誤祕密會社論與正視「謎題」

William Stanton的*The Triad Society, or Heaven and Earth Association*或許也是「俊材」山口昇為了完成他「**幾近完善的報告書**」，以達成夙願，祕密翻譯「引用」，寫進他的報告書當中的一份「參考書」吧。最後也牽扯進平山周。為了多少接近這個看不見決定性證據的問題真相，在此我們先從間接證據下手。首先，《支那革命黨及祕密結社》（以下稱《革命黨・結社》）最早刊載於《日本及日本人》第五六九號（一九一一年十一月一日），恰好是點燃辛亥革命烽火的武昌起事[1]（一九一一年十月十日）的半個月以後。如前所述，《革命黨・結社》與這份雜誌能夠重新出現在我們面前，都是「長陵書林出版部」的覆刻發行（一九八〇），然而這份充滿啟發性的解說文裡，對於接下來我要介紹的相關資料，卻毫不關心，一句話都沒有帶到。

其中之一就是「例言」。《革命黨・結社》以「附錄」的形式被放在雜誌的最後，不過在目次裡它的標題卻以比雜誌名稱標題還要巨大的字體印刷。在這個目次之後，本文之前，有篇簡短卻別具意義的「例言」：

> 武昌革命軍之勃興，乃得天時地利人和，其成功殆無可疑。本篇詳說支那革命黨與白

蓮會、三合會、哥老會等，各祕密會社真相。本次事變之際，緊急收錄至《日本及日本人》附錄。若多少能為世人參考，不過**編者**之幸。

最後署名為「明治四十四年十一月　**編者**識」。這篇「例言」內文用比本文還小的字體印刷在一個小方框內（粗體字為筆者所加，標題「例言」與「編者識」與本文字體同樣大小）。

另一篇是同一號雜誌裡應編輯部以「中清動亂觀」為體所求，由五位識者中的一位，當時東亞同文書院的院長根津一接受採訪的對談〈革命與草莽英雄〉。根津在開頭明確表示「自古以來漢人的天下就是革命的天下。而其先鋒常為草賊。漢衰時有赤眉銅馬之賊，三國之初有黃巾賊，唐末有梁山泊的英雄，清有長髮賊黨羽（太平天國），故若欲知清朝的命運，則須先知草賊，也就是所謂的祕密會社」。「原本**革命黨**的組織起於日清戰役之後。然而**祕密會社**之淵源可追溯至明末。明朝遺臣鄭成功遠遁至南方台灣，以圖恢復明朝，為我邦人所熟知。然其麾下集結之士，就有當時一個祕密會社組織。一時之間從福建廣東至北京都占有根據地，以窺時機到來。然謀敗後，或者至南洋、或者至海峽地方、各所從其志。其黨雖四散，然耿耿一片義心，常思恢復明朝而不休，義烈之士公言不再踏足清朝之地，捨陸上

1 譯注：作者在此使用日文中政治中立的用詞「蜂起」，也符合日本政府當時的政治立場。因此本處使用政治中立的用語「起事」，而非常見的「起義」。

生活，而在湖上江上海上生活。也有人遠潛於廣東廣西深山，祕密待時機到來。勢之所趨，竟於**長髮大亂**中現身。亂後其黨又離散，各向北美澳洲安南等地。其間至今仍猶整然互有聯絡。漢人原本善於殖利，其中不少人累積鉅富。**孫文一派之革命黨**不屈不撓舉兵卻不曾枯竭軍費，蓋其所以。長髮賊殘黨又分別於長江一帶組織為**哥老會**，廣東廣西福建一帶結為**三合會**，中清南清占為根據地總稱**洪家會**。其他大刀會小刀會白蓮會紅燈會英雄會等等，其淵源都無大別。此外，還有一祕密會社稱塔〔鹽〕梟，蓋哥老會一派，今仍逞其勢力於大湖浙江附近」[2]。這篇文章認為要理解自武昌革命軍的起事而開始動盪的清國「命運」，就必須先了解作為其「先鋒」的祕密會社。在一百八十頁的雜誌本文後，加上長達一百頁的「附錄」《革命黨．結社》，還臨時提高雜誌售價，「編輯者」膽敢進行如此的冒險挑戰，當然是因為眼前發生的武漢起事這個大事件，我相信也是和根津一的這篇充滿信心的指南有著很大的關係吧。其中先前提到的「例言」就可以看出一些端倪。雖然那篇「例言」不像根津一一樣明言祕密會社與革命的關聯，但是從中藏著的三段論法也可以讀出相同的論證方向。

其實先前宮崎滔天就曾以自己的實際經驗，試圖推導孫文等革命黨和傳統祕密會社的合謀了。宮崎滔天在《三十三年之夢》（《二六新報》〔明治三十五年（一九〇二）一月三十日－同年六月十四日〕）的一章〈形勢急轉〉，以及《清國革命軍談》（《東京日日新聞》〔明治四十四年（一九一一年十月十九日－同年十二月七日）〕中自〈二十　革命黨頭目等人，於香港會合之事〉至〈二十三　三派愈發聯合請孫文為首領之事〉的三章，還有《支那革命物語》（月刊雜誌《東方時論》〔大正五年十月號－十二月號〕）當中的一章〈此判斷為兇乎〉〈天涯奇遇〉的結尾以及〈直至面會史堅如〉等等，再三談及自己是如何親臨「參與」實現「哥老會」、「三合會」、「興中會」等「三派聯合」。

另一方面，二楸庵（平山周）在《革命評論》第四（明治三十九年〔一九〇六〕十月二十日）當中，寫了一篇文章〈支那的祕密會社〉（一），陳述「支那的天下乃**革命的天下**，而為其**先驅**者就是**草賊**」。「**草賊與革命的關係難分難捨**」。「漢衰則出赤馬銅馬之賊，此為草賊之嚆矢。爾後三國之初有黃巾賊、唐末有黃巢、宋有梁山泊之徒、清有長髮賊」，這段開頭幾乎可說是沿襲根津的祕密會社論。祕密會社的名稱雖多（列舉）但「知其一則能類推其他。因此余就其中勢力最大的**哥老會**說明」，從這個觀點以相當程度詳細記述「哥老會」內部組織至其「現狀」。同文（二）（明治三十九年十一月十日）當中，就祕密會社中的「**興中會**」，介紹其「章程」、「會中人物」、「經綸」、「現狀」等等，最後在「結論」中以「余研究祕密會社的代表者哥老會，又研究新式祕密會社的代表者興中會。新舊兩式的祕密會社其主義思想雖然不同，但是在救濟日益沉淪的支那，一掃腐敗政治之處相通。只是哥老會之徒尚不通天下大勢，不具有政治知識。之於此點只能將希望寄託在指導教育成員、以成為真正高尚的革命黨人，懷抱新思想的興中會之徒。余為了人道為了世界文明，祈望革命黨成

2 平山周，《覆刻支那革命党及祕密結社》，頁一五九－一六〇。黑點為原文。粗體字與〔〕為筆者所加。

功」一段作結。（一）的哥老會論和（二）的興中會論，都可以與其後《革命黨・結社》當中同名章節的敘述作比較，值得詳細探討。

只是要斷定這位名為二楸庵的作者就是《革命黨・結社》的真正作者平山周，還有一點令人費解。就是上述「例言」編者的敘述方式。不需特別說明，上述「例言」中編者的敘述方式，是表示將**已發表的文章集結**編輯為《革命黨・結社》。而且這個含義也在章炳麟寫的「序」裡提到「日本平山周。遊中國久。數與會黨往復。**集為**支那祕密結社一篇」，補強了本書為「編」成的證據，但同時也將問題複雜化。章炳麟在雜誌完全沒提及的狀況下突然寫出「平山周」這個名字，公然參與「編」的過程。而且事態不只如此，還有一篇「序」由名為「桃源逸士」所寫，當中提到「吾友古研氏既**集合**支那三合哥老諸黨會之歷史行事。**著為**支那祕密結社」，說明這位叫做「古研」的人，不僅是「集合」還「著」作了這本書，《革命黨・結社》是「集」「著」所產，具有「編著」的含義在（粗體字全為筆者所加）。另外，關於「桃源逸士」或是「古研」的真正身分，「長陵書林編輯部」已有推論[3]。

同時期比《革命黨・結社》還要忠實追隨根津一信心滿滿的推論方向的例子，還有一些。時期稍微晚一點，不過這篇文章明確標出作者姓名，是東亞同文會機關誌《支那》四卷四號（大正二年（一九一三）二月十五日）卷頭第一篇山口昇的〈孫逸仙氏〉。和加入目次超過一百頁的大部頭《革命黨・結社》相比，這篇文章才短短十五頁。一開頭先簡單地以時間順序介紹孫文生平事實、到「興中會」的創立（一八九二），花了兩頁多翻譯興中會

「檄文般的會則」，因「興中會與三合會及哥老會多少有些聯絡」，又極為簡單敘述三合會（天地會）的歷史、組織，翻譯入會式相關文章，把會眾證刊載出來並加以說明，然後翻譯「三十六誓」全文。「興中會成立時支那最有力的祕密會社乃**哥老會**」，然而在「邦人（譯者按：日本人）志士」的「熱心奔走間，**三合會**、**哥老會**、**興中會遂互相接近**」，「雖然孫氏等人的事業經歷幾回蹉跌，能發展至相應的勢力於世人面前，乃三**會合同以後**」的敘述，可說是以史實補強根津一所指的方向（粗體字為筆者所加）。爾後提及哥老會，介紹哥老會的「別派支流」、會眾證、組織、開山式、「通知告天下各山主（舉行儀式的）檄文」的譯文，最後結尾以「湖南哥老會的頭目」與孫文「到彼此相知的光緒二十三年（一八九七）左右，全是依靠邦人志士的斡旋」來結束哥老會論。山口昇在這篇卷頭文接近結尾的「孫氏來遊本身就是日支兩國的國民外交，也是兩國合作的實證」這段文字顯示，他已預見孫文可能會（亡命）到日本，事先準備好歡迎辭了。而在下一號《支那》（第五號）當中，在卷頭刊載孫逸仙〈論東亞之中日支兩國的關係〉，後面連續接著幾篇無名氏〈孫氏來朝與本國報紙的歡迎〉、〈孫氏來由與英國報紙之言〉的報導，加上慣例刊載在卷頭的「口繪」（卷頭畫）也是〈孫逸仙氏訪故近衛公爵墓〉，暗示出東亞同文會與孫文之間有很深的關係。下一號第六號也刊登亞南〈孫逸仙氏來遊的效果〉、作為以山口昇預先寫好的歡迎辭展開的一系列孫文相

3 同前注，頁一一一、一一五—一一六。

關內容的結尾（此外和東亞同文會合併以前的「東亞會」，與康有為、梁啟超之間的緊密關係，請參照藤谷浩悅[4]。順帶一提平山周也是這個會的會員，而且是「革命評論社」（發行同名雜誌）當中「反孫文派」的一員[5]）。

經過上述整理，回到原本的問題。先說大致上的結論就是，被認為是平山周「編著」的《革命黨・結社》當中的敘述，特別是第三章〈三合會〉及第四章〈哥老會〉有關內容，重點之處幾乎可以說是全部**參照山口昇的外務省報告Ⅰ・Ⅱ**（此外第一章〈白蓮會〉、第二章〈祕密會社起源傳說〉也一樣，第五章〈革命黨〉相關的必要之處以外，就不再贅述。以免這長長的腳注更冗長）。山口昇的〈孫逸仙氏〉一文當然也有從自己的報告書Ⅰ・Ⅱ中再利用的痕跡（請參照前文整理他同時平行利用外務省報告／民間雜誌的前例）。因此從這些文章可以知道，「興中會」、「三合會」、「哥老會」相關的敘述，「鑲嵌」在介紹孫文的文章當中（嚴格說來是在同一個層次，不是鑲嵌）。

4〈戊戌變法與東亞會〉，《史峰》第二號（一九八九）。
5 久保田文次，《孫文・辛亥革命と日本人》（東京：汲古書院，二〇一一），頁三九六。

12. 英文「黃錦樹論」之我見（11）：長長的腳注（IV）——正誤祕密會社論與正視「謎題」

外交史料館裡收藏一批題為〈各國內政關係雜纂．支那之部〉〈革命黨動靜探查員派遣〉的文書。這場「派遣」的背後主使者，就是「駐清國特命全權公使伊集院彥吉」（駐北京），而明治四十三年（一九一〇）五月五日及十八日也向外務大臣「申進」，對各總領事發布「內訓」（「機密第四九號、第六一號」）。伊集院彥吉向外務大臣小村壽太郎「申進」，建議外務省「輓近該國各地一般形勢**有不穩之兆**。就中長江一帶區域殆**續發亂象**」，「難保生起某等事變」。「以帝國立場特別尤**要周匝機敏查察之時機**」。然而「如蒙鈞知各〔領事〕館現在狀態乃日日為當面事物所逐」。「此時機宜[1]處置應為於長江一帶上海漢口總領事，又於南清廣東總領事，進用〔館員以外〕通曉清國語言事情之適當人物」，「尤有必要令其經數月、各方面盡可能詳細觀察，自**政況民情等一般狀況**，**至會匪及革命黨**份子之動靜。應由鈞省選定，或由一種特別機關指揮各總領事館，盡可能以系統性方針」，進行「探究查訪」。類似內容也以「內訓」的形式發給各總領事[2]。

1　譯者按：原文作「機宜」。

2　粗體字、句讀點、〔〕為筆者所加。關於「天資至醇而豪快，性情溫厚而果斷」的官僚伊集院彥吉，可參照東亞同文会內對支功勞者傳記編纂会編，《對支回顧路》（第二冊．列傳），頁六九三—七〇三。

伊集院的這些「申進」和「內訓」，如內容所示全部實現。辛亥革命從武漢起事開始（一九一一年十月十日），在此之前為了探查清國情勢，特別是「革命黨的動靜」，從明治四十三年（一九一〇）至明治四十四年（一九一一）六月，外務省緊急以外務大臣名義派遣外務省約聘山口昇，「視察」廣東、廣西、湖南、湖北各省與長江一帶。同時接到「內訓」的上海、漢口、廣東各總領事，也緊急從居住於當地的日本人當中遴選適任者，將西本省三《上海日報》派遣到江蘇、浙江、安徽省，小路真平（大倉組）派遣到江西省，山田勝治（武昌陸軍學堂）派到湖南、湖北省，遠藤保雄（武昌陸軍學堂）派到湖南省，吉福奧四郎《漢口日報》派至湖北省，三浦稔（只有他是領事館員）到雲南省，進行長達數個月的探查，並要求他們提交報告書。今日，小路（二一一）、山田（六〇）、遠藤（四四）、吉福（九三）、三浦（八〇）的報告書都被一起收入在〈革命黨動靜探查員派遣〉的「第一卷」，西本的報告（一八九）則是「第二卷」，山口報告（二五四）則是「第三卷」，收藏在一起[3]。這六人的報告書經由「命約聘山口為主基於其之調查，又併參照其他五人報告編纂」，最終的「作成者」掛外務省政務局第一課名義，於明治四十四年（一九一一）六月，統整為《於清國之祕密結社》（二〇七）。今日一併收入為「第五卷」[4]。

在這些報告書當中，和史坦頓或平山周有關的，如前文所述，只有山口昇的報告了。然而他的報告書前後也有些許變化。①首先是明治四十三年（一九一〇）十月二十日以「山口昇」名義提出的報告書《清國情勢及祕密結社》（二五四。下稱《報告書I》）。是山口撰寫的報告書當中最詳實的一份。②不僅這份，還有一份和政務局第一課「作成」的最終版本報告書《於清國之祕密結社》同名的報告書（四一）。如檔案數所示，這份報告書並不完整。目次當中的章一、二已佚失（下稱《報告書Ⅱ》，政務局最終版本的報告書稱《報告書Ⅲ》）。不過①②都收入在上述的「第三卷」當中，標明「作成 山口昇」。

①《報告書Ⅰ》當中除了第二卷「旅行經過地方」有「清國情勢」的整體報告，其他卷都是會黨論。第一卷「南清地方」討論「三合會」和「保皇黨」、第三卷「中清地方」討論「哥老會」和「江南的革命協會」、第四卷討論「革命黨」。最後的第五卷為「結論」，針對潛藏「革命」的情勢做了一定的判斷。然而事態的轉變很快就證實山口昇過於樂觀的預測有誤。

②《報告書Ⅱ》與《報告書Ⅰ》架構完全不同。《報告書Ⅰ》將三合會、哥老會等各個組織分開討論，《報告書Ⅱ》以不同範疇做區別（比方說「入會儀式」、「會眾證」），將各個組織分解，重新在各個範疇比較討論。《報告書Ⅰ》和史丹頓的紀錄順序相同，《報告書Ⅱ》的架構完全不同。平山「編著」的《革命黨・結社》也和山口的《報告書Ⅰ》架構類

3 括弧內的數字是這些報告書轉成電子檔時的檔案數。五十二歲時過世的西本省三、同於四十六歲死亡的山田勝治和遠藤保雄，他們三位畢業後也持續與東亞同文書院保持關係，在上述《對支回顧路》（第二冊・列傳）中有他們的略傳，頁一〇四三－一〇四六、一〇一三－一〇一四。

4 四十二歲死亡的山口昇的略傳也在前述《對支回顧路》（第二冊・列傳）當中，頁一二三三－一二三四。

似，和《報告書Ⅱ》完全不同。

③不僅如此，最後的這一點更需要仔細注意。如同與《報告書Ⅲ》標題相同所示，**《報告書Ⅱ》其實原本應該編入政務局的《報告書Ⅲ》裡**，而且是成為《報告書Ⅲ》的附錄。這一點可以從最終版本《報告書Ⅲ》的目次看出來（《報告書Ⅱ》的目次欄外有貼一張便箋備忘，上面寫著「附錄」，指出這份報告原本應該放的位置）。之後在《報告書Ⅲ》的目次最終部分，如同下文所示，原本仔細書寫下的目次被打上大大的交叉斜線作廢，小標題「附錄」也被粗粗的直線劃掉，只有目次上的項目一、二（「一覽表」）上方寫著「留」，項目一的右上方寫著小字「附錄」。也就是從源自伊集院的「申進」與「內訓」而啟動的外務省「革命黨動靜探查」的觀點來看，「會匪及革命黨分子之動靜」是關注的核心沒錯，然而章三至章十三屬於紀錄類，祕密會社的內部組織、內部活動，其實並沒有那麼重要。從這裡我們可以看出這個判斷的變動。以「前敘法」（熱奈特）來說，這個刪除的部分就算洩露出去，不，如同前文所述，就算在外務省內外同時平行使用，外務省當局也不會對相關人士進行任何抗議。《報告書Ⅱ》能成為雜誌《日本籍日本人》的附錄，可說是在這個時候就已經大致底定了。

一、祕密結社分布一覽表
二、明治四十三年中清國內事變一覽
三、祕密會社起源相關傳說

四、祕密會社入會儀式　甲　三合會　乙　哥老會　丙　江南革命協會
五、祕密會社創立儀式　哥老會開山式
六、祕密會社會眾稱呼　甲　三合會　乙　哥老會（移至哥老會組織）
七、會眾證　甲　三合會　乙　哥老會
八、三合會之符牒
九、哥老會之令旗
十、革命黨之軍旗
十一、三合會之造字
十二、隱語〔三合會、哥老會的隱語請至一覽表〕
十三、茶碗陣　甲　三合會　乙　哥老會

再多確認一點，就是和 William Stanton 的 "The Triad Society or Heaven and Earth Association," 直接相關的，在山口昇的報告書當中，只有《報告書Ⅰ》特別是第一卷、第三卷。《報告書Ⅱ》內容雖已改編，但是從「三、祕密會社起源相關傳說」到「十三、茶碗陣　甲　三合會　乙　哥老會」，幾乎都是來自史坦頓的報告（詳細內容容後說明）。另一方面史坦頓的報告其實公開刊載過兩次。第一次是在雜誌 *China Review* 20.3 (1894)，20.4 (1895)，20.5 (1895)，20.6 (1895)，22.1 (1896)。我們無法否認山口也許讀過這份第一次公開刊載。《報告書Ⅰ》第

二卷「旅行經過地方」第四章「廣東省移民之種族及其特性」當中，山口大致整理了客家人的遷居史後，寫下「以上主要參照愛特爾博士紀錄的客家歷史」（外務省文書四九〇八〇二）。他所說的「愛特爾博士」就是*China Review* 2 (1873-1874): 160-64所刊登E. J. Eitel的“An Outline History of the Hakkas,”。山口介紹的內容跟愛特爾寫的簡史相比，紀錄的方法與內容的密度雖然有所差異，但是基本上是一樣的。這應該可算是山口昇在寫作《報告書I》之前就已經讀過*China Reivew*，或者可能讀過的證據吧。

其實史坦頓的報告內容在雜誌版和手冊版是沒有差別的。真的要說有什麼差別的話，那就是手冊版多了一頁前言。而且從這段前言我們可以知道一個雜誌版無法得知的重要訊息。作者是Police Detective Officer with the Chinese，而且因為這個職務得以「長期與三合會會眾所屬階級人士來往」，「有機會獲取收集三合會情報或者手冊、會徽等」。前三章“The White Lotus and Other Secret Societies,”，“The Triad Society in China,”，“The Triad Society outside of China,”不過是「關於入門中國祕密結社一切的簡短摘要」、「序」，重點在於作者本身對於「說明三合會的起源與組織，入會儀式如何進行，祕密會徽、隱語、記號的意思」的後半四章“The Traditional Account of the Society’s Origin,”，“Lodge-Rooms, Officers and Initiatory Ceremonies,”，“Certificates of Membership,”，“Sings and Test Words,”內容的定位，是雜誌版無法窺知的。值得注意的一個缺點是，不論是革命黨或是哥老會，在這裡除了簡短的幾句話，都沒有獲得一個獨立的章節。相反的是，不論是山口昇的報告中，還是平山的「編著」裡，重點不只是「革命黨」或「三合會」，「哥老會」也占有一席之地。另一方面，外務省政務局第一課所集結編輯的《報告書Ⅲ》當中，如前文所述，把史坦頓報告裡的這些重點項目大致上都刪除了。

三

黃錦樹〈馬來亞共產黨人之祕密檔案〉與〈猴屁股、火、及危險事物〉之研究筆記

1. 黃錦樹〈馬來亞共產黨人之祕密檔案〉[1]筆記（1）：現實性的確認．虛實化的作法

中斷〈英文「黃錦樹論」之我見〉寫作的時候，我找到了解讀黃錦樹作品〈猴屁股、火及危險事物〉必要的文獻，因此寫下來留作備忘。

這個作品的敘事者「我」，在作品中所提出和〈華語情結〉等相關文章的作者，如同譯者指出[2]，是《文化苦旅》（一九九二，日譯本二〇〇五）的作者余秋雨（一九四六—）。他除了出版《戲劇理論史稿》、《戲劇審美心理學》、《中國戲劇文化史述》等研究專著以外，也出版了四本散文集，「全部都是暢銷作品」，是傑出的散文家。在這篇作品當中，是個影響故事開展的配角。

作品中主要的角色也都能與實際存在的人物連結。首先被稱為「長者」的人物，根據日文譯者的注記，是「新加坡首任總理李光耀」[3]。作品當中從名為《這回與那回》的「長者的回憶錄」中引用的部分[4]，都是引用自現實世界中李光耀的著作《爭取合併的鬥爭》（*The Battle for Merger*, 1961），及回憶錄 *The Singapore Story: Memoirs of Lee Kuan Yew*[5]。其中差異饒富興味，就留到下一篇文章。另一方面，他的對手是「現在」被「流改」到無人島生活的「敗北的革命者」[6]。在作品中被稱為「馬來亞共產黨在獅島的**全權代表**」[7]，也以此自稱。「像彼時典型的共產黨員，為了活動方便及自身的安全」，擁有「多個代號或化名」。只是現在「自己都忘了」，有一個「依稀記得」的「化名」叫做「賴得」（**Lighter**）[8]。

這個「化名」藏著一個有趣的比喻。敘事者在「山洞」中發現「數千個」早已鏽蝕「現在」無法使用的打火機（**lighter**[9]）。另一方面，全權代表「突然非常激動，緊咬著牙渾身戰抖」，閱讀到長者回憶錄的「密會馬共全權代表」的場景[10]，其實是精采的展示一段在槍型打火機的「是（être）」／「似（paraître）」之間不停翻轉的形態對立[11]。除了「長者」與「賴得（**Lighter**）」還有一位「萊特（Lighter）」[12]）——英國一三六部隊也同樣稱作「**全權代表**」（The Plen.）在越南替法軍，在馬來亞替英軍、日軍做密探，被稱為「有三張面孔的背叛者」

1 編按：本篇為小說〈猴屁股、火及危險事物〉一文內所載錄的「革命時代的馬來亞共產黨人之祕密檔案」。
2 黃錦樹著，濱田麻矢譯，〈猿の尻、火、そして危険物〉（猴屁股、火及危險事物），《夢と豚と黎明：黃錦樹作品集（台湾熱帯文学）》（京都：人文書院，二〇一一），頁三一四。
3 黃錦樹著，濱田麻矢譯，〈猿の尻、火、そして危険物〉（猴屁股、火及危險事物），《夢と豚と黎明》，頁三一三。粗體字為筆者所加，以下同。
4 同前注，頁三一九、三二二。
5 Kuan Yew Lee. *The Singapore Story: Memoirs of Lee Kuan Yew* (Singapore: Singapore Press Holdings / Times editions, 1998).
6 黃錦樹著，濱田麻矢譯，〈猿の尻、火、そして危険物〉（猴屁股、火及危險事物），《夢と豚と黎明》，頁三一六、三一七。
7 同前注，頁三二〇。
8 同前注。
9 同前注，頁三一八。
10 同前注，頁三二二—三二三。
11 同前注，頁三二二—三二三。
12 黃錦樹，〈猴屁股、火及危險事物〉，《夢與豬與黎明》（台北：九歌出版，一九九四），頁一五九。

（Traitor of all Traitors）[13]的馬共總書記萊特——放在一起讀的話，就可以從這些場景讀出深刻的含義。不過這種深入讀法會超過這個筆記的範圍，我將另起新稿討論。

另一方面，李光耀所「密會」，被稱作「全權代表」The Plen.的共產黨員[14]是方壯璧（Fang Chang Pi, 1926-2004）[15]。他和夫人一起入鏡的照片也刊載在《海峽時報》（*The Straits Times*, 1997.6.25）的報導（"The Pla[e]n emerges but all eye on Versace"）裡。戴著圓框眼鏡的方壯璧看起來是位溫和善良的好人，和作品當中「全權代表」的「危險」舉動似乎完全沒有關係。

除了這兩位，作品後半部還有一位「山本五十二」登場。他可以說是全權代表在無人島上唯一的對象，「是日本亞洲經濟研究所的研究員，專業是馬共研究」[16]，這是他白天的工作。太陽下山以後他「晚上的工作」就是提供全權代表「猴屁股」進行「高難度的人類學研究」[17]。實際上目前亞洲經濟研究所確實有一位研究員「專業」是研究「馬來亞共產黨」，之後的敘述也會提到，名為原不二夫。然而從海軍大將山本五十六轉化而來的「山本五十二」這個有些戲謔的名字可以看出，這個人物和東大經濟系畢業的經濟學博士，目前（二〇〇九年）任職於南山大學外國語學部，正正經經的學者原不二夫，可以說一點關係也沒有的虛構人物。

敘事者余秋雨，是這三位以實際存在的人物為藍圖的角色們的採訪者，也是故事最後「晚上的工作」的目擊者[18]。當然，他本身在這裡也被虛構化了。不，更精準地說，這四位都被**虛實化**了：化為被冠上**實際的名字**的**虛幻人物**。這是黃錦樹最擅長的手法。

然而，這篇作品在首次發表時的標題，從日文譯本的「初出一覽」也可知道，是「全權代表的祕密檔案」[19]。收入在作品集《由島至島／刻背／烏鴉巷上黃昏》的時候，目次裡也是維持這個標題（本文的〈猴屁股、火及危險事物〉這個標題是將焦點放在暗喻化的作品人物）。從原本的標題可以得知，作者從第一次發表以來就重視「祕密檔案」，將焦點放在這裡。而作品當中直接與這個標題對應的「祕密檔案」就占了長達三頁的篇幅。名為「革命時代的馬來亞共產黨人之祕密檔案」[20]。這是一篇帶有注釋的人名列表，共列舉了①「全權代表」②「萊特（Lighter）」③「客平（Ke Ping）」④「小黑（Xiao He）」⑤「小羅 Xiao Luo」⑥「小張（Siu Cheng）」⑦「陳皮」等七位「黨人」（⑧⑨⑩是一連串意義不明的符號，故略

13 C. C. Chin & K. Hack eds. *Dialogues with Chin Peng: New Light on the Malayan Communist Party* (Singapore: National University of Singapore, 2004); Leon Comber. "'Traitor of all Traitors'—Secret Agent *Extraordinaire*: Lai Teck, Secretary-General, Communist Party of Malaya (1939-1947)," *Journal of the Malaysian Branch of the Royal Asiatic Society* 83.2 (2010): 1-25.

14 *The Straits Times*, 1963.9.26.

15 Justin Corfield. *Historical Dictionary of Singapore* (Lanham, MD: Scarecrow Press, 2010).

16 黃錦樹著，濱田麻矢譯，〈猿の尻、火、そして危険物〉（猴屁股、火及危險事物），《夢と豚と黎明》，頁三三三。

17 同前注，頁三三四。

18 同前注，頁三三六。

19 《中外文學》二九卷四期（二〇〇〇年九月一日），頁二五〇－六八。編按：小說最初刊載於《中外文學》的篇名。

20 黃錦樹，〈猴屁股、火及危險事物〉，《夢與豬與黎明》，頁一五九－六二。

過）。

根據原不二夫的論文〈マラヤ共産党と抗日戦争——「祖国救援」「マラヤ民族解放」の交錯〉（二〇〇一）內容，二戰期間「每日新聞的從軍記者、筒井千尋以憲兵情報為基礎寫成的《南方軍政論》（一九四四）[21]中，刊載了「開戰前後（馬共）組織概要」的組織圖[22]。雖然有一張同樣的組織圖是由英國殖民地政府的祕密警察繪製的，但是這張上面沒有人名[23]，反而是筒井刊登的這張組織圖裡不僅有黨內的職銜，還明確紀錄擔任各個職務的人名。而且根據當時擔任馬來亞特務相關的高層官員康博指出，「馬來亞共產黨本身並沒有繪製過組織圖」[24]。因此，只有筒井版的這張組織圖可以鳥瞰當時馬共組織與人員配置。雖然說情報來自日本憲兵隊，但可說是十分寶貴的資料。

而且二〇一三年九月十七日《朝日新聞》小篇幅報導「日本占領下及二戰後在馬來西亞展開游擊戰的馬來亞共產黨（CPM）前總書記陳平（本名王文華）於十六日，在曼谷市內的醫院過世，享壽八十八歲」。這位最後的總書記（上述人命列表⑦），也證明了這張組織圖除了一點（配置位置）以外，沒有錯誤[25]。原不二夫和康博等十五人參加了這場「與陳平對話」的研討會，其中關於這張組織圖陳平發表證言如下：「這張由日本（軍）的情報源流出的MCP組織圖，和我們知道的有些不同。日本人應該是在三月或四月（一九四三）的某一天得到這張圖的，那年的六月我們也召開地方委員會，我們也拿到這張圖。要說我們為什麼，怎麼獲得這張圖，答案是有一位英國（支配）時代的警察調查官，他假裝和日軍合作，從日軍方面得到這張組織圖，就馬上交給我們了。我們看到的時候〈文化協會〉不是在左側而是在右側。表示這張圖不是初版，而是再版或三版吧（笑）。在中央執行委員會的第二號人物黃誠的指揮下，黃那魯和李安東負責文化活動（協會）（中略）。黃那魯和李安東只有接受到殺雞儆猴的第一輪拷問，並沒有接受太殘忍的拷問，但是他們馬上就屈服了……其他有些人受到殘忍的拷問……有些人受不了就自殺了。之後第二號人物（黃誠）和第四號的林江石寫信給外面的人，把這兩人斷罪為合作者了」。「黃那魯當時和日軍合作，得以出入位於Oxley Rise的憲兵隊本部」[26]。

聽到陳平的這番言論，原不二夫接著問「那可以說這張馬共組織圖是黃那魯或者鄭聲烈交出去的嗎？」陳平以隱含否定的方式說「可能這張組織圖的原本，是受萊特（賴特）之助，或是以他的自白為基礎，大西憲兵隊所畫的」。原不二夫更進一步詢問「那馬共是怎麼

21 筒井千尋，《南方軍政論》（東京：日本放送出版協会，一九四四）。

22 原不二夫，〈占領下のマラヤ共産党〉，《マラヤ華僑と中国：帰属意識転換過程の研究》（東京：龍渓書舍，二〇〇一），頁九二－九三；Gene Z. Hanrahan. *The Communist Struggle in Malaya* (Kuala Lumpur: University of Malaya Press, 1971).

23 Leon Comber. *Malaya's Secret Police 1945-60: The Role of the Special Branch in the Malayan Emergency* (Singapore: Institute of Southeast Asian Studies; Australia: Monash Asia Institute, 2008), p. 92.

24 Ibid., p. 91.

25 C. C. Chin & K. Hack eds. *Dialogues with Chin Peng*, pp. 111-12.

26 Ibid., pp. 11-12.

看待日本憲兵隊得到這張組織圖這件事呢？」陳平回答「我們開會的時候，常務委員之一小忠（小中）代表中央（執行）委員會，出席這場地方委員會的會議。那時候地方委員會拿這張組織圖給他看，他大吃一驚。他說，日本人怎麼會知道 Wong Shao-ton 黃紹東、別名萊特這些名字呢？『黃紹東』是非常保密的名字，只有在與中國共產黨通信的時候才會使用。日本人怎麼會知道？聽到他這麼說，我們一句話都說不出來，心裡默默想著，一定是有一個被逮捕的上級幹部背叛我們了。但是那時候我們不知道是誰。當時沒有人懷疑賴特。直到後來我們自己調查的時候才開始懷疑。經過一番仔細思考（二戰後）才確定是賴特」[27]。

另一方面，原不二夫自己根據憲兵隊的其他文件，做出與陳平不同的判斷，認為賴特不是情報源。現在我先不討論這個問題。這裡我想關心的是，總書記陳平和常務委員小忠在看到這張組織圖的時候，對於組織圖上部門配置的寫法、職務名、上面記載的人名，毫無異議，默默承認這張組織圖的正確性。這一點，也就是說從記載在這張組織圖上的人名，就有可能可以判斷黃錦樹引用的「黨人之祕密檔案」所示，七人是否真實存在了。

組織圖上沒有①「全權代表」和⑦「陳平」的名字。但是他們是真實存在的這一點毋庸置疑（參照上文）。②「萊特」以「黃紹東」之名任「中央執行委員會主席兼書記」「常務委員」，③「客平」是「執行委員」「馬六甲地方委員長」，④「小黑」是「執行委員」，⑤「小羅」也是「執行委員」，⑥「小張」是「霹靂地方委員」，可見其他所有黨人的真實存在都得到證明。因此我們可以說黃錦樹列舉在「祕密檔案」裡的人全部都是真實存在過的人物

（包含參考文獻請參照下文）。

27 Ibid., pp. 111-12.

2. 黃錦樹〈馬來亞共產黨人之祕密檔案〉筆記（2）：現實性的確認・虛實化的作法

左頁這兩張圖，是前文提到的馬共組織圖的「初版」[1]與「再版」[2]。特意將同樣的組織圖的兩個版本同時刊載出來，是因為陳平總書記表示：「我們看到的時候〈文化協會〉不是在**左側**而是在**右側**。表示〔眼前的〕這張圖不是初版，而是再版或三版吧」（粗體字與〔〕內補足為筆者所加，以下同），也就是說，馬共組織圖唯一的問題點是同一份組織圖，只有戰間版和戰後版的不同而已。我在此刊出兩張圖，就是要直接就著「實物」來確認。如同所見，橫書的部分戰間版是由右至左，而戰後版和歐洲語言一樣是由左至右，陳平所說的差異不過是因為時代不同所產生的表記法的不同而已（表記法由左至右的轉換，詳細討論可參照原不二夫論文〈マラヤ共産党と抗日戰爭〉[3]。陳平會執著於這個小差異，可見他當時確實看見了這張組織圖，暗自認定這張組織圖沒有其他問題，值得信賴。也許他沒有這個意圖，然而他的表現證明了這個事實。

關於圖1繪製的前後經過，製作者本身有一段雖然簡短但是很寶貴的「證言」。二戰期間與「馬來亞人民抗日軍戰鬥過」的「憲兵隊特別警務隊隊長」「大西覺中尉」（一九〇三－，敗戰時為少校）及憲兵「中山三男士官長[4]」（一九一七－？）戰後，接受明石陽至等人的〈日本的英領馬來亞・新加坡占領期〉史料調查論壇成員的採訪下，回答的「證言」。昭和十六年（一九四一）十二月八日天微微亮，和太平洋上的珍珠港攻擊同樣屬於「第二五

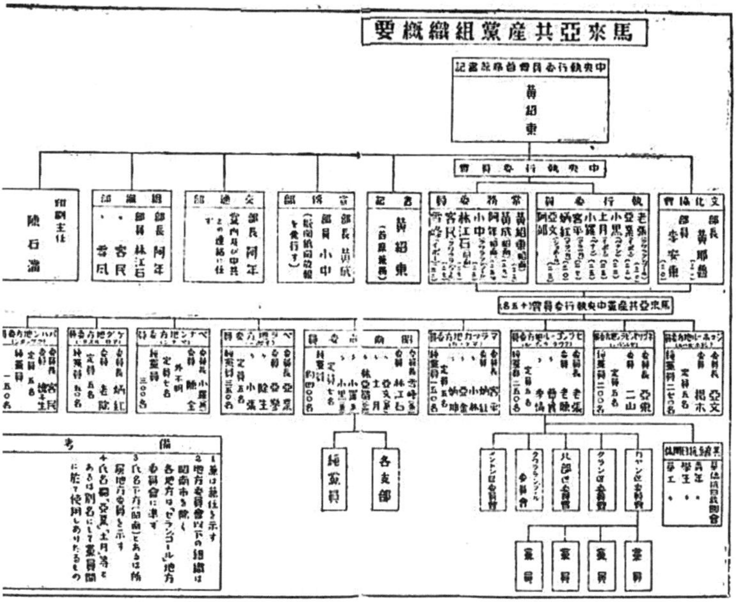
馬來亞共產黨組織概要
中央執行委員會
馬來亞共產黨中央執行委員會十五名
備考
純黨員
各支部

圖1

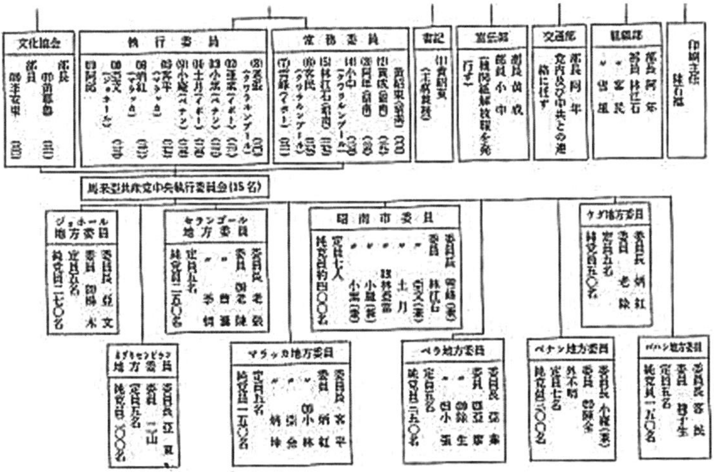
文化協会
執行委員
常務委員
書記
宣伝部
交通部
組織部
印刷主任
馬来亜共産党中央執行委員会(15名)
昭南市委員
マラッカ地方委員

圖2

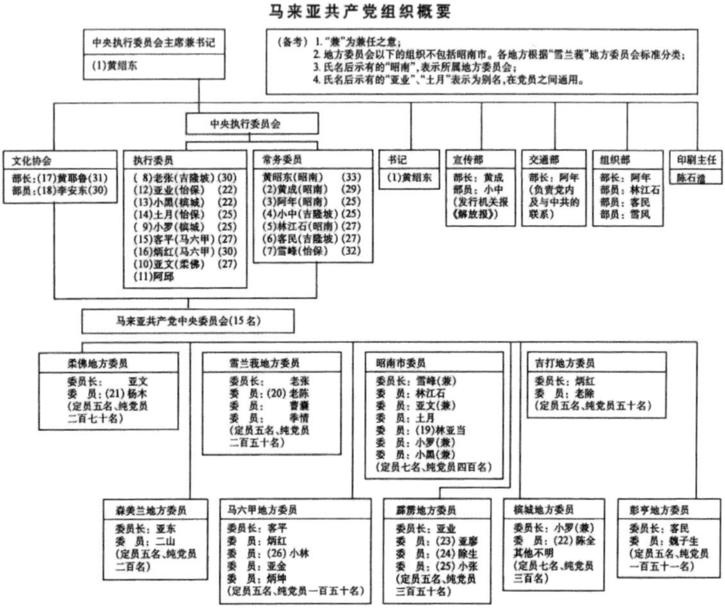

圖3／編按：北岡誠司和原不二夫的原文，圖2都不甚清晰。為方便讀者閱讀，附上原不二夫〈マラヤ共産党と抗日戦争〉中文譯稿的圖片供參照。出處見原不二夫，〈抗日戰爭時期的馬來亞共產黨幹部〉，《馬來西亞華人研究學刊》2期（1998年12月），頁49。

軍司令官山下中將麾下」的近衛、第五、第一八各師團，登陸泰國南部、馬來半島東北部，「以英國在東洋的灘頭堡新加坡為目標」，自馬來半島南下，昭和十七年「一月三十一日突入半島南端的新山」，二月八日「開始新加坡總攻擊」，經過一番激戰之後，「十五日，A. E. 白思華中將麾下約十萬名英軍向日軍投降」[5]。根據前憲兵士官長中山三男指出，「我們入城〔新加坡〕時完全不清楚馬來亞共產黨的組織」。「從上級收到抗日共產黨的便箋。那張便箋上面寫著共產黨的**總書記叫什麼名字**，下面有**文化部長、政治委員**」[6]。另一方面，前少校大西覺，在接受明石陽至詢問關於圖1〈馬來亞共產黨組織概要〉的問題「這是從哪裡得到的？」時回答「這份資料是最高機密」，「這是憲兵隊製作的還是軍政[7]製作的呢？」大西覺回答道：「我想**這是軍政那邊將我做的圖稍作修改後衍生而出的圖。當時沒有其他足以稱作資料的東西**」（英軍特務機關的高層康博也指出，當時馬共本身並沒有製作同樣的一覽表）。「我所寫的一本叫做**共產黨概觀**的書受到上級賞識，上級也非常重視那本書」。「軍政監部應該是也以我畫的**表**為基準衍生出來的吧」[8]。

1 筒井千尋，《南方軍政論》（東京：日本放送出版協会，一九四四）。
2 原不二夫，〈マラヤ共産党と抗日戦争〉，《アジア経済》一九卷八期（一九七八年八月），頁二一－二七。
3 同前注，頁一九。
4 兩人的官銜原文表記分別為「中尉」、「少佐」與「曹長」。舊日本軍的官銜與日本自衛隊和中文讀者所熟悉的有所差異，為方便中文讀者理解翻譯為中文詞彙。
5 同〈日本的英領馬來亞・新加坡占領期〉史料調查論壇「解說」，頁一一。
6 中山三男、石部藤四郎，〈インタヴュー17・マラヤ人民抗日軍と戦った特警隊員として〉，收入明石陽至編，《インタヴュー記録：日本の英領マラヤ・シンガポール占領（一九四一～四五年）》（東京：龍渓書舍，一九九八），頁四六六。
7 這裡的「軍政」應該是一九四一年十一月成立的「第二五軍軍政部」，一九四二年二月十六日占領新加坡後改稱「昭南軍政部」，設置總務、財務、產業、交通，是舊日本軍管理馬來亞的組織。爾後依序改組為「第二五軍軍政監部」（一九四二年七月）、「馬來軍政監部」（一九四三年四月）。
8 大西覺，〈馬來亞共產黨概觀〉（一九四三年二月），頁一七五。

這裡說的〈馬來亞共產黨概觀〉（一九四三年二月），現在以附錄的形式收入在大西覺《祕錄昭南華僑肅清事件》（一九七七）當中[9]。這本書原本是「專注於共產黨對策、外事防諜的特別警察隊長大西覺中尉所寫成的隊員教育講義」，被正面評價為「讀完便可知『馬來亞』共產黨的概況」（昭南憲兵隊長大石中校）的手冊。在這本〈概觀〉當中，以「**戰前的組織概要**」為名，收入了一張和**圖1**筒井版一樣的組織圖[10]。只是和筒井版不同，這張圖裡沒有記載黨人的姓名。只是比筒井版多了一張「變遷概況」圖，其中的一個寫著「馬來亞反日反法西斯大同盟（改稱一九四一年）」的框裡，「指導者」處寫著「黃紹東　黃那魯　林江石」三名（登載於**圖1**），後續「馬來亞共產黨（承認一九四一年十二月）」的欄位「黃那魯」的名字消失，「指導者（**圖1**為常務委員）」除了上述兩名以外新增「黃成　阿年　小中」，注記「大東亞戰爭爆發後英政府為利用共產黨故承認馬來亞共產黨」。然而之後的「再建馬來亞共產黨（再建一九四二年四月）」的欄位起，「指導者」的姓名幾乎完全改變，只剩下「小中」，其他成員姓名全都消失，並新增**圖1**裡沒有記載過的「亞烈」、「容民」在「小中」前面，注記「皇軍占領後因官憲強力鎮壓後喪失幹部故以殘存幹部重建」[11]。不過在這張「教育」用的圖表，對於友軍也隱瞞某些「最高機密」。因「皇軍占領後因官憲強力鎮壓後喪失幹部」的幹部裡，只有「林江石」「死於獄中」（一九四二年七月十八日），總書記「黃紹東」及文化部長「黃那魯」依然健在，祕密以「間諜」身分為大西憲兵隊所「反用」[12]。

看到組織圖上馬共常務委員當中有「黃紹東」的名字「大吃一驚」的陳平證言來看，當時馬共幹部看到的組織圖不是「教育版」，而是跟筒井版一樣「衍生」後的改訂版吧。而中山士官長他們從「上級」拿到的「便箋」，如果不是包含人名紀錄完整的圖，對於搜查也是完全派不上用場（請參照上述「**總書記叫什麼名字**」的中山證言）。

最後，因為這張組織圖裡的總書記「黃紹東」的諜報，圖表內除了他以外的「馬共中央執行委員、地方委員高層共二十八人中，有十八、十九人被日軍殺害。四人與日軍合作，只有六、七個人活下來」。在此除了這個悲慘的事實之外，我還想說另一個令人痛心的事，就是日本敗戰後「約二百名日本軍人參加馬共的反英鬥爭。但因為萊特（黃紹東）以他們會成為馬共和平鬥爭路線的障礙，下令處決日本軍人，約有一百名日軍遭到殺害」[13]。

回到黃錦樹的作品，〈祕密檔案〉（《由島至島／刻背／烏鴉巷上黃昏》[14]）當中，「全權代表」舉出下列人名，然而最為詳細敘述的就是萊特。首先列舉他的九個化名：「萊特（Lighter），懷特（White），又名黃少東（Huang Shaodong，Hoang Thieu Dong）、黃那魯

9 大西覺，《祕錄昭南華僑肅清事件》（東京：原上佑史，一九七七），頁二四四－六七；根據該氏對筆者的敘述。
10 同前注，頁二四八。
11 同前注，頁二四六。
12 上述前少校大西覺與前士官長中山三郎的證言。同前注，頁一八七，四七四－七五。
13 Gene Z. Hanrahan. *The Communist Struggle in Malaya*, p. 90.
14 黃錦樹，〈全權代表的祕密檔案〉，《由島至島／刻背／烏鴉巷上黃昏》（台北：麥田出版，二〇〇一），頁一五九。

（Huang Nalu），老吳（Lao Wu），李德（Li Tek），亞列（Yalie），黃金玉，黃阿岳（Hunag A Nhac）」（同）。而且這不過是他的化名的一部分。「已知他有二十六個以上的化名，但是連陳平總書記本身都沒辦法完全回想出他使用過的各種化名」[15]。因此「檔案」當中舉出的各種化名，沒有一個與組織圖「總書記」欄裡的「**黃紹東**」一字不差完全相同的名字。不過第三個「黃少東」的拉丁字母表記**Huang Shao-dong**，和Hara論文裡的組織圖[16]裡總書記的拉丁字母表記**Huang Shao-dong**一致。另一方面〈檔案〉裡同一個括弧裡表記的**Hoang Thieu Dong**是「新加坡越南社群裡的通稱」的「**黃阿岳**」[17]的越南文表記[18]。如果是這樣，那〈檔案〉最後獨立列舉的化名「**黃阿岳（Hunag A Nhac）**」，就是同一個華語名的不同拉丁字母表記了。根據陳平總書記的話，「我們向越南的黨查詢萊特在越南的行動紀錄時，發現他的**本名**就是這個**黃阿岳**」[19]。明石陽至也指出Hoang A Nhac就是萊特的越南姓名[20]。

不僅如此，Moynahan指出，「他一九〇三年生於西貢，父親是越南人母親是華人，名為Nguyen Van Long」[21]。而在亞洲各地以海外特派員的身分活躍三十幾年，也曾任哈佛大學特別研究院的Denis Warner，也指出同一個越南姓名[22]。南越的資深黨員Duong Quang Dong更表明「萊特在越南使用Lai rac這個通稱，真正的越南姓名是Pham Van Dac」[23]。

關於這個生活在二十世紀前葉的人物，我們卻連他的化名、假名，甚至是本名都沒辦法確定。這個事實，在在證明了透過好幾次的「背叛」，而存活下來的這位人物，他的「身分認同」（"identity"）的真實樣貌吧。

不過〈檔案〉一開始舉的「萊特」的狀況有些不同。根據康博的調查，「'Loi Tak' 'Lai Teck' 'Lai Te'」這三個拉丁字母的表記，只不過是「表記法的差異」[24]，「萊特」的英文表記在康博的調查當中也不是〈檔案〉裡寫的「Lighter」，而是「Mr. Wright」「Mr. Light」[25]。並附上一個微妙的注釋。「西歐人聽到會更有興趣的是，萊特的化名是『Mr. Wright』、『Mr. Light』。因為這些化名，而他的皮膚又有點白，許多西歐人便深信他是亞歐混血Eurasian」。*The Communist Insurrection in Malaya, 1948-1960*（一九七五）的作者Anthory Short也認為「（萊特是）把Loi Tak錯寫成西歐風姓名〔Wright, Light〕的中式發音了」[26]，康博也贊成

---

15 C. C. Chin & K. Hack eds. *Dialogues with Chin Peng*, p. 339.
16 Gene Z. Hanrahan. *The Communist Struggle in Malaya*, p. 67.
17 原不二夫，〈占領下のマラヤ共産党〉，頁九六。
18 同前注，頁九五。
19 同前注，頁九六。
20 Leon Comber. "'Traitor of all Traitors'—Secret Agent *Extraordinaire*," p. 3.
21 Brian Moynahan. *Jungle Soldier* (London: Quercus, 2009), p. 186.
22 Leon Comber. "'Traitor of all Traitors'—Secret Agent *Extraordinaire*," pp. 3, 138.
23 Ibid., p. 4.
24 Leon Comber. "'Traitor of all Traitors'—Secret Agent *Extraordinaire*," p. 13.
25 Ibid..
26 Anthory Short. *The Communist Insurrection in Malaya, 1948-1960* (London: Muller, 1975), p. 41.

「這是很有可能的，因為把'Loi Tak'這兩個字用廣東話，中間不停頓地快速唸出來的話，聽起來很像'Wright'或者'Light'」[27]。

〈檔案〉上面列舉的另一個「**黃那魯Huang Nalu**」這個化名也藏有另一個問題。原不二夫的論文[28]裡指出，認為「萊特的別名」不是「黃紹東」而是「黃那魯（Huang Nalu）」的是「馬共研究當中最具權威的專著」*The Communist Struggle in Malaya*[29]的作者Gene Z. Hanrahan。原不二夫認為這個認定裡有「雙重錯誤」[30]。首先，「〔英文〕譯者把中文或日文文獻」裡面的「黃耶魯Huang Ya Lu的**耶**看成了**那**（Na），才會有這個錯誤的名字」[31]。另一個錯誤就是，還不是把錯讀的「黃那魯」當成「黃耶魯」的別名，而是當成「黃紹東」的別名[32]。

如果這個推論是真的，「全權代表」（作者黃錦樹）可能就是以Hanrahan的專書，或者其他同系統的萊特論為根據，在這裡使用了這個雙重錯誤了。

〈檔案〉裡舉的其他化名「老吳（Lao Wu），李德（Li Tek），亞列（Yalie），黃金玉」等等都不是作者黃錦樹隨意想像的產物，都是有根據的化名。[33]

---

27 Leon Comber. "'Traitor of all Traitors'—Secret Agent *Extraordinaire*," p. 13.
28 原不二夫，〈占領下のマラヤ共產党〉，頁九五－九六。
29 Gene Z. Hanrahan. *The Communist Struggle in Malaya* (Kuala Lumpur: University of Malaya Press, 1971), p. 231.
30 原不二夫，〈マラヤ共產党と抗日戦争〉，頁八；原不二夫，〈占領下のマラヤ共產党〉，頁九五；Gene Z. Hanrahan. *The Communist Struggle in Malaya*, p. 69.
31 原不二夫，〈占領下のマラヤ共產党〉，頁九五－九六。
32 Gene Z. Hanrahan. *The Communist Struggle in Malaya*, p. 69.
33 請參照原不二夫，〈マラヤ人民抗日軍〉，頁一二六；Leon Comber. "'Traitor of all Traitors'—Secret Agent *Extraordinaire*," p. 13.

3. 黃錦樹〈全權代表的祕密檔案〉筆記（3）：引言．達爾文的虛實

〈全權代表的祕密檔案〉（二〇〇〇）在收入《由島至島／刻背／烏鴉巷上黃昏》（二〇〇一）的時候，才加上新標題**〈猴屁股，火，及危險事物〉**，和作品集的雙重標題有著同樣的企圖。目次上看到的是首次發表時的標題，內文開頭則由新標題登場。而且後者還多加了一段簡短的引言「這裡的土著還沒有**進化**成人類」，標明引用自「達爾文《小獵犬號環球旅行記》」[1]。這裡也由譯者濱田麻矢翻譯為日文。（粗體字為筆者所加，以下相同。略稱為《環旅記》）。

引言很明顯地在兩個標題當中，偏向新的標題，暗暗地引導讀者的閱讀方向。另一方面，從山洞中取出的〈祕密檔案〉如前所述，是將故事定錨並連結至現實世界，

圖1

1　黃錦樹，〈全權代表的祕密檔案〉，《由島至島／刻背／烏鴉巷上黃昏》（台北：麥田出版，二〇〇一），頁一四五。

將「全權代表」貼上「失敗的革命家」這個意識形態過往的標籤。

然而兩個標題也顯示出這個作品的雙面性，達成某種程度的效果。與此相反，引言中藏著一個複雜的問題。讀者如果只看表面的意思就通盤接受的話，就會陷入意想不到的危險狀態。因為這裡又是虛實混雜。引言的典故達爾文《小獵犬號環球旅行記》[2]**確確實實存在**，然而重要的引言卻不是如此。達爾文的作品原文當中，並沒有可與上記中文引言對應的敘述（**虛**）。這一個「**引**」言正是作者嘗試的一個虛構。

為何我能夠不經論證就如此斷言呢？因為不管是在達爾文三十歲第一次出版的這本《環旅記》的初版（一八三九），還是經過增補修訂的再版（一八四五），作者達爾文一次都沒有使用過「**進化**」evolution這個用語（可以輕易在網站Darwin Online確認）。目前《環旅記》的「紀念版」（二〇〇四）中所附的解說作者David Quammen也明確表示「達爾文不使用『進化』這個用語」，算是補強了網路資料的可信度[3]。

經過慎重的準備，達爾文向世人發表『進化論』是在《環旅記》再版（一八四五）的十四年後，一八五九年公開發行的 *On the Origin of the Species by Means of Natural Selection, or the Preservation of Favoured Races in the Struggle for Life*《物種起源》這本書當中。在這本書裡「達爾文周全地避開思辨進化論是否能用於人類」[4]。要等到之後出版的《人類由來與性擇》（*The Descent of Man and Selection in Relation to Sex*, 1871）中，達爾文才在英國維多利亞時代討論這個與宗教的關係特別「敏感」的問題。不過在這本書中，達爾文依然謹慎地用

「人類，是由具有尖尖的耳朵和尾巴，大部分住在樹上，多毛的四足動物而來」[5]來敘述，避免直接使用「猿猴／類人猿」。在這本書出版之前，達爾文寫給朋友Charles Kingsley的私人信件（一八六二年二月六日）當中提到「人類的系譜」這個「壯大且令人感到畏懼的問題」的時候，也說「以我現在的信念」，人類的「無比遙遠的祖先是多毛的動物」，使用Monkey這個用語和「祖先」相提並論[6]。

其實這封信當中「猴子」並不是重點。在這句話之前，達爾文在「人類的系譜」問題時提到了「野蠻人Barbarians」，其實這裡才是話題的重點。「系譜」問題讓「我不覺得令人畏懼也不覺得困難」的理由，是因為「我看過太多野蠻人了」。「我第一次在**大火地島**（南美洲最南端），看到在赤裸的身體上彩繪，詭異地令人發抖的野人savages時，覺得我們的祖先

2 Charles Darwin. *A Naturalist's Voyage Round the World, Journal of Researches into the Natural History and Geology of the Countries Visited during the Voyage Round the World of H.M.S. Beagle under the Command of Captain Fits Roy, R.N.*, p. 183.

3 Charles Darwin. *The Voyage of the Beagle* (Anniversary Edition), with an introduction by David Quammen (National Geographic Society, 2004), p. XXI.

4 Cannon Schmitt. "The Mirror of Evolution: Fuegians, Orang-utans and Other Reflections," in *The Art of Evolution: Darwin, Darwinisms, and Visual Culture*. Barbara Larson and Fae Brauer eds.(Hanover, N.H.: Dartmouth College Press: Published by University Press of New England, 2009), p. 49.

5 Charles Darwin. *The Descent of Man and Selection in Relation to Sex*. Vol. II (London: John Murray, 1871), p. 389.

6 Ibid.. 以下的敘述都是引用自Schmitt。

一定也和他們多少有些相似。我現在相信我們無比遙遠的祖先是多毛的野獸，且絲毫不感到厭惡。而當時我出現那個想法時，心中的嫌惡不適感更少」[7]。

達爾文在重要著作《人類由來與性擇》當中也將現生種的人類連結到「野蠻人、野人」與「猿猴」。最後一章裡回顧「本書的主要結論，也就是人類源自於發展程度較低的某種組織體〔動物＝猿猴〕，一定讓許多人感到不悅。很遺憾的是我也是其中之一。然而野蠻人是我們的遠祖這件事情，幾乎毋庸置疑。我絕不會忘記第一次在那個崎嶇不平的海岸，看見大火地島居民的衝擊。因為〔當時〕我心裡馬上浮現一個念頭：那就是我們的祖先。他們一絲不掛，身上畫著彩色花紋，長長的頭髮纏繞在一起，嘴巴興奮地吹出泡泡，表情因為太過驚嚇而陷入半狂亂之中，充滿不信任感」。「曾目擊到那種狀態下的野人，就算不得不承認自己的血管中也流著發展程度較低某種生物的血，應該也不會覺得太羞恥吧」[8]。

前面的那幅名為〈達爾文教授〉的諷刺畫，是刊登在*Figaro's London Sketch Book of Celebrities*（一八七四年二月十八日）上，F. Betbeder畫的石版印刷（一八七〇年代達爾文成為諷刺畫的主要標的）。關於這幅畫，Schmitt在〈進化的鏡子〉這篇研究報告當中，展現出以自身論點為基礎的解釋。為了解釋這個場景，Schmitt引用《環旅記》（一八三九）及「一八三〇年代後半至一八四〇年代前半記載在『突變』的筆記裡，紅毛猩猩照鏡子的場景」，而推論「猿猴從鏡子裡看到的東西」「既不是猿猴自己的倒影，也不是達爾文，而是維多利亞時代的人們所想像的，兩者之間的東西，也就是**野蠻人**」[9]，也為本文提供了一個絕佳的解釋。

開頭的引言「這裡的土著還沒有進化成人類」，不僅只是虛構，內容本身也和達爾文的主張難以相符。「全權代表」藉由與母猴交合而產下許多小猴子，也就是這個作品中的獸姦bestiality世界反而才是更符合題旨的理解方法。與虛實混成的建構法相輔相成，這段引言預先暗示了故事整體的展開，發揮了「敘事內鏡」mise en abyme的功能。同時，以進化的過程中生物的定位來說，「土著」也對應著Schmitt所解釋諷刺畫中「野蠻人」所居，處於中間的**位置**。靠近野蠻人也就是更加接近「多毛的動物」。說起來這幅諷刺畫（caricature）和黃錦樹的作品完全一致。

參考文獻

Burkhardt, Frederick and Sydney Smith. *The Correspondence of Charles Darwin*. Vol. 10 (New York: Cambridge University Press, 1997).

---

7 Ibid..

8 Charles Darwin. *The Descent of Man and Selection in Relation to Sex*. Vol. II, p. 404.

9 Cannon Schmitt. *Darwin and the Memory of the Human: Evolution, Savages, and South America.* (New York: Cambridge University Press, 2012).

Darwin, Charles. *The Voyage of the Beagle* (Anniversary Edition), with an introduction by David Quammen (National Geographic Society, 2004).

Schmitt, Cannon. "The Mirror of Evolution: Fuegians, Orang-utans and Other Reflections," in *The Art of Evolution: Darwin, Darwinisms, and Visual Culture*. Barbara Larson and Fae Brauer eds. (Hanover, N.H.: Dartmouth College Press: Published by University Press of New England, 2009).

Schmitt, Cannon. *Darwin and the Memory of the Human: Evolution, Savages, and South America.* (New York: Cambridge University Press, 2012).

4. 黃錦樹〈全權代表的祕密檔案〉筆記（4）：「全權代表」的虛構性．萊特的「傳奇性」

這個作品的論述是由「我」所述說的第一人稱敘述開展。從開頭到結尾一直在場上，自述，也敘述遇見的人、目擊的事件，有時候引用文件。這個第一人稱的敘事者，從作品中自己提到的散文集章節標題〈華語情結〉等等來看，可以推斷是真實存在的戲劇史學者、散文家的**余秋雨**[1]。另一方面，作品中引用的「政府通告」[2]、「長者」的回憶錄《這回與那回》的一章〈密會馬共全權代表〉[3]、從山洞取出的「革命時代的馬來亞共產黨人之祕密檔案」[4]當中，都各自有「作者」，並非來自余秋雨的敘述。這裡我們先來

圖1

1 參照日文譯者的補注，黃錦樹著，濱田麻矢譯，〈猿の尻、火、そして危険物〉（猴屁股、火及危險事物），《夢と豚と黎明：黃錦樹作品集（台湾熱帯文学）》（京都：人文書院，二〇一一），頁三一四。

2 同前注，頁三一九。

3 同前注，頁三二二—三二三。

看看「祕密檔案」。

這個「紙卷」的作者，從這個作品第一次發表時（二〇〇〇）的標題〈**全權代表**的祕密檔案〉中就可以明顯看出（粗體字為筆者所加，以下同）。這個「檔案」的第一項①「**全權代表**，就是**我**」[5]也強化這個關聯。

另一方面，面對敘事者，「代表」在作品當中告訴他自己是「馬來亞共產黨在獅島的全權代表」，允許他在散文中使用「全權代表」這個稱呼[6]。顯示出他對於「全權代表」這件事有著深深的自負。

然而作品中「全權代表」的這個自負，卻被現實世界的人物原型方壯璧從正面打碎。方壯璧以全面否定作品中「全權代表」「自稱」的方式，回應賽・扎哈利[7]：「我並不是什麼馬共的『全權代表』。馬共並沒有授我這個銜頭。說起來，這個銜頭還是李光耀先生封的呢！大概是因為第一次見面時，我對他說自己是『馬共代表』的緣故吧」。雖然「我是新加坡三人工作組的一員」，然而「我不是馬共的中央委員。五〇年代不是（五〇年代末期與李密會），現在也不是」[8]。因此，賽・扎哈利也在回憶錄《萬千夢魘：賽・扎哈利回憶錄Ⅱ》當中的一節以「方壯璧斷言自己不是『全權代表』」為題，接受方壯璧的釋疑[9]。

然而在新聞界，從李光耀在廣播電台的發言「我決定今後稱呼他為全權代表」[10]以來，「馬共的全權代表」這個稱呼就跟定了方壯璧。新加坡最具代表性的報紙 *The Straits Times* 也多次使用這個稱呼介紹方壯璧（一九九七年七月十七日－九月三日）。方壯璧本人過世以後，馬來西亞還出版了一本題為《馬共全權代表方壯璧回憶錄》的「自傳」（二〇〇七）。作品中的「全權代表」這個「自稱」，可以說不過是基於李光耀的發言而流傳在世間的「虛像」，並與其一體化的「僭稱」罷了。

在這個「僭稱」以外，還有一個讓人在意的，就是馬共總書記萊特並不是在這份「紙卷」的開頭①，而是被放在②的這個順序。作品中的「全權代表」也許藉由把自己放在①，

4　同前注，頁三二九－三三一。
5　黃錦樹，〈全權代表的祕密檔案〉，《中外文學》二九卷四期（二〇〇〇年九月一日），頁二五〇－六八；後收入《由島至島／刻背／烏鴉巷上黃昏》（台北：麥田出版，二〇〇一），頁一五九。
6　黃錦樹，〈全權代表的祕密檔案〉，《由島至島／刻背／烏鴉巷上黃昏》，頁一五一。
7　賽・扎哈利（馬來語：Said Zahari，一九二八年五月十八日－二〇一六年四月十二日（一））是馬來亞著名報人，《馬來前鋒報》前總編輯。一九六一年他曾領導該報職員發動一場長達三個月的罷工，反對巫統干預該報的編輯自主權。結果巫統在他前往新加坡尋求支援時，禁止他再度踏足馬來亞。一九六三年，賽・扎哈利獲選為新加坡人民黨主席，同一天他就被新加坡內政部的特務所逮捕，在內安法令下未經審訊地被扣留了將近十七年。一九七九年被釋放時，他已五十一歲。一九八九年，賽・扎哈利在當時馬來西亞首相馬哈迪・莫哈末的批准下，定居於馬來西亞雪蘭莪梳邦。之後，他在馬來亞大學擔任客卿作家，撰寫了三本個人回憶錄。【引用自維基百科】https://zh.wikipedia.org/wiki/%E8%B5%9B%C2%B7%E6%89%8E%E5%93%88%E5%88%A9（閱覽日期時間：2021/08/26 16:17）
8　Chong Pik Fong. *FONG CHONG PIK: The Memoirs of a Malayan Communist Revolutionary* (Petaling Jaya: Strategic Information and Research Development Centre, 2008), pp. 173-74. 中文原發表於二〇〇一年。
9　Said Zahari. *The Long Nightmare: My 17 Years As A Political Prisoner* (Kuala Lumpur: Utusan, 2007), p. 97.
10　Kuan Yew Lee. *The Battle of Merger* (Singapore: Government Printing Office, 1961), p. 35.

來幻想自己在黨內的地位比總書記還要高吧。這個懷疑也和下一個「無視」有關。

和②萊特有關的敘述，在這份「紙卷」中最長，範圍也最廣。然而不可思議的是，這份紙卷從來沒有用「總書記」稱呼過他。（⑦的下一任總書記**陳平**也一樣。上面只有他的姓名，沒有附記任何事項）。這個「無視」的意涵我想好好地找出真相。畢竟，現實世界的萊特從一九三九至一九四八年的這八年占據總書記寶座，期間利用他的地位、頭銜，和日本憲兵隊勾結，將可能對維持自己權力不利的主要黨員一個個「剷除」了（後述）。

因此關於萊特，「全權代表」指出他有「傳奇性」[11]等的個人特質，以下介紹一些具體事例。

Ⅰ．首先，「其族裔身平不詳」[12]。這一點康博已經考證出他父親是越南人，母親是華人，出生地在西貢（胡志明市）[13]。

Ⅱ．再者，萊特「自稱是第三國際派到星馬的全權代表」[14]。然而這個「自稱」「紙卷」中也注明「迄今並無法獲得任何可靠資料的佐證」（同）。

如同「紙卷」注明，這個「自稱」是有問題的。根據康博的調查[15]，萊特就讀於工業專門學校（西貢）時，加入了胡志明指導的越南共產黨，一九二五年二十二歲時被越南的法國情報機關逮捕，以「祕密情報員」的身分潛入所屬共產黨為條件被釋放。「這成為他一輩子政治生涯「背叛」的模式」（同）。對於Moynahan[16]所調查「萊特曾於莫斯科的第三國際工作過」，康博也認同「當時為了要訓練年輕的越南人幹部，胡志明很有可能把他送到莫斯科」。然而康博調查後發現萊特在莫斯科的活動「**沒有任何文獻館的資料**證明他曾在蘇聯或者中國活動過」[17]。

然而，馬來亞共產黨的正式文件（一九四八年六月三十日）裡卻顯示萊特「曾赴蘇聯學習，也曾擔任過中國共產黨上海市委員會的委員，斷言自己是『第三國際的代表』，於一九三四年年底或一九三五年入黨」[18]，馬來亞共產黨的〈馬來亞共產黨略史〉也提到萊特於一九三五年「利用黨內的混亂入黨，偽裝成第三國際的代表潛入黨內」[19]。陳平總書記也在研討會《與陳平的對話》（一九九九）當中，表示萊特曾在香港被質問，「故意不從自己的口中說出自己曾在第三國際工作過的謊」[20]。原不二夫[21]考證顯示，一九九一年在中國見到

---

11 黃錦樹，〈全權代表的祕密檔案〉，《由島至島／刻背／烏鴉巷上黃昏》，頁一五九。
12 黃錦樹著，濱田麻矢譯，〈猿の尻、火、そして危険物〉（猴屁股、火及危險事物），《夢と豚と黎明：黃錦樹作品集（台湾熱帯文学）》，頁三二九。
13 Leon Comber. "'Traitor of all Traitors'— Secret Agent *Extraordinaire*," p. 3.
14 黃錦樹著，濱田麻矢譯，〈猿の尻、火、そして危険物〉（猴屁股、火及危險事物），《夢と豚と黎明》，頁三二九。
15 Leon Comber. "'Traitor of all Traitors'— Secret Agent *Extraordinaire*," pp. 4-5.
16 Brian Moynahan. *Jungle Soldier*, p. 186.
17 Leon Comber. "'Traitor of all Traitors'— Secret Agent *Extraordinaire*," p. 6.
18 Yoji Akashi. "Lai Teck, Secretary General of the Malayan Communist Party, 1939-1947," *Journal of the South Seas Society* 49 (1994): 62-63.
19 原不二夫，〈占領下のマラヤ共産党〉，《マラヤ華僑と中国》，頁九五。
20 C. C. Chin & K. Hack eds. *Dialogues with Chin Peng*, p. 128.
21 原不二夫，〈東南アジアにおける連帯活動〉，《マラヤ華僑と中国》，頁四一九。

「馬共駐新加坡代表張明今」，指出萊特「一直謊稱自己是第三國際的代表，然而他所持有的文件（證據），都是香港、上海的胡志明機關（共產國際遠東情報局）受到警方搜索被扣押的文件」等十分具體的事實[22]。那些「文件」不只是被「扣押」而已，「這些是從香港、上海的胡志明機關，也就是共產國際遠東情報局被英國警察突襲的時候扣押的**偽造文書**」。而且這個情報來源不是張明今，而是英國情報機關的文件[23]。也就是說萊特所持有的「證明文件」都是從英國情報機關得到的「偽造文書」，並不是第三國際給他的。因此萊特的這個「第三國際全權代表」就如同「祕密檔案」所載，至今仍無任何「可靠資料的佐證」。

只是在這之後「祕密檔案」寫著「此人絕頂聰明，深於謀略」[24]，這個評價也獲得許多認同。以英國情報員身分和萊特持續接觸的負責人I. 崔雷特也說他是「無死角的聰明人，總是能冷靜判斷」[25]，和他交手過的日本憲兵隊員也稱讚他「是個聰明人」（石部藤四郎）、「總之就是頭腦好」（中山三男）[26]。不只如此，還有人如此評價他：「聰明無死角，深懷陰謀，工於心計且利己。對於背叛同志以收取物質報酬這件事，絲毫不會猶豫」[27]。

至於〈祕密檔案〉中關於萊特的語言能力[28]的敘述，和證言、傳聞有一部分重疊，但是並沒有完全一致。張明今的證言指出他「越南語說得最好，經常寫越南文。其他也會說廣東話，和一點法文跟北京話」[29]。另一篇論文[30]則說他會說「英法、馬來語、越南語、華語方言」。

Ⅲ・接下來〈祕密檔案〉中描述他「獲得那些狂熱的年輕人的信任和支持而占據了馬

共的領導位子」[31]的前因後果，如果「領導位子」指的是「總書記」，這已經是經過證實的史實，上述〈略史〉當中也承認「他在一九三九年奪取中央委員會書記寶座」[32]。不過關於「獲得支持」這件事，張明今指出別有事因，表示「一九三九年時，他利用海南島出身的低文化水準黨員的支持，當選總書記」[33]。而且他一九三四年才到馬來亞，到「三九年就任總書記」（同）為止，發生了一連串無法解釋的事件。「他抵達以後，好幾位老資格的高級黨員就被暗殺，中央委員會的其中一個人，在馬六甲騎腳踏車時，被短刀刺死，其他委員則是被

22〔〕是張明今，（）是原不二夫的補注。同前注，頁四三三。

23 Yoji Akashi. "Lai Teck, Secretary General of the Malayan Communist Party, 1939-1947," pp. 64, 91, note 27.

24 黃錦樹著，濱田麻矢譯，〈猿の尻、火、そして危険物〉（猴屁股、火及危險事物），《夢と豚と黎明》，頁三三〇。

25 Leon Comber. "'Traitor of all Traitors' — Secret Agent *Extraordinaire*," p. 9.

26 中山三男、石部藤四郎，〈インタヴュー17・マラヤ人民抗日軍と戦った特警隊員として〉，收入明石陽至編，《インタヴュー記録：日本の英領マラヤ・シンガポール占領（一九四一～四五年）》（東京：龍渓書舎，一九九八），頁四八一。

27 Yoji Akashi "Lai Teck, Secretary General of the Malayan Communist Party, 1939-1947," p. 62.

28「除流利的華語之外還通曉包括閩南、廣東、客家、海南各種方言。此君也精通馬來文」，還有越南文、英文和法語。黃錦樹著，濱田麻矢譯，〈猿の尻、火、そして危険物〉（猴屁股、火及危險事物），《夢と豚と黎明》，頁三二九。

29 原不二夫，〈馬寧氏の話〉，《マラヤ華僑と中国》，頁四三三。

30 Yoji Akashi. "Lai Teck, Secretary General of the Malayan Communist Party, 1939-1947," p. 62.

31 黃錦樹著，濱田麻矢譯，〈猿の尻、火、そして危険物〉（猴屁股、火及危險事物），《夢と豚と黎明》，頁三二九－三三〇。

32 原不二夫，〈占領下のマラヤ共産党〉，《マラヤ華僑と中国》，頁九五。

33 原不二夫，〈馬寧氏の話〉，《マラヤ華僑と中国》，頁四三四。

賣給英國、流放到中國」。「到了中國以後馬上被國民黨處決」[34]。根據張明今證實，在馬六甲被殺的是「黨宣傳部長鄔熾夫（Wu Chi Fu）」，「萊特的命令中說他是『托洛斯基主義者』『反對派』而在馬六甲被殺害。關於這個決定萊特一概不許質疑」[35]。而且據說「一九三八〔原文〕年萊特奪取黨的大位以後，殺戮就停止了」[36]。其意涵自然不言可喻。

參考文獻

Akashi, Yoji. "Lai Teck, Secretary General of the Malayan Communist Party, 1939-1947," *Journal of the South Seas Society* 49 (1994): 57-103.

Chin, C. C. & K. Hack eds. *Dialogues with Chin Peng: New Light on the Malayan Communist Party* (Singapore: National University of Singapore, 2004).

Comber, Leon. "'Traitor of all Traitors'—Secret Agent *Extraordinaire*: Lai Teck, Secretary-General, Communist Party of Malaya (1939-1947)," *Journal of the Malaysian Branch of the Royal Asiatic Society* 83.2 (2010): 1-25.

Fong, Chong Pik. *FONG CHONG PIK: The Memoirs of a Malayan Communist Revolutionary* (Petaling Jaya: Strategic Information and Research Development Centre, 2008).

Lee, Kuan Yew. *The Battle of Merger* (Singapore: Government Printing Office, 1961).

Moynahan, Brian. *Jungle Soldier* (London: Quercus, 2009).

Said Zahari. *The Long Nightmare: My 17 Years As A Political Prisoner* (Kuala Lumpur: Utusan, 2007).

中山三男、石部藤四郎，〈インタヴュー17・マラヤ人民抗日軍と戦った特警隊員として〉，收入明石陽至編，《インタヴュー記録：日本の英領マラヤ・シンガポール占領（一九四一～四五年）》（東京：龍渓書舎，一九九八）。

原不二夫，〈マラヤ共産党と抗日戦争：「祖国救援」「マラヤ民族解放」の交差〉，原載《アジア経済》XIX-8 (1978-8)〉；後收入《マラヤ華僑と中国：帰属意識転換過程の研究》（東京：龍渓書舎，二〇〇一）。

---

34 Brian Moynahan. *Jungle Soldier*, p. 187; Leon Comber. "'Traitor of all Traitors'—Secret Agent *Extraordinaire*," p. 8.

35 原不二夫，〈馬寧氏の話〉，《マラヤ華僑と中国》，頁四三四。

36 Brian Moynahan. *Jungle Soldier*, p. 187.

5. 黃錦樹〈全權代表的祕密檔案〉筆記（5）：背叛的典型「黑風洞事件」

IV・萊特「傳奇性」的核心，其實是由被日本憲兵逮捕、「反用」、突襲這一連串事件所構成。然而「全權代表」的敘述中並沒有提到這些個別的具體事蹟，只有簡單紀錄如下（以下引用自「祕密檔案」的內容，為了和其他引用區分，使用斜體）：

在一九四二年左右他因被黨內同志出賣而落入日本特務機關大西覺的手中。然而他並沒有被殺害，反而是巧妙的利用這個機會當起大西覺的間諜，大規模且有計畫的出賣馬共黨內同志（尤其是具有實質影響力的高級幹部，更尤其是具有中國共產黨員身分者），讓他們一一被大西覺捕獲並殺害，而把可能挑戰他的勢力徹底的清除掉。[1]

結果，萊特死後因此得到“the traitor of all traitors”的「名譽」[2]。

逮捕　引用文在開頭很粗略地說明萊特被逮捕的時間點是「一九四二年左右」，這是因為「全權代表」從先前提到的大西覺所著的《祕錄》裡也沒有讀到明確的逮捕日期時間[3]。另一方面，直接參與逮捕的憲兵隊員（中山、石部）對於逮捕日期，有更明確的發言[4]。前士官長中山三男表示「我是在三月中旬，應該是十日左右或者十五日左右，總之是中旬前後逮捕他的」[5]。而前士官長石部也表示同意「我想應該是三月中旬沒錯」（同）。所以萊特被日本憲兵隊逮捕的時間點，應該可以認定是一九四二年「三月中旬」。

接下來「被黨內同志出賣而落入日本特務機關大西覺的手中」的前因後果，需要補充一些具體的細節。關於前半段的內容，相關人士的證言或者敘述之間，有些許的出入。

大西覺的《祕錄》之中紀錄「我利用曾當過英國偵察局員以及警察密探的人，收集共產黨相關情報的時候，逮捕了兩、三名共產黨員。根據他們的自白，逮捕到馬來共產黨[6]執行委員，黃紹東」[7]。我想「全權代表」應該也是以大西覺的情報為前提，寫下「被黨內同志出賣」這句話。

可是根據直接負責逮捕的中山三男的證言中很明確的差異是，他完全沒有提到「黨員」以及「逮捕、自白」。逮捕萊特時也在現場，〈マラヤ人民抗日軍と戦った特警隊員として〉

1 黃錦樹著，濱田麻矢譯，〈猿の尻、火、そして危険物〉（猴屁股、火及危險事物），《夢と豚と黎明》，頁三三〇。

2 Brian Moynahan *Jungle Soldier*, p. 186; Leon Comber. "'Traitor of all Traitors' — Secret Agent *Extraordinaire*," p. 1.

3 前特警隊長大西覺在戰後表示，無法明確紀錄逮捕日期是因為〈陣中日誌〉已經奉「命令」「銷毀」了。中山三男、石部藤四郎，〈昭南華僑粛清事件・マラヤ人民抗日軍掃討戦をめぐって〉，收入明石陽至編，《日本の英領マラヤ・シンガポール占領 インタビュー記録 一九四一～四五年）》（東京：龍渓書舍，一九九八），頁一八二。

4 中山三男、石部藤四郎，〈マラヤ人民抗日軍と戦った特警隊員として〉，收入明石陽至編，《日本の英領マラヤ・シンガポール占領 インタビュー記録 一九四一～四五年）》，頁四六三－九二。

5 同前注，頁四七二。

6 遵照原文マレー共産黨翻譯。

7 大西覺，《祕錄昭南華僑肅清事件》（東京：原上佑史，一九七七），頁一五三。

也一起列席的前憲兵士官長原田國雄，聽到中山的證言既沒有發出異議，也沒有做任何補充，暗自認同。

「逮捕萊特的情報，是由一位曾經任職於英國偵察局員的劉姓密探帶來的」（與大西證言一致）。中山說「他帶來一個情報說，有一個叫做黃紹東（別名萊特）的人在某處。然後我根據那個情報，自己多方考量，叫那位劉姓密探寫一封信帶過去。他拿著那封信去到那個地方，收信的人果真就是那個叫做黃紹東的人」[8]。信裡面寫著「某時某處，我想跟您見面等，簡單的內容。信封上的稱謂好像是黃紹東先生吧，我就叫他這樣帶過去」。可是一開始見不到黃紹東本人。「好像是早上剛過九點吧」「剛拿過去的時候那裡有一位女性，她說這個人現在剛好外出不在，大概十點左右會回來，所以我們就撤退回來了」[9]。第二次他向自己的同梯戰友原田士官長「請求增援」「十點時」「我和原田君、還有一位崔姓密探」「還有劉，四個人一起過去。之前的那位女性已經不在了」。「有一個男人出來應門，我們給他看了那封信，雖然他回說我不認識這個人，但我們看他神情可疑，馬上就用手銬銬住他，然後帶回隊上。逮捕就是這回事吧」[10]。

不過中山之前也曾經說過「進入新加坡的時候，關於抗日華僑、義勇軍、還有共產黨，我們得到一些情報寫在便箋上，像是這個人是共產黨、這個人是義勇軍幹部……」。「所以我們在搜查那些人的時候，劉姓密探就把情報帶來了」[11]。從這些「得到」的「情報」或者「便箋」中，如果有些情報可能來自大西隊長說的「被捕的黨員」「自白」的話，那麼中山證言和大西紀錄就沒有衝突了。

「反用」　關於「當起大西覺的間諜」的前因後果，大西覺的《祕錄》中記載「針對這位大人物，馬來亞共產黨中央執行委員黃紹東」，「我也親自審訊，又與調查官經過慎重的討論之後大膽地決定要反用他做我方間諜」。理由是「1.他自白曾經是英國探察局的間諜」。「2.他很清楚共產黨幹部被捕自白之後會有什麼下場，還相當流暢地答詢」。「3.一般而言就算是逮捕到共產黨的幹部，一開始他們會全盤否認，一再追問下頂多只會承認自己是交通員或聯絡人。當面拿出證據，或者請證人來對質，才會不情不願地承認。一般人都是這樣，他幫我們省下很多麻煩」。「4.從審訊的情況看來，從他的言行也很清楚可以看出，他已經明白放棄掙扎，成為間諜才能保命了」[12]。

然而這個「反用」也知道萊特「隨時有可能潛逃」，所以「密切注意監視與聯絡」、「保障他的生活」、「和他聯繫的憲兵以人情待之，隨時保持緊密合作」。「每次更換聯絡場

8 中山三男、石部藤四郎，〈マラヤ人民抗日軍と戦った特警隊員として〉，收入明石陽至編，《日本の英領マラヤ・シンガポール占領 インタビュー記録 一九四一～四五年）》，頁四六四－六五。

9 同前注，頁四六五。

10 同前注，頁四六六。

11 同前注，頁四六四－六五。

12 大西覺，《祕錄昭南華僑肅清事件》，頁一七八。

所」，且不急於收集情報「重視間諜的意見，努力把握機會」。比方說「這次的逮捕沒有影響，如果他說那個逮捕請暫緩，我們就等」。又或者「即便間諜提供正確的情報，如果憲兵因為不習慣，又不清楚地理位置的話，就很容易失敗」。這時候間諜為了「不要懷疑到自己身上」就會要求「請連續兩三天都搜索同一個地方」，這時候「我們就算一開始就知道不會有結果，也還是會不惜熬夜搜索同一個地方」[13]。

突襲　和萊特緊密配合的「成果」[14]當中，特別以一節名為「討伐馬來共產黨中央大會」，大書特書一則叫做〈The Batu Cave Incident〉[15]的事件。這個發生在凌晨天將明時分的襲擊事件，大西自豪是「馬來憲兵隊的業績之中最大的一筆」[16]。

根據大西的紀錄，「馬來半島的〔黨〕幹部和新加坡的幹部協議召開中央大會，這個會議集結黨幹部與游擊隊幹部，計畫討論未來的運動方針、組織以及擴充強化黨勢。這個共產黨大會決定於昭和十七年（一九四二）九月一日，於吉隆坡市郊黑風洞舉行」[17]。

為了這場大會還開了一場準備會議：「新加坡市委員會為了遴選代表到預計在吉隆坡召開的共產黨中央大會的人選，以及討論報告書內容，八月二十七日在新加坡市郊外召開代表大會。這個會也早就被監控，特別警察隊得到本部以及當地分隊的後援，逮捕了多名幹部」[18]。這場準備會議根據大西的紀錄，「藉此機會也讓他們在昭南召開會議，而且為了不讓昭南的逮捕行動波及〔消息走漏〕至吉隆坡，下了不少功夫。間諜以選舉派至中央大會的代表、請各界指導者報告現況、決定運動方針等名義，決定在八月二十七日在昭南市郊舉行會議。而且在決定會場的時候。間諜還和憲兵隊事先商量：『很難找到一間屋子適合逮捕，如果憲兵隊方便，那間房子怎麼樣？』」[19]。準備會議也在萊特和憲兵隊祕密策畫下進行，「市委員會」被他們「玩弄於股掌之間」，簡直就是「無處可逃」[20]。

黑風洞的黨大會也是「異曲同工」。這也是憲兵隊和「間諜」合作一起「下功夫」[21]。「一開始黨的執行委員長提案在叢林中舉行大會。但因為萊特早已事先從大西得到舉辦時間，特別是特警隊容易襲擊的場所指示了，所以用『那裡太難抵達』的理由，否決執行委員長的發言，改提九月一日在黑風洞附近的村莊舉辦。執行委員長也同意萊特的提案」[22]。

大會的襲擊計畫是由「憲兵本隊、特別警察隊、吉隆坡憲兵分隊」進行的「共同作

13 同前注，頁一七九。
14 同前注，頁一五二。
15 Boom Kheng Cheah. *The Masked Comrades: A Study of the Communist United Front in Malaya, 1945-48* (Singapore: Times Books International, 1979), p. 22.
16 大西覺，《祕錄昭南華僑肅清事件》，頁一六二。
17 同前注，頁一六〇－一六二。
18 同前注，頁一六〇。
19 同前注，頁二六三。
20 Jean-Paul Sartre. *Huis clos - Suivi de Les Mouches* (Paris: Éditions Gallimard, 1944).
21 大西覺，《祕錄昭南華僑肅清事件》，頁二六三。
22 Yoji Akashi. "Lai Teck, Secretary General of the Malayan Communist Party, 1939-1947," p. 75.

戰」，也事先「偵察大會會場」。大石表示「特別警察隊長和其他幾名憲兵，偽裝成日本商社的郊遊，帶著飲食店的幾名婦女，接近會場周邊，進行家屋地形偵察」。而憲兵分隊則是「進行道路地形偵察且早已完成詳盡的調查」。參加作戰的「警備隊」由「一個步兵大隊、一個山砲中隊、兩名第五師團的參謀」組成，而憲兵隊則是「在隊長大石正幸的指揮下，率領二十數名特別警察隊軍官」「二十多名吉隆坡憲兵分隊軍官」[23]。總人數經估算約「兩千多名」[24]。「九月一日上午五點，討伐隊從吉隆坡市出發，由憲兵擔任部隊先鋒，隱密地接近現場後，一舉突襲」。「敵方以游擊隊警戒兵為首，幾乎所有人都拿起武器頑強抵抗，交戰約三十分」。「戰果為逮捕共產黨員十五名、射殺二十九名、扣押機關槍一挺、自動步槍二把、步槍五把、手槍六把、手榴彈二十三發、各式彈藥六百一十二發、印刷器、代表意見書、及大量共產黨相關文件」。日本方「警備隊下士官戰死一名、受傷三名，憲兵隊吉隆坡憲兵分隊長右膝關節遭受手榴彈碎片割傷，特別警察隊士官長右大腿受流彈槍傷」[25]。

「爾後九月一日成為馬共每年追悼的『殉難烈士紀念日』。其中最熱衷參加的人，當然就是**萊特**」[26]。「追悼」自己洩密殺害的「烈士」的這位「總書記」“the traitor of all traitors”在「黑風洞事件」五年後，也獲得他應得的處分。他的華裔妻子、也是黨員的Jang Sueh Yong在自宅聽取黨代表宣布自己丈夫的所有罪狀時「經過長長的沉默，她小聲但清楚地說〈我想大家都同意他罪該一死吧〉」[27]。

此外，前文萊特照片的出處是Internal Security Department. Singapore。情報來源是上記[28]。

參考文獻

Cheah, Boom Kheng. *The Masked Comrades: A Study of the Communist United Front in Malaya, 1945-48* (Singapore: Times Books International, 1979).

Chin, Peng. *My Side of History* (Singapore: Media Masters, 2003).

Hanrahan, Gene Z. *The Communist Struggle in Malaya* (Kuala Lumpur: University of Malaya Press, 1971).

大西覺，《祕錄昭南華僑肅清事件》（東京：原上佑史，一九七七）。

---

23 大西覺，《祕錄昭南華僑肅清事件》，頁一六一－一六二。

24 Gene Z. Hanrahan. *The Communist Struggle in Malaya* (Kuala Lumpur: University of Malaya Press, 1971), p. 74.

25 Ibid., pp. 161-62.

26 Brian Moynahan. *Jungle Soldier*, p. 189.

27 Chin, Peng. *My Side of History* (Singapore: Media Masters, 2003), pp. 178, 182-83.

28 Ibid., p. 520.

6. 黃錦樹〈猴屁股、火、及危險事物〉筆記（6）：標題與通稱的互文性（intertextuality）

標題　黃錦樹把刊載在雜誌《中外文學》（二九卷四期〔二〇〇〇年九月一日〕，頁二五〇－六八）的時候題為〈全權代表的祕密檔案〉，收入至自己的小說集《由島至島／刻背／烏鴉巷上黃昏》（二〇〇一）時，可能是要跟這三項書名共鳴，又加了另一個標題。小說集的目次留著第一次發表時的題目，但是在本文[1]裡放了一個異樣的新題目「**猴屁股、火、及危險事物**」[2]。為何並列兩個標題呢？作者本人在〈後記〉裡也沒有解釋，編者王德威在〈序論〉中也沒有說明。讀者當然心裡留著一個疙瘩。

然而最近因為工作需要，閱讀副標題為「歷史的敘事學」的論文（B. Lourie, "Possible Worlds of Different Narratives," 2005）的時候，遇見討論喬治・萊科夫（George Lakoff）的 *Women, Fire and Dangerous Things: What Categories Reveal About the Mind*（1987）的一個小節[3]的時候，心裡喊了一聲。有個直覺告訴我，這個書名正是足以解決我心中的那個疙瘩的關鍵。萊科夫的這本小說，剛出版時我就跟書局訂了，然而因為太大部頭（單行本且有六百多頁），一直逃避著把它「供」在書架上，要不是這場奇遇，我可能不會想起它而繼續放著。稍微調查一下發現，黃錦樹居住的台灣，在他出版那本三個標題的小說集**之前**，萊科夫的**中文譯本**已經出版（未實際翻閱）了：喬治・萊科夫著（梁玉玲譯），**《女人、火與危險事物：範疇所揭示之心智的奧祕》**[4]。

而且在發現這本中文譯本之後，我又得知黃錦樹出版了題為**《火，與危險事物：黃錦樹馬共小說選》**的「馬共小說選」[5]。且〈星洲日報〉（二〇一四年八月十一日）上，周錦聰為這本小說選寫了一篇短短的介紹文。周錦聰指出「『互文性』十分濃烈－單看**書名**，就想起語言學家喬志萊科夫寫的**《女人、火、與危險事物》**。兩本書中『火』之意象與『危險事物』掛鉤，引起無限聯想。書中也不乏引用其他作家篇名的小說」。要說幸運嗎？這篇短文只有指出黃錦樹／萊科夫「書名」間的互文性，絲毫沒有提及跟作品〈猴屁股、火、及危險事物〉之間的互文性。周錦聰所指出「書名」間的互文性，也給直覺和中文譯本以外沒有任何根據的本文，一個足以立足的根據了（關於互文性的內容，請容後續文章討論）。

敘事者與「長者」　以下將討論的四人之間的關係雖然在前文已經討論過，在此用互文性論的觀點重新整理過後發現，**余秋雨**這位現實世界裡存在的散文家在黃錦樹的作品中粉墨登場，扮演敘事者的角色。不，黃錦樹的原文裡只有提到余秋雨的散文集《文化苦旅》中的

1　黃錦樹，〈全權代表的祕密檔案〉，《由島至島／刻背／烏鴉巷上黃昏》，頁一四五。
2　粗體字為筆者所加，以下同。
3　B. Lourie. "Possible Worlds of Different Narratives," *AJCN*. No. 2 (Autumn, 2005): 5.
4　萊科夫（George Lakoff）著，梁玉玲譯，《女人、火與危險事物：範疇所揭示之心智的奧祕》（*Women, Fire and Dangerous Things: What Categories Reveal About the Mind*）（台北：桂冠圖書，一九九四）。
5　黃錦樹，《火，與危險事物：黃錦樹馬共小說選》（八打靈：有人出版社，二〇一四）。

章節名〈華語情結〉、〈這裡真安靜〉而已[6]，不要說書名了，連作者名都沒有舉出來。是藉由譯者濱田麻矢的注記才確定這位敘事者就是「余秋雨」[7]。其他也還有幾位真實姓名不明的人物。比方說在作品前半段扮演重要角色的「**長者**」，原文也許仿效〈華語情結〉，故意不寫出本名[8]。日語譯本裡，譯者提示他就是「李光耀」[9]。考量他優生學的相關發言，是很合理的推論。

全權代表　在作品後半登場，發揮比李光耀更強烈的存在感，是李光耀的對手。也是敘事者所說「馬來亞共產黨在獅島的全權代表」，他自己也很喜歡這個稱呼[10]。「長者」的「回憶錄」《這回與那回》裡的小標題也是「密會馬共全權代表」[11]，敘事者在山洞裡發現的「馬來亞共產黨人之祕密檔案」裡面也敘述「全權代表。就是我」[12]。在這篇作品當中可說是主角。

關於這個人物譯者沒有標明其身分，也沒有寫出他的姓名。這裡再次以「長者」的「回憶錄」小標題「密會馬共全權代表」的這篇引用文作為線索[13]，找到現實世界裡李光耀的回憶錄 *The Singapore Story*（一九九八），其中Chap. 17. Rendezvous with the Plen. 和Chap. 20. Glimpses of Troubles Ahead.，以及他就任新加坡首任總理後的電台廣播的文字版 *The Battle for Merger*（一九六一，下略為BfM）的第V～VII章，兩者一起參照就會發現，李光耀的敘述能夠成為代表其中一方的證言。根據李光耀的說法，現實世界裡他和「全權代表」總共「密會」五次。第一次他雖然為對方取了一個叫做Plenipotentiary（全權代表，略稱為Plen.）的綽號[14]，但是他也清楚知道對方的姓名。他就任首相後，在「公安部」所藏的「目視即逮捕」的文件夾裡看到一張傳單上的照片（照片刊載在頁三三四），發現「全權代表」就是Fong Chong Pe[i]k[15]。就是華語的**方壯璧**。

另一方面方壯璧的回想也證實了這段證言。他也出版一本《「馬共全權代表」：方壯璧回憶錄》（二〇〇七）。目前筆者手邊沒有這本書的紙本，因此所有內容都是引用自Chan Siew Yip翻譯的*FONG CHONG PIK: The Memoirs of a Malayan Communist Revolutionary*（二〇〇八）。

6 黃錦樹，〈全權代表的祕密檔案〉，《由島至島／刻背／烏鴉巷上黃昏》，頁一四六。
7 黃錦樹著，濱田麻矢譯，〈猿の尻、火、そして危険物〉（猴屁股、火及危險事物），《夢と豚と黎明》，頁三一四。
8 黃錦樹，〈全權代表的祕密檔案〉，《由島至島／刻背／烏鴉巷上黃昏》，頁一四五。
9 黃錦樹著，濱田麻矢譯，〈猿の尻、火、そして危険物〉（猴屁股、火及危險事物），《夢と豚と黎明》，頁三一三、三一九。
10 黃錦樹，〈全權代表的祕密檔案〉，《由島至島／刻背／烏鴉巷上黃昏》，頁一五一。
11 同前注，頁一五三。
12 同前注，頁一五九。
13 黃錦樹，〈全權代表的祕密檔案〉，《由島至島／刻背／烏鴉巷上黃昏》，頁一五三－五四；黃錦樹著，濱田麻矢譯，〈猿の尻、火、そして危険物〉（猴屁股、火及危險事物），《夢と豚と黎明》，頁三一一－一三
14 黃錦樹著，濱田麻矢譯，〈猿の尻、火、そして危険物〉（猴屁股、火及危險事物），《夢と豚と黎明：黃錦樹作品集（台湾熱帯文学）》，頁二八三；Kuan Yew Lee. *The Battle of Merger* (Singapore: Government Printing Office, 1961), p. 35.
15 黃錦樹著，濱田麻矢譯，〈猿の尻、火、そして危険物〉（猴屁股、火及危險事物），《夢と豚と黎明》，頁三三〇；Kuan Yew Lee. *The Battle of Merger* (Singapore: Government Printing Office, 1961), p. 46.

方壯璧是在Chap.6. The Three-Member Working Group，和Chap.7. Endure Humiliation, Unite to Oppose Colonialism這兩章，以及附錄Ⅰ. A Preliminary Response to Criticisms[16]當中敘述他和李光耀的「密會」。特別是在回應當中表示「我並不是什麼馬共的『全權代表』。馬共並沒有授我這個銜頭。說起來，這個銜頭還是李光耀先生封的呢！大概是因為第一次見面時，我對他說自己是『馬共代表』的緣故吧」[17]，雖然主要表示自己名實不一，但也證實了李光耀發言。

為了確認作品裡「全權代表」的人生和現實世界裡方壯璧動向的差異／斷絕有多大，原不二夫追查「密會」前後方壯璧的動向[18]後發現，一九五一年馬共新加坡市委員會消滅後，方壯璧成為「余柱業出國〔一九五三年〕以後新加坡的馬共代表」，在一九五七年也去了印尼，經由廖內諸島「抵達雅加達，和余柱業見面。余柱業、張堅、方壯璧組成『三人工作組』〔上述Three-Member Working Group〕，指導新加坡的活動」，「一九五八年初」回到新加坡，「同年三月與李光耀進行第一次會談」。在一連串的「密會」都無法達成預期成果的狀況下，「回到印尼」[19]，在印尼成為「活動的負責人」，「一九六五年底祕密訪中與陳平協商七天，為新加坡往後的鬥爭方針與馬來亞共產黨的新任務下了重大的決定」——定調「議會鬥爭」是「右傾保守主義路線」，「決定」轉換成「院外鬥爭路線」。「回來以後，駐印尼的馬共內部，一九六六年也受到文革的影響，興起『鬥批改』〔鬥爭、批判、改革〕運動」，「一九七〇年底方壯璧再次訪中拜訪陳平」，「回國後實施將『鬥批改』改成『整風運動』的新方針」，「五十多名幹部已開始北上，計畫以泰國南部作為根據地」，方壯璧自己也

「一九七七年下半年離開印尼抵達泰國南部」[20]。其後就以泰國南部為根據地。這和作品中「全權代表」的「活動」差異，可以說是無法比較的大（〔〕內為補充）。

『新加坡啊新加坡』方壯璧雖然愛著新加坡，卻不被允許回鄉。二〇〇四年二月七日，在異鄉泰國南部結束了一生[21]。也有留下詩集。

山本五十一 最後，作品中還有一位叫做「山本五十一」的人物。他應該是以原不二夫作為現實世界裡的「原型」吧[22]。他向敘事者自我介紹自己是「日本亞洲經濟研究所的研究員，專業是馬共研究，已發表許多研究成果」[23]，符合這個條件的，除了上述引文的作者原

---

16 Said Zahari. *Dark Clouds at Dawn: A Political Memoir* (Kuala Lumpur: Insan, 2001).

17 Fong, Chong Pik. *FONG CHONG PIK: The Memoirs of a Malayan Communist Revolutionary* (Petaling Jaya: Strategic Information and Research Development Centre, 2008), pp. 173- 74.

18 原不二夫，《未完に終わった国際協力：マラヤ共産党と兄弟党》（東京：風響社，二〇〇九），頁一〇一－一〇三，一一三－一一五。為何以這篇文章為根據容後再敘。

19 同前注，頁一〇一－一〇二。

20 同前注，頁一一三。

21 追悼文，鍾文靈，〈七年前和平村訪方壯璧〉，《聯合早報》，二〇〇四年二月十六日。

22 日本聯合艦隊司令長官**山本五十六**的名字以「前文本 pretext」的形式也出現在《文化苦旅》的〈這裡真安靜〉裡。黃錦樹著，濱田麻矢譯，〈猿の尻、火、そして危険物〉（猴屁股、火及危險事物），《夢と豚と黎明》，頁三二〇。

23 黃錦樹，〈全權代表的祕密檔案〉，《由島至島／刻背／烏鴉巷上黃昏》，頁一六二；黃錦樹著，濱田麻矢譯，〈猿の尻、火、そして危険物〉（猴屁股、火及危險事物），《夢と豚と黎明》，頁三三三。

不二夫以外，沒有其他人選了。他自評「我在亞洲研究所三十多年來研究的集大成」的博士論文（東大），出版為《マラヤ華僑と中国：帰属意識転換過程の研究》[24]，其中第一章〈マラヤ共産党と抗日戦争——「祖国救援」「マラヤ民族解放」の交錯〉和〈資料　マラヤ共産党元幹部会見記〉更是非常有力的證據[25]。並且在一九九九年二月二十二至二十三日，於澳大利亞國立大學舉辦的研討會《與陳平的對話》（二〇〇四年出版）中，雖然不是對外開放自由參加的研討會，但是日本也有兩位學者獲邀參加，一位是明石陽至，另一位就是原不二夫。明石陽至不曾任職於亞洲經濟研究所，研究領域也不同。其差異從明石陽至編《日本占領下の英領マラヤ・シンガポール》[26]第一章〈渡辺軍政－その哲理と展開（一九四一年十二月～四三年三月）〉與第二章〈抗日戦争期のマラヤ共産党幹部〉中也可以明確看出。前者是明石陽至的論文，後者是原不二夫的論文。然而在黃錦樹作品中登場的「山本五十一」的孤島體驗，與原不二夫的研究活動之間，完全沒有接觸或共同點，一點關係也沒有。

和孤島上的「全權代表」一樣。「山本五十一」，甚至是一開始的敘事者、「長者」，其實都是以實際存在的人物為基礎，進行虛構的人物。然而這種實與虛之間的異化作用，能不能說是一種本體論的轉敘（metalepsis）？我們將接著繼續思考這些問題。

參考文獻

Fong, Chong Pik. *FONG CHONG PIK: The Memoirs of a Malayan Communist Revolutionary* (Petaling Jaya: Strategic Information and Research Development Centre, 2008).

Lakoff, George. *Women, Fire, and Dangerous Things: What Categories Reveal about the Mind* (Chicago: The University of Chicago Press, 1987).

Lee, Kuan Yew. *The Battle of Merger* (Singapore: Government Printing Office, 1961).

Lee, Kuan Yew. *The Singapore Story: Memoirs of Lee Kuan Yew* (Singapore: Singapore Press Holdings / Times editions, 1998).

Lourie, B. "Possible Worlds of Different Narratives," *AJCN* 2 (Autumn, 2005).

Said Zahari. *Dark Clouds at Dawn: A Political Memoir* (Kuala Lumpur: Insan, 2001).

余秋雨，《文化苦旅》（上海：東方出版中心，一九九二）。

余秋雨著，楊晶譯，《余秋雨の文化苦旅－古代から現代の中国を思考する》（東京：阿部出版，二〇〇五）。

明石陽至等編，《日本占領下の英領マラヤ・シンガポール》（東京：岩波書店，二〇〇一）。

原不二夫，《マラヤ華僑と中国：帰属意識転換過程の研究》（東京：龍渓書舎，二〇〇一）。

原不二夫，《未完に終わった国際協力：マラヤ共産党と兄弟党》（東京：風響社，二〇〇九）。

黃錦樹，《由島至島／刻背／烏鴉巷上黃昏》（台北：麥田出版，二〇〇一）。

---

24 原不二夫，《マラヤ華僑と中国：帰属意識転換過程の研究》（東京：龍渓書舎，二〇〇一）。

25 前者的首次發表為該研究所發行的《アジア経済》XIX-8 (1978-8)；後收入《マラヤ華僑と中国：帰属意識転換過程の研究》（東京：龍渓書舎，二〇〇一）。

26 明石陽至等編，《日本占領下の英領マラヤ・シンガポール》（東京：岩波書店，二〇〇一）。

黃錦樹著，大東和重等譯，《夢と豚と黎明：黃錦樹作品集（台湾熱帯文学）》（京都：人文書院，二〇一一）。
鍾文靈，〈七年前和平村訪方壯璧〉，《聯合早報》，二〇〇四年二月十六日。

7. 黃錦樹〈猴屁股、火、及危險事物〉筆記（7）：自己的作品才是「危險事物」

為何作者黃錦樹在這個作品當中（作品中的「祕密檔案」之外），明明都是以現實世界實際存在的人物為前提，但無論是主要登場人物，還是敘事者，從頭到尾都小心翼翼地不要講出他們的真實姓名，讓他們躲在假名的陰影下呢（黃錦樹的作品如同大家熟悉的，現實世界實際存在的人物，經常以本名登場，如〈M的失蹤〉等）？

從我們讀者的立場來看，很難馬上看出端倪。依我推測，或許是為了躲避法律問題，尤其是不要觸犯妨害名譽相關法條的考量。所謂「危險事物」，首先可以說是以危險事物為題的這篇作品本身吧。作品當中也讓「長者」用「警告」的形式說「**不要亂寫。我們這裡的法律可是非常嚴格的**」。而且在說這句話的時候，「長者的臉色突然變得十分可怕，劍眉直豎」，現出非同小可的威嚇樣貌（強調為原文）。此時敘事者也說「我突然發覺自己被捲進一個大麻煩裡，就像被莫名其妙的捆進麻包袋丟進海裡」，用比喻的手法表達一個看似過度擔憂的情緒[1]。這段描述和為馬共帶來巨大傷害的三重間諜總書記萊特，謠傳他的最後下場

1　黃錦樹著，濱田麻矢譯，〈猿の尻、火、そして危険物〉（猴屁股、火及危險事物），《夢と豚と黎明：黃錦樹作品集（台湾熱帯文学）》（京都：人文書院，二〇一一），頁三一七；黃錦樹，〈全權代表的祕密檔案〉，《由島至島／刻背／烏鴉巷上黃昏》（台北：麥田出版，二〇〇一），頁一四九。

極為相似。因為謠傳萊特被絞殺之後，屍體被裝進麻布袋裡丟棄河中[2]。現實世界裡的余秋雨即便是讚譽「終於退休的新加坡政治家」，也不敢寫出真實姓名[3]。近來也有某個年輕人，因為一起批評這位「政治家」和某位「獨裁者」，而被捕入獄的報導。迴避提及真實姓名，好像不是沒有根據的修辭遊戲而已。

性的異化．戲謔化　這個作品的前半是以「長者」為主要角色，後半是以「全權代表」為主要角色，隱隱之中可看出一個使雙方對立的母題。那就是「生殖」。

敘事者「我」在「一座被椰子樹覆蓋的小島」一開始遇見「一瘦削的中年男人」（「全權代表」）時，他對新來的客人正眼也不瞧，「神情十分專注」「如此專注」地閱讀的是「政府通告」，當然是偽裝成事實的虛構的，新聞報導：

「為保障未來國民的素質，本邦有史以來智能最高的男人、未來國父」「決定犧牲小我，置死生於度外，冒著生命危險捐出個人生命中最後的一批精子」。「有意改善品種低劣狀態的家庭歡迎向家庭計畫中心索取表格提出正式申請」。「申請資格：國民（需攜帶身分證，永久居民不得申請）。已婚婦女（需先生簽具同意書。簽具同意書之先生享有多項生活津貼，詳見《國民血統改造手冊》。高學歷、高收入婦女不在此限）」。

「因當事人年事已高，經本坡最高醫療單位證實，存貨業已出清。故本活動只舉辦一次」。「**成功受孕者將獲血統保證書一份，暨政府免費代為規劃生涯**」。[4]

　　而且敘事者「我」還剛好撞見可以證明「存貨業已出清」的場面——還能夠聽到「看起來很資深」的醫生「小聲的勸勉說」——「先生，我看算了吧，您的身體要緊，**不能再擠了**，都擠出血來了，再擠怕要出人命了。其他的，我看就由貴公子代勞吧？」然而**長者**卻「大聲咆哮」——「怎麼可以！我怎麼可以欺騙我的人民？再擠擠看，把那隻母的也擠出來為止！」[5]。

　　首先新聞報導開頭提到的「國民素質」日文翻譯為「国民の素養」，這裡應該遵照原文「素質」[6]才符合這篇通告的「優生學」思想（請參照《廣辭苑》、《大辭泉》）。此外日文譯注

---

2 C. C. Chin & K. Hack eds. *Dialogues with Chin Peng: New Light on the Malayan Communist Party* (Singapore: National University of Singapore, 2004), p. 120.

3 余秋雨著，楊晶譯，《余秋雨の文化苦旅－古代から現代の中国を思考する》（東京：阿部出版，二〇〇五），頁四三九－四〇。

4 黃錦樹著，濱田麻矢譯，〈猿の尻、火、そして危険物〉（猴屁股、火及危險事物），《夢と豚と黎明》，頁三一九；黃錦樹，〈全權代表的祕密檔案〉，《由島至島／刻背／烏鴉巷上黃昏》，頁一五〇。**一部分省略**。

5 黃錦樹著，濱田麻矢譯，〈猿の尻、火、そして危険物〉（猴屁股、火及危險事物），《夢と豚と黎明》，頁三二一；黃錦樹，〈全權代表的祕密檔案〉，《由島至島／刻背／烏鴉巷上黃昏》，頁一五二。

6 黃錦樹，〈全權代表的祕密檔案〉，《由島至島／刻背／烏鴉巷上黃昏》，頁一五〇。

的「優勢學」為誤植。強調為筆者所加，以下同）。這裡之所以執著於「素質」／「素養」的差異，是因為後面會出現nature／nurture的對立。

如同譯注所說，若「長者」指的是李光耀，那麼在現實世界當中，這份帶有「優生學」思想的「政府通告」，應該是以一九八三年八月十四日新加坡「國慶日」李光耀總理的演說為前提。報紙*The Strait Times*（一九八三年八月十五日），以〈**Talent for the Future**〉為題，用了整整兩大版，並刊登會場照片大大報導。還把這份演講稿以〈The Education of Women and Patterns of Procreation〉為題，收入《高等教育．發達研究所紀要》（*RIHED [Regional Institute of Higher Education and Development Bulletin]* 10.3 [July-September 1983]: 4-7）中，向新加坡國民宣傳優生學思想。前者的小標題Talent指的是「**a natural** ability to do something」（Oxford），「（特定領域當中**天生的**）才能、素質」（Random House英和大辭典），而《紀要》裡收入的小標題則是"**Nature** and Nurture"[7]。如果援用這個二元對立，Talent當然屬於前者。然而李光耀的演說中，「天生」與「成長」（**遺傳**或環境、教育）並不只是二元對立的關係，而是複雜地牽扯在一起。在《紀要》的演講稿標題「女性教育與**生育模式**」就可以明顯看出。而且在李光耀總理的演講當中雖然沒有前景化，但是收入在《紀要》裡面的時候，因為**民族**（華人、馬來人、印度人、其他）差異的這個敏感問題，還將數據化的結果以統計資料的形式附錄在後（民族、人種當然不是nurture而是屬於nature）。順帶一提，新加坡的總人口約四百一十六萬人（二〇〇二），其中公民與持有永久居留權者占三百三十八萬人，外國人共七十八萬五千四百人。其中百分之七十七是華人，百分之十四是馬來人，百分之八是印度人，其他族裔占百分之一[8]。

下面我將李光耀總理宣導的優生學思想脈絡，以時間順序整理後[9]：

第一期　政府間接介入時期（一九四九－一九六五）

一九四九年：設立新加坡家族計畫協會〔民間〕

一九五九年：人民行動黨（PAP）政權成立，新加坡成為大英國協自治邦。

一九六五年：新加坡自馬來西亞完全獨立〔被迫獨立〕

第二期　人口控制政策時期

一九六六年：公布第一個官方家庭計畫．出生率政策。開啟國民家庭計畫方案。衛生部設置新加坡家庭計畫與人口委員會。

一九六九年：採取大規模人口控制政策

---

7 Kuan Yew Lee. "The Education of Women and Patterns of Procreation," *RIHED (Regional Institute of Higher Education and Development) Bulletin* 10.3 (July-September 1983): 4.

8 Mui Teng Yap. "Fertility and Population Policy: The Singapore Experience," *Journal of Population and Social Security (Population)* 1 (April 2003): 643-58.

9 Mui Teng Yap. "Singapore: Population Policies and Programs," in *The Global Family Planning Revolution: Three Decades of Population Policies and Programs.* Warren C. Robinson and John A. Ross eds. (Washington: The World Bank, 2007), p. 202.

化。

一九七〇年：結紮手術與墮胎合法化

一九七二年：推出「兩個就夠了」的生育計畫

一九七五－七六年：國民整體的出生率已經與出生替代率相等。結紮手術與墮胎自由化。

一九七七年：出生率低於出生替代率。

一九八三年：李光耀總理提出要依照教育程度差別鼓勵婚姻與生育，發表題為「婚嫁大辯論」的演說（上述演說），飽受爭議。

一九八四年：為了鼓勵大學畢業的高學歷女性多多生產，提供獎勵金。高學歷的母親生的小孩擁有優先註冊小學的權力，此政策也引來爭議，實行一年便放棄。為了增進大學畢業的未婚人士的社交活動，幫助高學歷女性認識結婚對象，成立社交發展署。

第三期　一九八七至二〇〇七年

一九八七年：放棄原先人口控制政策，提出「只要有能力，生三個小孩或更多」口號，採用選擇性獎勵生育政策。

直接與李光耀的演說引起相關爭議的，無須贅言，就是第二期最後的那幾年（斜體字部分）。

「一九八四年，從人口統計學來看，新加坡的歷史已經進入新的階段。從這一年開始提升**人口品質**的計畫。政府相信決定**智能**的不是成長（環境、教育）而是**自然**（遺傳），因此對於高學歷女性只生一、兩個小孩，而學歷較低的女性卻生許多小孩，這種（人口品質）下滑的現象感到擔憂（李光耀演說）。所以這個（重視人口品質的）計畫轉換背後隱藏著優生學的思想，希望高學歷女性多生幾個小孩，低學歷女性少生幾個小孩」[10]。

對於總理的呼籲、政府的新政策，較為敏感而迅速回應的學者當中，我注意到的是原本是研究生物學，後來轉向社會學研究的喬治・班雅明（Geoffrey Benjamin）所寫的論文〈科學蒙蔽雙眼：新加坡「婚嫁大辯論」中的遺傳論〉（南洋理工大學，一九八四）。根據這篇論文，李光耀的演說是基於「若維持目前的生產狀況不變的話，新加坡國民整體的智能可能會下降」的危機感。這個危機感的前提為以下四點[11]：

❶ 決定智能的因素，百分之八十是「天生」（遺傳），只有百分之二十是「成長」（環境）。

❷ 智能能由ＩＱ測驗正確測試出來，人能升學的最高教育程度是由智能決定。

❸ 新加坡有一個世代的國民接受ＰＡＰ政府的教育，結果顯示，比起勞工階級（與某些「民族」），中產階級（與某些「民族」）留下比較好的教育成果紀錄。這個差異並非環境

---

10 Swee Hock Saw. *The Population of Singapore* (Singapore: Institute of Southeast Asian Studies, 2012), p. 211.

11 Geoffrey Benjamin. "Blinding with Science: Genetic Argumentation in Singapore's 'Great Marriage Debate'," p. 2. "Blinding with Science: Genetic Argumentation in Singapore's 'Great Marriage Debate'," Seminar paper, Department of Sociology, National University of Singapore, 2 October 1984; Slightly revised version (2011).

的不平等造成，應是兩組〔階級〕新加坡國民之間，遺傳學上的差異所造成〔ＰＡＰ為李光耀主導的政黨〕。

❹ 和受教育年數較短〔低學歷〕的父母相比，相較之下年數較長〔高學歷〕的父母的小孩數量較少，因此高智能的基因必定會逐漸消失。

二〇一一年，這篇論文發表經過二十七年後，喬治．班雅明在「序文」裡加了這麼一段話：「這份筆記，是在一九八四年十月二日，『婚嫁大辯論』熱戰當中，摘自新加坡國立大學社會系課堂內容。」當時「這個明顯基於優生學思想的計畫〔宣傳〕透過報紙、電視、特別是出版單行本[12]進行長達數個星期的強力推廣。政府的人口政策突然翻轉，從全國國民一視同仁的**節制**生育政策，轉變成高度選擇性的〔選擇高學歷女性〕的**獎勵**生育政策。我自身在獲得生物學的學位之後，轉而攻讀社會科學，所以看到各式各樣的『專家』為了從科學上正當化這項新的人口政策，說出許多人口遺傳學上基本的錯誤，感到非常錯愕。所以在我的課堂上希望藉由批判這個政策背後的生物學**主義**（biolo**gism**），可以達到導正這個誤解的效果」（最後的粗體字為原文）。

喬治．班雅明指出這些「主張」「並不是新的論點」，最早可追溯至法蘭西斯．高爾頓（Francis Galton, 1822-1911）的論文〈Hereditary Genius〉（一八六九）。順帶一提高爾頓就是黃錦樹在這篇作品開頭引文作者達爾文的表弟，也是第一個使用「優生學」（eugenics）這個詞（一八八三）的人。同時也是第一個提出nature/nurture這組詞語對立（一八七四）的人，是位跨領域的博學學者。根據報導，新加坡在提出結紮手術合法化法案的時候，也設置了 Eugenics Board，就是從優生學（eugenics）這個詞繼承而來（*The Straits Times*, 1968.12.6）。不過喬治・班雅明也指出，高爾頓「所使用的『智能』並不是現代計量心理學者所用的概念。也不是以前沒發現的生物遺傳的原理」，「他還不知道同卵雙胞胎與異卵雙胞胎的差別」。「在他之後的學者，整合了比方說阿爾弗雷德・比奈提出的ＩＱ概念、孟德爾的遺傳理論、卡爾・皮爾森的生物統計學（生物計量學）等等，才形成現代的『遺傳學主義式』的理論。這也是李光耀或者黃學文[13]支持的理論」。

具體的研究案例就是李光耀演說當中提到的明尼蘇達大學托馬斯・布查德（Thomas Bouchard）教授的研究團隊做的雙胞胎研究。李光耀總理演講中表示「有一個研究是將一對同卵雙胞胎，出生後就分別交給兩個經濟上分屬不同階級的家庭撫養。雖然他們所成長的環境大相逕庭，但是他們達成的成就十分近似」。從「他們的語彙、習慣、顏色、食物、選擇朋友的好惡等等相關測驗」中顯示，「有百分之八十是天生，也就是遺傳決定，只有百分之二十反映出環境或者教養方式的不同」[14]。

---

12 Wong Hock Boon. *Genes and the I.Q.* (Singapore: PG Publishing Pte LtD, 1984).
13 Ibid..
14 Kuan Yew Lee. "The Education of Women and Patterns of Procreation," *RIHED (Regional Institute of Higher Education and Development Bulletin)*, p. 4.

8. 黃錦樹〈猴屁股、火、及危險事物〉筆記（8）：兩位首相「推車」圖的「猥褻」判決

先前提到黃錦樹在這個作品中從頭到尾堅持「迴避提及真實姓名」，「好像不是沒有根據的修辭遊戲而已」，並舉一個最貼近的例子，就是將新加坡第一代總理和某獨裁者相提並論，而「真的被逮捕的年輕人的報導」。那個例子就是福斯電視台*Fox News*在二〇一五年三月三十日的報導〈A 17-year-old student was arrested in Singapore Monday, comparing the country's founding Prime Minister to famous dictators, including **Mao, Hitler and Stalin**〉（部分省略，粗體字為筆者所加。「十七歲」為十六歲的誤植，「student」也是誤植，該年輕人已離開教育體系）。二十九日逮捕後兩天內，已經有十七間國內外各家媒體報導，可見國際上普遍關心這個事件（*Singapore Hardware Zone.com*, March 31）。

黃錦樹的作品當中，「長者」也警告「**不要亂寫。我們這裡的法律可是非常嚴格的**」（強調為原文），從這個在新加坡實際發生的逮捕事件來看，證明了即便是虛構的**可能世界**（譯者按：Possible world，哲學、理則學用語）中，不遵守這個警告，不管是怎樣的災難都**有可能**降臨在作品中每一個人物身上，包括敘事者。沒想到這件事是由現實世界發生的事件所證明的（認識論的轉敘）。而且在這個事件當中，一位十六歲的少年，在自己拍攝的影片《李光耀終於死了》當中，直言死後不久的第一代總理的**真實姓名**並進行批判。而且還以"Lee

Kuan Yew buttfucking Margaret Thatcher"（〈李光耀與戴卓爾[1]肛交〉〔本土新聞〕）為題，在部落格上發布一張貼有兩位已逝的前首相與前總理的大頭照，用線條簡單描繪兩位裸體用「老漢推車」（法官語）體位性交的惡搞圖（這張惡搞圖收入在香港．本土新聞報導〈星洲少年批李光耀被捕　政治漫畫亦被舉報〉〔三月三十日〕）。

為什麼會特別舉這個跟黃錦樹作品沒有直接關聯的惡搞圖做例子，除了前面提到的原因之外，還有其他理由。首先，這張惡搞圖和黃錦樹的作品有共同的中心母題（李光耀、「肛交」。黃錦樹〈刻背〉〔二〇〇一〕當中「肛交」與「刻背」也是貫串作品的母題）。同時，這個惡搞圖的前提是以一個現實世界發生的言說——柴契爾夫人在某次談話叫了李光耀的小名Harry並盛讚李光耀的政治生涯（後敘）——為動機，將這個實際存在的演說化為虛構的惡搞圖的這個符碼變換的過程，恐怕不經意地使用了「異化」（Defamiliarization）作用，結果更值得我們關注[2]。

具體而言，這位少年一方面完全借用雜誌*Women's Health*（電子版）上面的「肛交」線條畫，另一方面又將在網路上找到的兩位首相的照片，貼在那張裸體的線條畫上面。這種從不同地方找素材的做法，可以說是一種新的拼貼（詳細內容請容後敘）。而且這個製作過程

1　譯者按：Margaret Thatcher，台灣一般翻譯為柴契爾夫人。

2　Viktor Shklovsky (1917). "Art as Technique," in *Russian Formalist Criticism: Four Essays*. Lee T. Lemon, and Marion Reis trans. (Lincoln & London: University of Nebraska Press, 1965), pp. 3-57.

原本應該是在私人的房間裡面進行的行為，卻在本人出席的法庭這個公共場所，由律師公諸於世，轉化成客觀的事實。這可以說是一個非常罕見的例子。從這個例子我們可以得知，異化只有結果會留在文本內部。這對我們在分析、解釋普通的故事文本（黃錦樹作品也是其一）時，可說是一個非常寶貴的提示[3]。

在此我們只討論這位少年被逮捕的多項證據當中的這件「猥褻」（檢方）圖像。至於他在自拍的那部挑釁的影片當中，用稍微激動的語氣，將李光耀比喻為耶穌基督來批判，過程中還瞬間閃現希特勒等「獨裁者」的畫像，這些行為與言語，只會在必要的範圍內舉例討論。

這時候我們所根據的資料，不是多數的新聞報導或評論，而需要更具有信賴度的資料，那就是十六歲少年Amos Yee Pang Sang的判決紀錄（In the state courts of the Republic of Singapore. MAC902694 / 902695/ 902696 of 2015）。這份資料包含了檢察官、辯護律師團、審判長的辯論紀錄及提交文件，本文主要參照辯方的文件或紀錄，特別是與上述「異化」有關聯的資料。法庭開審第二天，為了對抗檢方指控惡搞圖為「猥褻」圖像，律師Ervin Tan舉出先前提到的兩項惡搞圖製作相關檔案作為反證（❶最後提出）：

❷雜誌*Women's Health*（三月二十七日）中刊登，以"Sex Position: The Wheel Barrow"（老漢推車）為題Joy Niemack畫的線條畫。

❸兩位已故首相的照片各一張（因著作權關係無法使用，請各自參照網路）。

然而根據律師說法，少年余澎杉製作惡搞圖的直接動機，並非這兩張視覺檔案。具體的描述是：

❶律師指出「柴契爾夫人說，李光耀從不犯錯這句話，才是被告試圖嘲笑的對象」。那段話的完整內容是（提示文件，頁三一黑色圓圈數字是表示發生時序）：

「我在辦公室分析哈利的每一次發言。他有一套方法能夠貫穿宣傳的迷霧。而且用他獨特的洞見，來回應我們這個時代的各種議題，並處理那些問題。他從不犯錯。」（Mrs. Thatcher said: "In office, I read and analysed every speech of Harry's. He had a way of penetrating the fog of propaganda and expressing with unique clarity the issues of our time and the way to tackle them. He was never wrong ..."）

檢察官也表示「被告不同意柴契爾夫人所說『李光耀總是對的』這句發言。他認為前者對於後者有〈非比尋常的好感〉」，與辯護律師有相同的見解[4]。然而不論是檢察官或是辯護律師，都沒有出具柴契爾夫人以哈利這個小名親暱稱呼李

3　關於「異化」請參照北岡誠司著，新田義弘等編，〈從文本讀故事：故事符號學・猩猩・魯迅〉，《文本與解釋》，頁一二九－五八（東京：岩波書店，一九九四），以及北岡誠司，〈跨越巴赫汀的「剽竊」卡西勒問題：脈絡變更・曖昧關係・抹滅〉，《思想・九四〇號》（東京：岩波書店，二〇〇二），頁八八－一一一。

4　第一次辯論紀錄見In the state courts of the Republic of Singapore. MAC902694 / 902695 / 902696 of 2015, p. 1.

光耀，這個重要發言的來源。幸好這個發言隨著李光耀的死訊，網路上也充斥著世界各國政商名流緬懷他的讚詞[5]。而少年余澎杉應該也是從這些網路來源中引用的。順道一提，柴契爾夫人讚詞中使用的「貫穿 penetrating」也有「to put the penis into vagina or anus of a sexual parnter」的語義（Oxford Dic.），而「處理 tackle」，則是橄欖球用語中擒抱（緊抱住對方下半身）的意思。若考量這些語義，相信就能同意律師與檢察官的解釋。

根據辯護律師的說法，如此解釋柴契爾夫人的發言，「被告創作此圖片時，作為基礎的可能是柯夢波丹 *Cosmopolitan* 或 *Women's Health* 等等雜誌，其中的性教育用圖片」。而且「這些圖片雖然直接描繪性行為，但是並非為了刺激性慾，而是為了教育目的」[6]。「這個圖片（上述❷）是被告在網路上找到的線條畫，並沒有上色，欠缺五官，也沒有描繪性器官。只不過是描繪性交體位中的兩個人而已」[7]。「被告除了表示這個圖片並非來自色情網站以外，也不記得從哪裡找到的。他是從谷歌搜尋圖片，找到該惡搞圖的一部分〔老漢推車〕的圖片，並使用'paint.net'網站服務，貼合故李光耀先生，與故瑪格麗特・柴契爾夫人的大頭照圖片」。經過這些順序製作出來的，就是那張惡搞圖（同）。關於製作過程，余澎杉在場應該也聽到辯護律師的說明，所以沒有特別提出異議（請參照他的個人網站 Amosyee）。

從 *Women's Health* 雜誌網站找出那張「老漢推車」，並和少年余澎杉所張貼的惡搞圖比較，就可以發現除了兩位首相的大頭照以外，線條的軌跡完全相同，可見余澎杉的惡搞圖就是由這張線條圖轉用，毫無疑問。

然而，辯護律師雖然說明了線條圖的來源，卻沒有說兩位首相的大頭照是從哪裡找來的。我學余澎杉搜尋照片，想不到非常簡單就在網路找到，他所使用的那兩張大頭照。兩張都是這兩位前首相的**追悼報導**所附的照片，也就是所謂的**遺照**。一張是二〇一三年四月八日，雜誌 *Hello!* 的報導「前首相瑪格麗特・柴契爾夫人過世，享壽八十七歲」當中附的照片（*Hello magazine. Co. View Gallery*）。另一張是二〇一五年三月二十三日，*The Telegraph* 在「新加坡建國總理李光耀先生」過世時，與總理官邸發布的黑框「公告」一起刊登的遺照。也就是說少年余澎杉從網路上所公開的，兩位前首相的許多照片當中，特意選用追悼報導中的**遺照**，貼在「猥褻」圖片上。其中隱含的意義自然不言可喻。

檢方若是將這一連串過程公開，這些資料剛好能成為歸責於辯護方，證明被告行為的「惡質性」的絕佳證據。但不知為何檢方完全沒有提到這個惡用遺照的問題。也許是考量到對於死者法律上不存在妨害名譽問題吧。毀損死者名譽，並不構成誹謗罪的要件（因此，才不得不用不太有說服力的「猥褻罪」名義控告）。律師也指出，關於妨害名譽的部分，「圖片中兩位首相皆已過世」這件事實，「若兩位還在世，或許就能以妨害名譽罪嫌起訴」[8]。這

5　Jolene Hee. *Vulcan Post*. March 23. 2015. Etc.

6　辯論紀錄見In the state courts of the Republic of Singapore. MAC902694 / 902695 / 902696 of 2015, p. 6.

7　Ibid., p. 30.

8　辯論紀錄和辯方最終答辯，見In the state courts of the Republic of Singapore. MAC902694 / 902695 / 902696 of 2015. p. 25, p. 32。

個說法背後，可看出不僅是新加坡法律規範來源的英國，整個西歐各國比起死者的名譽，更重視言論自由的傾向（*ON THE QUESTION OF THE DEFAMATION OF THE DEAD. VENICE OMMISSION 12-13 Dec.2014*）。

重新整理一次，這兩位首相的遺照，與Niemack畫的「老漢推車」圖，是將普通的文本無法顯現並紀錄的異化過程，化作法院判決紀錄這個立基於客觀事實，且可查核溯源的寶貴資料。從柴契爾夫人的發言開始的這個異化過程，要如何與黃錦樹作品討論比較，將留待下文分解。

終章

針對黃錦樹「卡夫卡情境」的評釋補充

卡夫卡〈信〉（一九二二）與德勒茲／伽塔利《卡夫卡》（一九七五）

如同大家所知，黃錦樹在大阪的演講「在馬華文學的隱沒帶」（二〇一二年十月五日），後來以〈兩個微不足道——馬華文學與「我的馬華文學」〉為題，並翻譯為日語（大東和重譯）收入《野草》（九二號〔二〇一三〕）當中。其中第一章是概觀馬華作家在馬來西亞所面對的歷史脈絡，「發明於近代的馬華文學——寫在中國之外」，黃錦樹下了以下的結論：「馬來西亞建國後，馬華文學一直受到馬來民族主義與華人民族主義的雙重擠壓」，結果必須「面對」「卡夫卡情境」。（以下引用為刊載於《野草》時經黃錦樹本人修正，由大東和重翻譯的改稿版。這份改稿版承蒙大東和重先生首肯讓我參考，謹表謝意。若有非繁體字，皆是以修正版原文為準。此外以下標號、換行、〔〕內的補充、粗體字等都是筆者所加）：

①不能用中文（那是不愛國的行為）；不能不用中文（自我化？）。

②不能寫（寫作＝表態、挑釁）〔；〕不能不寫（緘默＝自殺、俯首）

③在此項下又可加上不能寫馬華題材（整體而言那是窠臼；不能寫華人題材——因為無法反映整體國民處境、有種族主義之嫌）〔；〕不能不寫馬華題材（否則就不是馬華文學）[1]。

我寫了一篇文章評釋這篇「馬華文學」論（《野草》九三號），推測「黃錦樹腦海當中應該是以《審判》（一九二五）或者《城堡》（一九二六）為前提討論」，為這個「卡夫卡情境」做注。然而這些卡夫卡的作品雖然不是完全與黃錦樹所說的「卡夫卡情境」無關，但是現在不得不承認關係太遠了。因為我最近才發現還有其他卡夫卡的文本比這些作品更加接近，更直接對應黃錦樹所說的狀況。

讓我發現這件事的原因，是愛知大學舉辦，以「『異中國』的卑微與文學」（二〇一六年十一月五日）為題，邀請「卡夫卡獎」得獎者閻連科的演講。閻連科的演講，特別是題目當中所顯示的互文性在我心頭久久不散，拾起擺在書架上許久的德勒茲／伽塔利《卡夫卡：走向少數文學》[2]，重讀以後大吃一驚。這本書的第三章〈何謂少數文學〉裡，收入出自於卡夫卡寫給馬克斯・布羅德（Max Brod）的信當中的一段[3]：

> 「卡夫卡……將妨礙布拉格的猶太人〔包含自己〕親近書寫（écriture），使他們無法創作文學的那條死胡同定義如下：

---

1 黃錦樹著，大東和重譯，〈兩個微不足道——馬華文學與「我的馬華文學」〉，《野草》九二號（二〇一三），頁六。

2 Gilles Deleuze, Félix Guattari. *Kafka: Pour une littérature mineure* (Paris: Les Editions de Minuit, 1975); 日譯版：ジル・ドゥルーズ、フェリックス・ガタリ著，宇波彰、岩田行一譯，《カフカ―マイナー文学のために》（東京：法政大學出版局，一九七八）。

3 原文為 Gilles Deleuze, Félix Guattari. *Kafka: Pour une littérature mineure* (Paris: Les Editions de Minuit, 1975)。補充翻譯的原文、標號、粗體字、〔〕內的內容都是筆者所加。

①書寫是不可能的〔impossibilité de ne pas écrire〕
②以德語書寫是不可能的〔impossibilité d'écrire en allemand〕
③以其他語言書寫是不可能的〔impossibilité d'écrire autrement〕」

德勒茲／伽塔利如此解釋這三條內容：

①「要說為何書寫是不可能的〔impossibilité de ne pas écrire〕」，那是因為不安定且受壓迫的民族意識，一定會向文學尋求支持。③以德語以外其他語言書寫，對於布拉格的猶太人來說是不可能的理由，是因為他們對於捷克原始的領域感就有種難以克服的距離感所致。②以德語書寫是不可能的意思是，住在捷克的德國居民本身的去領域化。他們是說著「紙上的語言」、也可說是以人工語言之姿，與大眾分離的一種語言，具有支配權的少數民族」。

另一方面，德勒茲／伽塔利引用的卡夫卡寄給馬克斯・布羅德的信（一九二一年六月）的德文原文是這麼寫的[4]：

「他們活在三個不可能性（drei Unmöglichkeiten）之間。
①不書寫的不可能性（die Unmöglichkeit, nicht ze schreiben）、
②以德語書寫的不可能性（die Unmöglichkeit, deutsch zu schreiben）、
③以其他方式書寫的不可能性（die Unmöglichkeit, anders zu schreiben）、

④這裡似乎還可以加上第四個不可能性，那就是書寫的不可能性（die Unmöglichkeit zu schreiben）。……所以這些〔布拉格的德語系猶太文學〕從所有層面來看都是不可能的文學」。

因此，黃錦樹所說的「卡夫卡情境」的三個條件背後，潛藏著這種法語、德語兩種不同的互文性脈絡。與包圍卡夫卡的「原初」捷克文化、捷克語相對應的，在黃錦樹的情況中，應該是馬來文化、馬來語吧。和德語相對應的不言可喻，即是華語。而和卡夫卡的「意第緒語」相對應的，不是標準漢語（北京話），應該是黃錦樹祖籍地的華語方言「閩南語」。卡夫卡的「意第緒語」也是「高地德語」（標準德語）的「方言之一」，「全世界共有四百萬名阿什肯納茲猶太人使用」（根據維基百科記載），這個對照應該能夠成立。

順帶一提，這也是巴赫金所說的對話理論dialogism的一種形式。自我認知與其話語，都是將他者的語言、他者的話語消化至自身內部，和它對話，才能成為明確的自覺。

4 Franz Kafka. *Briefe 1902-1924* [https://www.odaha.com/sites/default/files/Breife1902-1924.pdf]. 日文翻譯引用フランツ・カフカ、マックス・ブロッド著，吉田仙太郎譯，《カフカ全集〈9〉－決定版 手紙 一九〇二－一九二四》（東京：新潮社，一九八一）。「他們」指的是包含卡夫卡的德語系猶太作家。

追記　寫完本文之後又想到下列事項。

黃錦樹本身將德勒茲／伽塔利《卡夫卡》第三章〈何謂少數文學〉的一段文字引為引言的論文，收入在石靜遠和王德威合編的《全球華語語系文學》[5]當中，題目為〈華文少數文學：離散現代的未竟之旅〉（Minor Sinophone Literature: Diasporic Modernity's Incomplete Journey）。黃錦樹的引文是「寫作猶如狗在刨坑或老鼠在挖洞。寫作就是發現自己（少數文學的作者）未發達的地方，自己的方言，自己的第三世界，自己的沙漠」。這不僅是找尋與本文的互文性關係的「卡夫卡情境」有關的一段話，更可以說是面對這種狀況，該如何應對，以比喻來說明其方法的一段話。此外原文收入在黃錦樹的論文集《華文小文學的馬來西亞個案》[6]當中，我還沒能閱讀。

5 Jing Tsu & David Der-wei Wang eds. *Global Chinese Literature: Critical Essays* (Leiden, The Netherlands; Boston: Brill, 2010).

6 黃錦樹，〈華文少數文學——離散現代性的未竟之旅〉，《華文小文學的馬來西亞個案》（台北：麥田出版，二〇一五），頁一〇七－一一九。

餘滴

1. 小黑〈細雨紛紛〉：真正關於失去的故事
——兩種時間．「否定的排比」．「鏡像鑲嵌」

前言

我第一次讀到《台灣熱帶文學》系列第四冊中，小黑的〈細雨紛紛〉時，彷彿陷入一個視野不良的世界裡，感到非常困惑，不得不重讀好幾次。這個系列收入的作品總能帶給我們新奇的故事世界，或許和讀者這一方的條件有關，這點先擱置不管。若只考量作品這一方的條件，究竟讓我們感到困惑的要素，藏在作品的哪個地方呢。我想可以用敘事學的角度找出這個問題的答案。正是賭上這個可能性，我才會想要分析解讀這篇第一次接觸到，且不認識的作者的作品。

當然還有其他動機。我反覆閱讀，漸漸能看清這個故事的全貌時，也深深地被這個故事打動。好一段時間沒有這樣的體驗了。這是我在閱讀同一系列黃錦樹作品集時所不能感受到的體驗。為什麼小黑的作品能感動我，而黃錦樹作品挑起我對知識的好奇心，我卻不曾受到感動呢。一開始的計畫是比較兩位作家的作品來思索這個問題，但是這次不得不先限定在分析小黑的作品上。黃錦樹論只好擇期再論[1]。

1　話語的結構：兩種時間（故事與插曲）

一開始我感覺困惑的原因之一，就是考量到作者是數學系畢業這個事實，這個文本似乎在**現在這個連續的時間流**與順著這個時間流的**敘事**中，無視時間順序，彼此之間好像也沒有關聯似的，隨機配置鑲嵌**過去不連續時間的斷片和插曲**。在敘事的走向和插曲的斷片相互糾纏中，好像能看到一些線索（請參照下表1[2]）。

得到父親失蹤後睽違二十年要回來的一個不確切的消息，母親和兒子為了和父親見面來到「邊陲小城」，在指定的「會館」[3]昂首等待父親的到來。好不容易父親終於出現了，卻只有見面幾十分鐘就道別。父親託人轉交的信件裡寫著，他和母子恐怕再也不會見面了。這是順著現在這個時間流的敘事。第2、3、5、11、12、14、15、16等八章，由連續的時間流接在一起（表1非粗體字的部分）。而過去的不連續時間的斷片、插曲，具體而言就是第4、6、7、8、9、10等六章所描繪的事件或場景，到處切斷現在連續的這個敘事。早上

1　本文使用的文本是《台灣熱帶文學》系列4，黎紫書等著，荒井茂夫、今泉秀人、豊田周子、西村正男譯，《白蟻の夢魔：短編小説集（台湾熱帯文学）》（京都：人文書院，二〇一一）所收入，今泉秀人翻譯的〈小ぬか雨やまず〉（細雨紛紛）。此外關於從敘事學的立場討論移情或者情感（affect）問題的情感理論，我目前才開始著手研究。請參照 *Poetics Today* 32.1, 2 (Spring, Summer 2011) 中最新的特輯〈Narrative and the Emotions〉（1）（2）。關於作者小黑，我手邊沒有這本作品集介紹以外的其他資料。因此這個故事與作者之間傳記性的關聯，本文無法分析。「父親」與「共產黨」的關聯，雖然多次顯示有間接的關係，但是從未由正面直接講白父親是黨員領導。同時作者與「兒子」雖然有部分關聯性（出生年分相同），但包含這一點，傳記性的問題全部都必須待日後再行分析。

父親離家，警察登門搜索翻箱倒櫃，弄得家裡滿目瘡痍等等異常事件（十八歲）。和六一三事件相關，「我」們的家被燒得焦黑只剩灰燼的襲擊事件（十八歲之前）。討伐共產黨游擊隊的軍用卡車經過，孩童歡喜迎接糖果巧克力灑落一地的幼時場景。喃喃談著父親的理想與「我」對父親的思念的一段獨白（大學在學時期）。在和父親相約見面的小城裡想起之前「我」幫客戶帶路時談到，躲藏在山林裡共產黨的活動（接近現在）等等，這些斷片式的插曲（表1的粗體字。〔〕裡是敘事者「我」的年齡。表中用語並非引用文本而是略記）。

另一方面，敘事一開頭、第1章裡，戲院突然爆炸，敘事者同時也是主角的「我」及失蹤的女性友人「雪兒」被捲進這場爆炸事件（大學剛畢業）。之後隔著十二章，在遙遠的第13章才揭曉事件後的慘狀：「我」發現失去頭顱及左腳的雪兒的遺體。這很明顯是過去發生的事件與場景，但是處理這個事件與場景方式的敘述手法與前往和父親相約見面的路上，和等待父親的時間裡回想起，並且提及的上述一連串過去的事件與場景完全不同。**只有**這個爆破事件和慘狀，和其他過去的事件及場景不同，被放在跟父親見面的一連串過程，或是與父親見面的場景的**外圍**。而且這個寫法似乎是故意選擇的結果。譯者也在這兩章當中，把敘事者兼主角「我」的第一人稱，與其他章翻譯成「私 watashi」不同，而是翻譯成「僕 boku」，以示區別（例外後述）。為什麼只有這個爆破事件及慘狀，不順著現在這個連續的時間流，鑲嵌在主要的故事當中，而是放在外圍呢？留待下一節討論。

2 話語層次的出現順序與故事層次的發生順序

這裡比對表1和表2我們可以發現，表1顯示的是各個母題出現在文本的順序，也就是「話語」discourse層次的出現順序。相對而言，表2是將這些母題的內容、案件或事件、場景或想法，推測其「實際」發生在作品裡的故事世界的順序，依序排列後重新構築的「故事」story層次的發生順序。

---

2 本文將文本分為「話語」discourse（表1）與「故事」story（表2），並將還沒有區分成上述兩者的對象稱作「敘述」narrative。「插曲」的日文漢字表記為「插話」容易讓人誤解為敘述。在此以英語圈的〈an event, a situation, or a period of time in somebody's life, novels, etc. that is important or interesting in some way〉（Oxford Advanced Learner's Dictionary）解釋為準。關於「敘事」和「插曲」的差別，哲學家蓋倫・史特勞森（Galen Strawson）在《泰晤士報文學增刊》（*The Times Literary Supplement*, 2004.10.15）以〈A fallacy of our age: Not every life is a narrative〉中，花了三頁篇幅來討論「反敘事性」，讓我們得以明白這兩個概念並非僅是敘事性的程度或者文本的長短問題。而是兩個可能對立的用語、概念。

關於時間，本文為了不讓我們這些讀者在閱讀的過程中所體驗的時間流，將論述弄得過於複雜，所以不列入討論當中。當然這個時間的流動是我們唯一能體驗的時間，但還是不得不割愛。此外，也不特別討論復原後故事層次的時間順序相關問題。如同巴赫汀「時空型」概念所示，時間和空間是不可分割的。然而這個作品裡處理空間，或者找出特定空間的方法，不像時間這麼明確。這個故事世界所設定的地點，首先第1章裡爆炸的戲院在「K鎮」，離主角「現在」居住的「香草鎮」「只有一個小時的車程（小黑，〈小ぬか雨やまず〉〈細雨紛紛〉，收入黎紫書等著，荒井茂夫、今泉秀人、豊田周子、西村正男譯，《白蟻の夢魔》，頁一八四。與〈父親再會的「會館」不在上述兩地，只說在「邊陲小城」「山城」（第2、14章），曖昧不清，無法找出特定地點。從香草鎮經過K鎮到這個「邊陲山城」再回家的這段路，彷彿是與父親再會又別離的旅途。遭到襲擊移居香草鎮之前，住在一個名為蛤河鄉的河岸邊貧困村落。

3 小黑，〈小ぬか雨やまず〉（細雨紛紛），收入黎紫書等著，荒井茂夫、今泉秀人、豊田周子、西村正男譯，《白蟻の夢魔》，頁一六八。

表1 話語層次母題出現順序
1. **戲院爆炸、戲院裡的女性友人失蹤**
2. 先到小城度過一晚。在「會館」裡等待父親的母子。回想**父親不在的「二十年」**。
3. 繼續回想父親**「二十年」的不在。在獎學金面試時回答父親已逝。**
4. **母子因是否繼續等待父親而起爭執。**
5. **聽到父親還活著的母親歡欣不已。母親積極準備與父親再會。**
6. 一九六九**年某個早上，父親失蹤。「我」家遭到警察搜索。**
7. **父親與馬來人的關係友好。督瑪末通報襲擊即將發生，催促他們趕緊逃走。**
8. 三**個月後父子回到被燒毀的自家，父親向督瑪末說一切都是「制度有問題」。**
9. **年幼時歡欣鼓舞迎接軍隊的卡車，撿拾士兵扔擲的巧克力、糖果。父親說他們是去K鎮殺人。**
10. **在大學的三年。「我」對「父親的理想」與旁人反應的想法。**
11. 把母親留在「會館」自己上小城溜達。**「我」**回想起**向海外客戶帶路時曾提及共產黨。**
12. 與父親實際見面的場景。親子間的對話。兒子質問父親與**戲院爆炸**的關聯。母親請父親離開。
13. **爆炸後的情況、發現女性友人的遺體。到K鎮的前因後果。**

14.	父親離開後，母子離開旅店再到「會館」，收下父親的信。
15.	父親的信（**潛伏於山中進行「武裝鬥爭」，結束武裝繼續思想鬥爭。戲院爆炸是出自於自己的策畫。與女同志的結合並另有一子**，所以無法回來）。
16.	回家路上，母親拒絕回頭找父親。失去丈夫、父親的母子潸然淚下。

表 2　故事層次的事件、場景的發生順序

9.	**年幼時歡欣鼓舞迎接軍隊的卡車，撿拾士兵扔擲的巧克力、糖果。父親說他們是去K鎮殺人。**
7.	**父親與馬來人的關係友好。督瑪末通報襲擊即將發生，催促他們趕緊逃走。**
8.	**三個月後父子回到被燒毀的自家，父親向督瑪末說一切都是「制度有問題」。**
6.	**一九六九年某個早上，父親失蹤。「我」家遭到警察搜索。**
3.	**在獎學金面試時回答父親已逝。**
10.	**在大學的三年。「我」對「父親的理想」與旁人反應的想法。**
13.	**到K鎮的前因後果。**
1.	**戲院爆炸、戲院裡的女性友人失蹤**

13.	**爆炸後的情況、發現女性友人的遺體**。
4.	**母子因是否繼續等待父親而起爭執**。
5.	**聽到父親還活著的母親歡欣不已。母親積極準備與父親再會**。
2.	先到小城度過一晚。在「會館」裡等待父親的母子。回想**父親不在的「二十年」**。
3.	繼續回想父親**「二十年」的不在**。
11.	把母親留在「會館」自己上小城溜達。**「我」**回想起**向海外客戶帶路時曾提及共產黨**。
12.	與父親實際見面的場景。親子間的對話。兒子質問父親與**戲院爆炸**的關聯。母親請父親離開。
14.	父親離開後，母子離開旅店再到「會館」，收下父親的信。
15.	父親的信（**潛伏於山中進行「武裝鬥爭」**，**結束武裝繼續思想鬥爭。戲院爆炸是出自於自己的策畫。與女同志的結合並另有一子**，所以無法回來）。
16.	回家路上，母親拒絕回頭找父親。失去丈夫、父親的母子潸然淚下。

（數字是各章號碼。非粗體字為現在事件，粗體字為過去事件。若各章內過去／現在難以判別時，以優勢方為準。）

3 兩個「事件」[4]與「否定的排比」

有個地方只看話語層次的表1的話會看不清楚，但是重新整理成故事層次的表2之後便一目瞭然。那就是前半部以粗體字標示，過去發生的所有案件或事件、場景或想法，其實可

4 這裡所指的「事件」和新聞報導當中所使用的意義相近，但是精確來說是經過尤里．洛特曼（Juri Lotman.1970）以結構主義定義後，如今也成為認知科學用語廣為援引並重新確立的概念。
實際解釋故事時，目前我們認為「被證明最具生產性的故事大綱模式」（Peter Hühn. “Event and Eventfulness,” in *Handbook of Narratology.* Peter Hühn et. al., eds. [Berlin / Boston: De Gruyter, Inc., 2009]）的這個想法，就是來自於洛特曼的「事件．故事大綱」論（一九七〇）。根據洛特曼的說法，首先，故事大綱論的前提是，「沒有秩序的文本」其實是「賦予文本世界的內部組織一定的秩序」，即具有立定、整理秩序功能的文本。我們在神話／藝術文本當中可以看到「在文本內部將文本的各項要素組織起來的時候，其根本原則裡藏有語義學上二元對立的原理。世界可以大致二分為富翁／貧民、我們／他者、正教徒／異教徒、文明開化者／未開化者等」。並且「在文本內部，這些〔互相對立的〕世界，幾乎總是被化作某種空間」，被定型成「城市／村莊、文明的西歐／無人島、波希米亞的森林／代代相傳的城堡等意象」。「互相對立的世界之間，抽象分類上的界線也被化為空間。例如希臘神話中分隔生人／死者的遺忘河Lethe」，民間故事中的「森林」「海洋」等也都可以找到類似的例子。如上所述，沒有秩序的文本將空間分門別類，制定「界線」，「確立其不動性」，「賦予文本世界內部組織一定的秩序」。
有秩序的文本則是「基於沒有秩序的文本，而且是藉由否定沒有秩序的文本的過程，被建構出來的」。也就是利用跨越沒有秩序的結構，侵犯不可跨越的界線的這個跨界行動來建構。這些跨界者就是「可動的角色」＝主角。而且他們跨越不可跨越的界線的這個「侵犯行為」，在文本世界中被視為一個「事件」。也就是說故意侵犯沒有秩序的結構＝分類體系所禁止跨越的界線，賦予特定角色「可動」性，引發「事件」，來啟動故事。小黑的故事裡，父親的失蹤、戲院爆破、父親違反「信義」等等，都是這裡所說的「事件」（此外與此狹義的「事件」定義不同，注2當中有著event這種廣義的「事件」概念，由於篇幅關係在此不加贅述）。

以分成兩組。一組全部都以某種形式和父親相關，而且半數和失蹤事件特別有關聯（第9，7，8／6，3，10章）。另一組則是和爆炸案件與慘狀場景有關（第1，13章）。第二組在這個階段並沒有顯示出與父親的關聯。之前指出這個事件、場景被放在故事的外圍，在分組之後得到印證，並明顯可知它們之間互為證明。

「相信」的對立（否定的排比）

在第一組當中，父親失蹤後（第6，3，10章）最大的問題，就是父親是否還活著。這個問題使得母子兩人發生對立。

兒子「我」「早已**認定**，父親已不在人間」[5]。覺得「二十年下落不明，我們如何肯定父親必然是藏在那座幽密的山林？那只是母親二十年來一**廂情願**的想法」[6]。十八歲那年應徵政府獎學金時，「我」對面試的官員說「我的父親？他在年初早已去世」，不只是停留在自己的「相信」當中，還在社會場域裡符號性地「事實化」父親的「死」[7]。然而「母親始終不**相信**，父親會這樣無聲無息地撒手人間」[8]。母親說「沒有正面的消息，我就要繼續等下去」，因此「二十年來」「堅決不為父親設立靈位」。而且在敘事者「我」提及母子倆「偶然也會釀成莫須有的摩擦」。對照式的在第3、4章連續描述母子的反應後，馬上在第5章描繪「衝突」的一個場景。不只如此，自己「生活的空間漸漸為都市占據」、「城市化」；相對的「母親的生命，一向以山林與田野為中心」，生活在「樹林之間」。敘事者點出兩人的

「生活空間」出現差異，成為「相信」與否的原因之一，試圖解釋兩人的對立。

在此先點出這個「相信」的形態上的對立包含了生死的對立，也是「相信」的世界之間的對立。所謂「相信」的世界指的是，在故事世界內部的「現實世界」也有明確的區分，而且是一種假設的「可能世界」[9]：我們可以把雙方「相信的世界」之間的對立公式化[10]。但是在此我們不探討到那麼深，僅將作品裡角色心中所形成的這個對立化約為以下公式：

「在兒子『相信』的世界中〈父親已過世／並沒有存活著〉」

Vs

「在母親『相信』的世界裡〈丈夫並未死亡／還活著〉」

5 小黑，〈小ぬか雨やまず〉（細雨紛紛），收入黎紫書等著，荒井茂夫、今泉秀人、豊田周子、西村正男譯，《白蟻の夢魔》，頁一七二。粗體字為筆者所加，以下同。

6 同前注，頁一六八。

7 同前注，頁一六九。

8 同前注，頁一七〇。

9 Marie-Laure Ryan. "Possible Worlds," in *The Living Handbook of Narratology*. Peter Hühn et. al., eds. (Hamburg: Hamburg University Press, 2012).

10 這裡是引用自格雷馬斯和庫爾泰，A. J. Greimas & J. Courtés eds. *Sémiotique: dictionnaire raisomé de la théorie du langage* (Paris: Classiques Hachette, 1979) 的「認知樣態（modalités épistémique）論」。

在這裡我想強調一件事實，就是「相信」世界中的這個對立是由「散文的排比」所構成的[11]。詩學當中排比的典型「否定的排比」negative parallelism 指的是「肯定原本的稱呼，否定隱喻。捷克詩人舒拉梅克的詩中就有一位少女說『我不是一棵樹，我是女人』」。但是被置換過後的「否定的排比」反而「肯定隱喻，否定原本的稱呼：『我不是女人，我是一棵樹』」[12]。詩學的排比當中像這樣的「原本的稱呼」和「隱喻」之間的對立是不可或缺的[13]，但是什克洛夫斯基（Viktor Shklovsky）在討論散文的排比時，完全無視這個對立。在什克洛夫斯基討論托爾斯泰的排比論[14]當中，他指出托爾斯泰的早期作品〈三死者〉當中「地主太太的死／馬車夫的死／樹的死」之間的對立，及成熟期作品《安娜．卡列尼娜》當中「安娜與佛倫斯基、列文和吉蒂這兩組人物的對立」時，認為這些作品當中人物之間的對立就是一種排比的展現。也就是說什克洛夫斯基的論述當中早就完全不包含直述和隱喻的對立了。

而雅各布森所提倡的「否定的排比」裡，雖然也排除了直述和隱喻的對立，但是保持否定與肯定的對立，如果依照什克洛夫斯基的說法，適合套用在屬於散文文類的小說當中，特別是作品當中人物間的對立的話，放在小黑作品裡，先前所示包含著生與死的對立的，兒子和母親之間「相信」形式的對立，也可以用這個散文否定的排比來解釋。而且這個排比在與父親重逢場景中的對話（否定）和父親信件中的文面（肯定）的對立形式上，再次鮮明呈現（題外話，Krystyna Pomorska〔一九九二〕重新將雅各布森和什克洛夫斯基的排比論作為前提，以現代觀點再次論述散文排比論）。

視角的對立／「證言」內的對立（否定的排比）

對母子兩人來說最關心的事情就是父親的生死問題，但是這個問題在和父親實際見面以後就煙消雲散了。但是其他問題，比方說戲院爆破事件和雪兒慘死等等，**就算**和父親見到面也不會解決消失。

「K鎮」是一個發生「饑民搶麵包車事件」，還有「槍殺案件頻仍」連「警長也給做掉了」的，「有共產黨」的小鎮。「我」的這些警告反而讓雪兒「興奮地張開眼睛」說「那正是我的目的！」，進而選擇K鎮這個「意外收穫」當作大學畢業旅行的「最後一站」，走進「絕對沒有想到」的「小戲院」[15]。一開始雪兒想要出去買零食，因為戲要上映了所以「我」代替她出去買[16]。K鎮、小戲院、外出的人與留下的人。隨著三次命運的選擇以後範圍逐漸

---

11 Krystyna Pomorska. *Jakobsonian Poetics and Slavic Narrative: From Pushkin to Solzhenitsyn* (Durham: Duke University Press, 1992).

12 ローマン・ヤコブソン（Roman Jakobson）著，北岡誠司譯，〈芸術に於けるリアリズムについて〉，收入水野忠夫編，《ロシア・フォルマリズム文学論集I》（東京：せりか書房，一九七一），頁一九七–二一三。

13 ローマン・ヤコブソン（Roman Jakobson）著，北岡誠司譯，〈最も新しいロシアの詩——素描一〉，收入水野忠夫編，《ロシア・フォルマリズム文学論集1》，頁七–一九一。

14 В Шкловский. *Ход коня: Сборник статей* (Москва-Берлин: Геликон, 1923); Viktor Shklovsky. *Knight's Move*. R. Sheldon trans. (Normal, Illinois: Dalkey Archive Press, 2005).

15 小黑，〈小ぬか雨やまず〉（細雨紛紛），收入黎紫書等著，荒井茂夫、今泉秀人、豊田周子、西村正男譯，《白蟻の夢魔》，頁一八三–一八四。

縮小，結果「我」免於被炸成碎片的命運，而雪兒被發現時遺體失去左腳與頭顱（第1、13章）。

這是由敘事者「我」的視角看見的「旋宮戲院」爆炸事件和雪兒慘死的過程。雖然發生了三次選擇，但是這個爆炸事件對於兩位年輕人來說，只是一場預期之外的，不幸偶然遭遇的災難（以下順序經過筆者調整）。

闊別二十年再會的父親，第一句話就是確認自己的兒子「承恩？」「嗓子低沉」「眼睛裡精光逼射」「有一股懾人的氣勢」。簡短交談後父親的「感慨」引起兒子「莫名的感傷與憤懣」，壓不住「火氣」不禁「魯莽地回答」「二十年是多長的日子，你知道嗎！**我們**也受過不少苦頭！」（粗體字為筆者所加）。這裡的「我們」以及「不少苦頭」當中，不僅包含著母親所受的苦，也包含著「我」所受到的，以及遭逢雪兒慘死所嘗到的「苦頭」吧（後面會提到證據）。母親企圖撫慰兒子的怒火，但是這把火恐怕不會消失，而是繼續深藏於他的心中。聊到父親在山裡的活動時，父親對母子說「森林很安全。我們相親相愛，像一個和諧的大家庭」，把在山裡的生活描述得像牧歌似的。然而兒子出乎意料地逆轉話題，審問父親「你殺過人嗎？」對這個尖銳的問題父親並不直接回答，而是「凝視我好一陣子，突然咧開嘴無聲地笑」。父親用「大人」的方式反問「這個問題可以不要回答嗎？」可是兒子彷彿無視於父親的反應繼續拋擲自己的疑問，突然收緊問題「在K鎮？」「沒有。」「在K鎮的旋宮戲院？」「沒有。」「K鎮離這裡不遠，**是你們的勢力範圍內**。」步步進逼（粗體字為筆者所加。這裡是上述「我們受的苦頭」相關部分解釋）。這次父親保持沉默，不承認也不否認。然而兒子仍然持續逼問「那一次炸死了十幾個無辜的人。」（當然也包含了雪兒）。「沒有，」父親突然站起來，開始全面否認：「我們這一線從來不幹懦夫的行動！」母親似乎察覺到兒子沒有要放過父親，於是「輕叱」「承恩！」，暗暗催促父親離開。看到兒子的反應，父親從頭到尾不改「沉默」「堅定」，往「盡是泥漿的吉普車」走去，乘車離開。這樣的結局很難說是理想中睽違二十年的親子重逢，這場再會就這樣草草結束。而且這是一場決定性的別離。

父子直接見面的時候，就像現在描述的一樣，父親面對兒子嚴厲的詰問，完全否定「我們這一線」和爆破事件的關聯。然而在署名「夏炎」，寫給「細妹吾妻」的信中（第15章），卻轉而完全承認自己與爆破事件的關係，並且詳細解釋事由始末。彷彿完全不在意，這些內容和自己口中說過，那些否認的話語之間有多矛盾。叫著兒子二十年前的小名，一方面責備他「恩兒今日嚴詞詰問，實屬無禮之至」，一方面又說「然則吾亦能諒解他之心情」接納兒子的怒火，直接切入正題：

「實不相瞞，有關之突擊行動，乃吾之一手策畫。我們當時之目標只有一個，即消除

16 同前注，頁一六七。

> 三名正在戲院看戲之走狗」。只是不巧有人「打擾」。「恩兒偏偏在那個時刻出現，著實令我大吃一驚。我們好不容易始逮著機會，差一點即為恩兒所破壞。幸虧恩兒後來離開戲院，吾始能夠引爆炸藥，完成任務，炸死那幾個害群之馬，替許多為理想而獻身的兄弟復仇。」

結構技巧上，先展現口頭的完全否認，再用書面表示全面肯定，這是非常明顯適用散文的否定排比的例子。不論是對立還是對照，這個例子都比先前所提到的案例都更加鮮明強烈。

從這封信看來，父親從兒子走進戲院的時候就已經發現這位不速之客了。因此父親肯定也清楚兒子帶了一位同伴。也很清楚明白這位同伴並沒有跟著兒子一起「離開戲院」，還留在戲院裡。只是這件事情並沒有成為達成任務的阻礙。父親所說「吾亦能諒解他之心情」這句話，如果和父親也清楚兒子的同伴被捲進事件中慘死這個事實放在一起看，就可以完全理解父親話語中的含義。

兒子「我」也非常清楚K鎮這個「有共產黨」的小鎮確實在共產黨的「勢力範圍內」（請參照他對雪兒的說明）。也許他也曾經偷偷懷疑過爆破事件和父親那「一線」的關聯。然而他無從確認，卻又沒辦法拋棄這個痛苦沉重的疑問，處在一個曖昧不明的心理狀態當中。另一方面，從實行方父親這一邊來看，他從頭到尾都非常清楚。父親是在做好「犧牲」兒子同伴的心理準備下，蓄意且有計畫地執行謀殺那些「走狗」，其實就是一場恐怖攻擊。

所以，父親的信揭明爆破事件的真相，不管是對作品中的人物也好，還是對我們這些讀者來說也好，在第1章開頭僅止於展現場景的爆破事件，可以說是包含其背後的陰謀與過程，事件整體的樣貌首度具決定性而且徹底地揭露在我們面前。包含從敘事者兒子的立場來看，也沒有任何事是還需要進一步釐清的事實。

4 認知的故事與「嵌入鏡像」

這麼說來，這個故事也可以從「認知的故事」這個觀點來說明。

這裡提到認知的故事時，要請各位聯想的例子是芥川龍之介的〈奉教人之死〉。有一位信眾少女親近教會的一位美「少年」奉教人。少女懷孕了，和父母坦白「肚子裡孩子的爹」是「少年」。「少年」因此被「破門」，逐出教會成為了「乞丐」。長崎發生大火災時，少女急忙逃出失火的家，來不及把「幼子」一起帶走。四周沒有人有勇氣，只有「少年」一個人衝進烈焰熊熊的房子裡，把「幼子」救出來，卻犧牲了自己的生命。在「少年」「焦黑破爛的衣服之間，露出了一對潔白如玉的乳房」。奉教人的清白總算得到證明。一場火災帶來的發現、突如其來的認知使得大家認為的「罪人」而被驅逐的「少年」，立刻轉變成為人們心中的「殉教」者。火災、乳房是一種轉換裝置，把認定奉教人為「少年」的群眾的**無知**，轉換成為其實他是少女的真相、真**知**。芥川早已在〈蜜柑〉就示範過一個小小的認知如何能夠成為故事的轉換點，將整個故事變得複雜。與〈手帕〉或〈南京的基督〉相呼應，是一個系譜，一個認知的故事系譜中的作品之一。

〈細雨紛紛〉當中，發揮乳房、火災這個轉換裝置作用的正是父親的信。我們再次複習，雪兒的慘死對於「我」來說，看起來**僅僅只是**一個偶然被捲入的災難而已。內心偷偷懷疑，這是一場在K鎮跟共產黨有關的事件，父親也許有些關聯（請參照對父親的詰問）。但是他得不到更多證據，內心只能被這個疑問啃咬。父親的信證實了這個疑問，是父親參與的「一線」所策畫的恐怖攻擊，雪兒的慘死正是無辜遭到波及，毫無疑念。因此就算這個**疑問**不是無知，父親的信也發揮了把**疑問**轉變成確切的**知**，這個轉換裝置的作用。這就是為什麼可以把這個故事視為認知的故事的理由。

父親的信還有其他作用。這封信也是被引用嵌入進整體巨觀的文本（Marco text）中的微觀文本（micro text）。如果不拘泥於文類的話，也可以說是嵌入整體這個巨觀的敘述當中的迷你敘述。不過在芥川的火災場景裡，並沒有引用也沒有鑲嵌。因此父親的信不僅和芥川作品中的火災一樣具有轉換裝置的功能，同時對讀者來說也是一個「嵌入鏡像」[17]。

根據麥克哈爾（McHale）的說法，「哈姆雷特把映照出叔父犯罪的鏡子放在舞台上時，愛倫坡《亞瑟家的沒落》中羅德里克·亞瑟的朋友彷彿重現羅德里克的遭遇似的大聲將小說朗讀出來時，紀德的《偽幣製造者》中愛德華思索如何創作一篇叫做《偽幣製造者》的小說時，也就是說虛構的故事、電影、劇場的作品中嵌入某種自我的時候，我們所碰上的就是所謂嵌入鏡像這種技巧」[18]。

大家應該都很熟悉，不過這裡我只選出《哈姆雷特》（小田島雄志譯）來複習。哈姆雷特收到朋友赫瑞修的通知，晚上來到城牆邊的道路，眼前出現去世國王的鬼魂，告訴他們自己「沉浸於午睡的夢境時」，「你叔父拿著裝有毒藥的瓶子偷偷靠近，倒進我的耳朵裡」。「所以我在睡午覺的時候，被自己的親弟弟，一口氣奪走了皇冠和皇后！」[19]，請哈姆雷特為自己復仇。哈姆雷特為了確認鬼魂所說內容的可信度（去世的國王竟然在睡夢中清楚看見毒殺者的所作所為！而且死後還確切認知自己的王位被篡奪、皇后背叛自己！），哈姆雷特請一批演員在國王和皇后的面前上演一場戲，名為《貢扎古之死》。首先是默劇：「國王和皇后感情親密地登場」，沒多久「皇后看到國王躺在地上睡熟了，便離開現場。馬上有一位男子出現，拿走國王的王冠，親吻王冠，而且往國王的耳朵裡倒入毒藥後離開。皇后回到國王身邊，發現國王去世了，做出悲傷不止的動作」。「毒殺者帶著禮物向皇后求婚。皇后一開始拒絕，沒多久便接受他的愛意。退場」[20]接下來的戲劇開始有台詞，再次表演「把毒藥倒進熟睡的國王耳裡」的場景，哈姆雷特馬上介入劇情展開，向觀眾解說：「在花園午睡的國

17 Brain McHale. "Cognition En Abyme: Models, Manuals, Maps," Partial Answers. *Journal of Literature and the History of Ideals* 4.2 (June 2006).

18 Ibid., p. 175.

19 莎士比亞（一六〇三？）著，小田島雄志譯，《哈姆雷特》（東京：白水社，一九八五），頁五六。

20 莎士比亞著，小田島雄志譯，《哈姆雷特》，頁一二三，省略部分。

王是被毒殺的。為的就是要篡奪他的王位。」「我們現在才知道，那個殺手接下來要做的，就是奪走貢扎古〔國王〕的皇后！」毒殺上一任國王，奪走皇后的現任國王在觀眾席裡慌忙離開，戲也到此中斷。哈姆雷特和赫瑞修也彼此確認事實：「赫瑞修，這麼說來鬼魂所說的可是千真萬確。你也發現了吧？」「是的，沒錯」「在我說出毒殺的時候他就離開了吧？」「是的，我用雙眼確確實實看見了」[21]。

和父親的信一樣，這裡也是由《貢扎古之死》這齣戲作為轉換裝置，將原本由鬼魂告知，難以信賴且可信度值得懷疑的國王之死、王位篡奪等資訊——無法確定的認知，因為「毒殺者」自己不由自主地起身離席「現在發生在眼前」的一個，無從否認的反應，變成一個確確實實的認知。和芥川的火災、乳房的情況不同，這個劇中劇是事先為了發現、確認而設置的認知裝置。正如預料，裝置完美發揮作用。而且這個認知裝置不僅證實了哈姆雷特、赫瑞修等劇中人物的認知，同時也賦予我們這些讀者・觀眾對於《哈姆雷特》這個作品整體「相當程度本質上顯著的一面」[22]的確切資訊，而且明確地指示出如何理解這些資訊的方法，不致誤解。用這個「嵌入鏡像」。

回到麥克哈爾的論述，「必須滿足兩個條件才能稱謂嵌入鏡像」。

首先，被嵌入的部分，和嵌入的整體之間，或者與整體相當程度本質上顯著的一面之間，必須要有非常明顯的類似性。根據這個定義，嵌入鏡像必須是由可被接受為「故事內容整體」的抽換所構成。也就是說必須是虛構世界、敘事行為、文本其中一個的整體，用可被接受的方法縮小成為的一個模型。

第二，必須要滿足「衍生性」的這個條件，才能稱為「嵌入鏡像」。也就是說被嵌入的部分必須在故事固有世界的「下一個」層次，或是被插入固有世界的內部才行。換句話說，就是必須建構一個本體論上從屬於固有世界的衍生世界，或是建構一個所屬於固有世界的衍生世界。

從這個基準來看，《偽幣製造者》裡以〈偽幣製造者的日記〉的形式「在自己內部包含自身，所以可說是標準的例子」。然而如同麥克哈爾一開始舉的例子，嵌入鏡像並不僅限於嵌入「自己」，像是嵌入其他作品的愛倫坡或是莎士比亞，也都是非常典型的例子。

如上所述，父親的信也和芥川作品不同，被引用鑲嵌進故事文本整體之中。在這層意義上，也完美符合麥克哈爾所說的「第二個」「條件」。

而且小黑的這個故事當中最大的問題，也就是父親的生死下落，也因為父親的出現煙消雲散了。與其相反，失去雪兒的戲院爆破事件之「謎」，並沒有因為父親的出現消失，而是繼續存在。

---

21 莎士比亞（一六〇三？）著，小田島雄志譯，《哈姆雷特》，頁一三四。

22 Brain McHale. "Cognition En Abyme: Models, Manuals, Maps," Partial Answers. *Journal of Literature and the History of Ideals* 4.2 (June 2006).

好像要避開去世國王在睡夢中看到自己被毒殺的過程這個破綻一樣，〈細雨紛紛〉中兒子的敘述，是將引發爆破事件的原因視為一個無從得知的「謎題」，是認知和敘事中欠缺的一塊，保留這份未知。為了要避開去世國王得知自己死後權力的轉移以及皇后的變節這個不合理的現象，〈細雨紛紛〉把事件的犧牲者與事件後認知到事態的人分離，化為兩個人物（雪兒／「我」）。相較之下，父親的信中提到的迷你敘述，彷彿哈姆雷特的叔父．現任國王自動自白自己是如何殺了去世國王似的，毫不保留地揭發所有謎底，將爆破事件的起因，以及兒子的故事中殘留的「謎題」全數解開。而且由父親自己一個人揭開全部真相也毫無不合理之處。因此將事件的原因視為「謎題」的兒子的巨觀故事，和揭開真相的父親的迷你敘述之間的關係，與鬼魂的告知和舞台上的默劇之間的關係，它們的類似性並不明確也不完美。即便如此，雖然從巨觀故事當中，被害者所述內容有著決定性的缺漏，但由加害者毫無保留所述的迷你敘述中，談及同一個情況、同一個事件，使其清楚明白，毫無可疑之處。兩邊的故事都共同具有「相當程度本質上顯著的一面」。光就這一點，父親的信就和丹麥城中上演的劇中劇一樣，毫無疑問地完全滿足嵌入鏡像的「第一」條件。

同時「父親的理想」，包含「制度都有問題」這一點，兒子也在整體敘事．記述中再三提及，這件事對兒子自己來說非常重要，他也寫下許多關於這件事的想法。在整體巨觀的敘述當中，也是和上述「本質上顯著的一面」有關聯的一部分。這部分在父親的信當中，可說是透過父親之口重新說了一次。「我們答應的只是」放棄企畫像爆破事件那樣的「武裝鬥爭，銷毀武器」，「並未答應解除思想的關鍵」。所謂「一個人的理想，乃是一輩子的事業，怎麼可能因為一紙契約而放棄呢」。

而主角「我」幼時，看見卡車載著往K鎮去「殺人」的馬來士兵而雀躍歡騰，有時士兵們「隨手一擲，糖果、巧克力就灑了滿地。大家你爭我搶，格外開心」。為什麼會突然插入這個遙遠的回憶呢（第9章）？而在和父親重逢之前（第11章），向客戶介紹這個市鎮時，說道「這個市鎮，據說除了遊客，其餘都是共產黨。」這個極為接近現在的場景，為何要在和父親重逢之前回憶起來並插入敘述呢？父親的信把這些看似鬆散的場景全部拉進來聚在一起，暗示其中的一個理由。或許在戲院爆破事件裡完成「復仇」的「兄弟」，有些是「我們這一線」的「同志」，在遙遠的過去裡，被「走狗」密告而為那些「士兵」殺害也不一定。

父親的信像這樣在**故事內容**方面與「本質上顯著的一面」有關，所以充分滿足嵌入鏡像的第一條件。

在那之外，這封信件的**寫法**也具有和整體巨觀故事一樣的特徵，就是混合現在與過去，時間的混成。如同一開始我們看過的一樣，這個時間的混成正是這個故事整體結構上主要的辨別特徵。也就是說這封信的寫法，以嵌入的迷你鏡像來說，「以〔整體〕文本的**形式**為模範，也因而賦予文本本身〔的結構方式〕的認知」[23]。換句話說，父親的信也是言說形式的嵌入鏡像。

回到故事內容，還有一點不能忘記的是，信件內容後半我們還沒看到的部分。這一小節和兒子也有相關，不過更直接與母親，不，是妻子有關聯的，另一個「本質上顯著的一面」。父親在信件後半說「吾經於十五年前與山中一位女同志結合。我們的大兒子已十三歲，會扛槍作戰了。請你原諒吾沒有信義吧。」就算「政府全面放寬條件讓我們回去，吾亦不會離開壯麗的森林與原野」，也就是說父親寫道，他已經不會再回到母子倆的身邊了。信件的最後父親寫給兒子「恩兒你要好好服侍你母親。她是一個勇敢堅強的女人」作結。

承認自己「沒有信義」這件事，在故事當中算是第三個事件。在收到父親的信之前，這是敘事者兒子理所當然不會提到的，過去的事實，而且也包含母子倆未來要怎麼渡過的事件。

散文化的「否定的排比」裡，一開始和大家一起看過的例子，在這裡出現了。兒子在二十年前父親失蹤的時候，就不停告訴自己父親已經死了，也在社會上公開表明，就此面對自己往後的人生。母親則是完全相反，沒有一天放棄相信丈夫還活著的這件事。和父親闊別二十年重逢時，暴露出兒子過早斷定，而母親的堅強信念化為喜悅，在那一刻也可以說是得到回報。可是現在這樣的關係遭到無情的逆轉。父親已經再也不會回到母子倆的身邊了。兒子及早斷定，恰巧與事情真相雷同，近二十年來懷抱著信念的母親，在得到回報之後馬上就被瓦解。這是違反「信義」所帶來，不折不扣的一個事件（請參照注3）。

最後的場景我必須引用全文。兩個人一起讀完父親的信以後，最後的第16章：

「還要轉回去嗎？」

我握緊母親瘦骨嶙峋的手掌。我們母子兩個人的掌心一樣寒冷。

母親虛弱地搖搖頭，我的眼淚禁不住也掉了下來。我想，母親知道，我是為她掉的眼淚。她把手掌自我掌心抽出來，在我胳臂拍拍，安慰我：「我一會兒就會過去的，繼續開車吧。」

說完，她的眼淚卻又潸然而下。

「你真的沒事嗎？」我疼亦惜地說。

母親點點頭[24]。

在此先前兩人對於父親的態度，表現為「相信」形式的對立這個否定的排比，早已失去基礎。兒子握緊母親跟自己一樣寒冷的手，為了母親掉眼淚，母親也知道，不得不說出向丈夫訣別的話語，然後淚眼盈眶。兩人共享失去丈夫．父親的悲傷，這對母子化為一體，已經容不下任何形式的排比關係。這是確認父親尚存的同時，向兩人襲來的一個意料之外的喪

23 Brain McHale. "Cognition En Abyme: Models, Manuals, Maps," Partial Answers. *Journal of Literature and the History of Ideals* 4.2 (June 2006).〔〕與粗體字為筆者所加。

24 小黑，〈小ぬか雨やまず〉（細雨紛紛），收入黎紫書等著，荒井茂夫、今泉秀人、豊田周子、西村正男譯，《白蟻の夢魔》，頁一八七－一八八。

失。

回到結構技巧，讀完信件後接著這個流淚的場景，我們可以說其實已經在父親信件的字面上事先暗示了。就在父親寫下字句懇求妻子原諒自己「沒有信義」，請求兒子「好好服侍」母親的時候。在這層意義上父親的信不僅是上述回顧過去事件或場景的迷你鏡像，也大方預言兒子的敘事當中沒能說到的，妻子喪失丈夫的未來。在「回顧、預言的嵌入鏡像」的意義上[25]。因此父親的信可以說是這個敘述整體不折不扣的「自我嵌入」（麥克哈爾）。巨觀的敘述由此而起，也結束於此。

結語

最後我想提到，標題〈細雨紛紛〉和最後場景的關係。兒子開車，「抬頭望見青山依舊，昔日的旋宮戲院已經不復存在」，用轉喻的手法暗示失去雪兒的心情。同時自問那座「青山」「究竟是父親還是母親」，令他想起與自身實存切身相關的所有對象，但他「一時也模糊了」，找不到答案，就此故事結束。

之前（第2章）敘事者同樣提及父親和母親的脈絡當中，寫下「山是崇高的。／森林是神祕的。」這樣的對句，可說是極為唐突地插入故事裡[26]。他最後的疑問跟這兩句有關聯嗎？沒有任何證據卻「堅信」父親還活著二十年不變的母親，她的「神祕性」現已瓦解，要將母親改喻為「崇高」的「山」嗎？還是說父親和母親都失去「崇高」與「神祕」，與失去雪兒這兩件事，才是本作試圖暗示的，「我」真正的喪失？

回到標題，從一開始的敘述就「綿綿地下著」的「春雨」，（從《源氏物語》、《新古今和歌集》到近代詩魏爾倫的「淚流在我心裡／雨在城上淅瀝」，相關的典故可說是不勝枚舉）作者明白這不過是陳詞濫調，但如果要與最後的場景特別扯上關係，也可以說是一種自然的投射在「潸然而下」的「眼淚」上吧。「細雨紛紛」是失去了父親的「崇高」母親的「神祕」，連雪兒都通通失去的兒子，以及沒有任何能歸咎於自身的原因就失去丈夫的妻子的，無可療癒的悲傷的，寂靜的比喻吧。我心中不禁這麼想。

【附記】寫這篇論文時，承蒙譯者今泉秀人先生惠贈張錦忠、黃錦樹、莊華興編《回到馬來亞：華馬小說七十年》[27]所收原文小黑〈細雨紛紛〉（簡體字版）和繁體字版，幫上大忙，謹此致上謝意。此外關於最終定稿，亦蒙匿名審稿委員的珍貴指正與建議，極有幫助，感激不盡。若拙稿多少有更為明晰，定是這些寶貴意見所賜，在此謹表謝意，謝謝各位。

---

25 Lucien Dällenbach. *Le récit spéculaire: essai sur la mise en abyme* (Paris: Éditions du Seuil, 1977).

26 小黑，〈小ぬか雨やまず〉（細雨紛紛），收入黎紫書等著，荒井茂夫、今泉秀人、豊田周子、西村正男譯，《白蟻の夢魔》，頁一六八。

27 張錦忠、黃錦樹、莊華興編，《回到馬來亞：華馬小說七十年》（雪蘭莪：大將出版社，二〇〇八）。

參考文獻

Dällenbach, Lucien. *Le récit spéculaire: essai sur la mise en abyme* (Paris: Éditions du Seuil, 1977).

Greimas, A. J. & J. Courtés eds. *Sémiotique: dictionnaire raisonné de la théorie du langage* (Paris: Classiques Hachette, 1979).

Hühn, Peter. "Event and Eventfulness," in *Handbook of Narratology*. Peter Hühn et. al., eds. (Berlin / Boston: De Gruyter, Inc., 2009).

Laure Ryan, Marie. "Possible Worlds," in *The Living Handbook of Narratology*. Peter Hühn et. al., eds. (Hamburg: Hamburg University Press, 2012).

McHale, Brain. "Cognition En Abyme: Models, Manuals, Maps," Partial Answers. *Journal of Literature and the History of Ideals* 4.2 (June 2006).

Pomorska, Krystyna. *Jakobsonian Poetics and Slavic Narrative: From Pushkin to Solzhenitsyn* (Durham: Duke University Press, 1992).

ローマン・ヤコブソン（Roman Jakobson）著，北岡誠司譯，〈芸術に於けるリアリズムについて〉，收入水野忠夫編，《ロシア・フォルマリズム文学論集 1》（東京：せりか書房，一九七一）。

芥川龍之介，〈奉教人之死〉（一九一八），《芥川龍之介全集》卷三（東京：岩波書店，二〇〇七）。

ローマン・ヤコブソン（Roman Jakobson）著，北岡誠司譯，〈最も新しいロシアの詩——素描一〉，收入水野忠夫編，《ロシア・フォルマリズム文学論集1》（東京：せりか書房，一九七一）。

莎士比亞（一六〇三？）著，小田島雄志譯，《哈姆雷特》（東京：白水社，一九八五）。

Лотман, Ю. *Структура художественною текста* (Москва: Искусство, 1970); J. Lotman. *The Structure of the Artistic Text*. R. Vroon Trans. (Ann Arbor: Dept. of Slavic Languages and Literature University of Michigan, 1977).

Шкловский, В. *Ход коня: Сборник статей* (Москва-Берлин: Геликон, 1923); Viktor Shklovsky. *Knight's Move*. R.

Sheldon trans. (Normal, Illinois: Dalkey Archive Press, 2005).

2. 我們的戰爭、戰後體驗

戰爭期間

我出生於一九三五年，日本敗戰是我十歲、國民學校四年級的事情。

剛才聽了筧老師[1]的演講，覺得差別好大呀。不論是在戰爭期間或是戰後，我都沒有經歷過什麼特殊的體驗。和筧老師完全不同，戰爭期間我每天都在玩樂中度過。

我出生並成長在群馬縣一個叫做高崎的地方。高崎的兩側都是河流，一條是流入利根川的碓冰川，一條叫做烏川。我記得這兩條河應該是分別夾著高崎的東西兩側吧，我們都在河邊抓小魚、游泳戲水。從河水已經不冷的四月開始，我們一路玩到河水變冷，但還能忍受的十月底、十一月初才停止。戰爭期間一直到戰後，我們成天就在河邊玩耍。為什麼我們會在河邊玩呢？因為大人沒辦法管到河邊那麼遠。孩子們在那裡可以不受拘束地玩耍，所以我們成群結隊，大概五、六個、或是七、八個小孩，每天放學以後不馬上回家，跑到碓冰川或是烏川玩。說是抓魚其實也不過是抓一些徒手就能抓到的小魚。抓到了之後在河邊做一個小池子，把小魚放進去，最後也都放回河裡。因為要是抓回家，就會被大人發現我們去河邊玩了。因為不論是戰爭期間還是戰後，只要時間允許我就是下水游泳抓魚，整天像沒事一樣地玩耍，所以完全沒有戰爭結束了的這種時代轉換的記憶。

剛才筧老師也提到，每個月八日的朝會，全校學生要在操場上整隊，聽從學生代表發號施令，向「奉安殿」敬禮，然後校長會從奉安殿裡取出教育勅語以及開戰的詔敕，恭敬地朗誦全文。應該是我升上四年級以後的事吧，我記得我擔任過好幾次學生代表，要從隊伍的左側出列，面對全校學生發號施令。對當時的我來說真是難以承受的重責大任。

當然上學並不都是好事。我到現在仍然想不透，有一位姓增田的女老師，每個月總要我放學後留下來兩三次。這位老師太過討厭所以我到現在還記得她的名字。她總是要我在教室裡罰站到太陽下山。等到太陽下山了她總會過來說：「令堂知道你被罰站一定很難過」，我一聽就忍不住掉眼淚，哭得唏哩嘩啦，也許還說了些求饒知錯的話，她才放我回家。回到家之後，因為我每天都不是一下課就馬上回家，所以我母親也以為我如平常一般上下學，根本不知道我被老師留下來罰站。我也從未跟母親坦白這件事。這就是戰爭期間我的體驗，和筧老師的體驗有著天壤之別。

但也曾經發生過這樣的事。八月十四日敗戰前一天的晚上，美軍的B29戰機來襲到高崎的附近，我們躲進了防空壕裡。往外一看，燒夷彈一個一個從照明彈照亮的天空投射下來。好美啊，這真的是炸彈嗎？我不禁懷疑起來。幾天後，我到住在高崎市內的親戚家探問他們是否安好，才聽說附近有一位年長的女性直接被燒夷彈打中，當場死亡。我也在路邊目擊到

1 編按：此文是作者參加中國文藝研究會，跟三位八十餘歲的會員聯合講座時的講稿。文中筧老師應該是其中一位講者。細節可參考北岡正子的附記。

一列像是燒夷彈的東西刺入地面。幸好親戚一家人都平安。

敗戰記憶

我心裡常常想，戰爭結束了嗎？有件事情我記得很清楚，就是我聽到宣告戰爭結束的收音機廣播而大吃一驚。戰爭怎麼就結束了呢？戰爭不是會一直打下去的嗎？大概是因為我是在戰爭期間出生的，所以完全沒辦法相信戰爭是會結束的吧。我反而覺得戰爭怎麼會結束呢？一定是什麼地方搞錯了。所以知道了戰爭的結局、日本敗戰了也不覺得有什麼感慨。聽說有些學校的校長把全校師生集合，一起聆聽敗戰的詔敕。我的學校沒有發生這樣的事。當時我們住在租來的房子裡，房東有收音機，我們就在那裡聽了天皇的詔敕。因為收音機收訊不好，所以我當然根本聽不懂到底聽了些什麼，結果到底發生什麼事情了。下學期開始到學校以後，老師才說戰爭已經結束了。老師們也是被搞得很辛苦。

戰後與戰爭期間的落差

不過我卻透過自己的身體實際感受到，啊啊，戰爭期間和戰後有著巨大的落差。在戰爭期間，學校賽跑我通常都是名列前茅。但是戰爭結束後我自暴自棄，跑步名次常常從後面數來比較快，結果再也沒辦法跑在大伙前頭。還有一點，戰爭期間，為了訓練我們到中國後也能跨越壕溝，於是要求我們跳過跟天花板一樣高的箱子，只在前面放一個小小的踏腳台，訓練我們跳躍越過箱子。當時我輕輕鬆鬆就能跳過，戰後在體育課時我卻沒辦法完成相同的考試，跳不起來了。老師說：「你之前不是跳得過嗎？」我也只能回答：「現在不行了。」最後我連那個箱子的高度都跳不上去了。還有一件事情我也辦不到了，那就是單槓。戰爭期間我可以在單槓上倒立，可是戰後我就沒辦法，直到小學畢業之前我都辦不到。這些就是我用身體感受到的戰爭期間與戰後的落差。

黑市

到了戰後，有一件事情之前的兩位講者都沒有提到，所以我想稍微補充一下。戰爭結束後我大概小學五、六年級，放學後還是不馬上回家，跟朋友兩、三個到高崎市內的黑市晃晃看看。那真是快樂的回憶。

現在要是有黑市我還是會想去。我記得我剛到大阪大學就任時（一九六七），大阪車站南口還留有一些黑市的痕跡。那裡並不是原本的黑市，已經變成有模有樣的小商店了。只是那裡店家的排列，就是照著黑市的排法變成店面而已。

之後我漸漸沒辦法滿足於高崎市內的黑市，我忘記怎麼湊到錢的，總之我記得自己想盡辦法說服母親我必須搭上越線、兩毛線和國鐵到前橋市。前橋市不愧是縣治，那裡的黑市規模更大，賣的東西也更加豐富。只是我們不論是在高崎還是在前橋的黑市，最入迷愛看的就是賭博。說是賭博也不像現在的賭博這麼高級。只擺著兩個香菸盒，一個底挖空，一個沒挖空。擺攤的江湖藝人，其實是個騙子，把兩個香菸盒放在台上給圍觀的群眾看。左右來回移動幾次，「來來來，您要賭哪個呢？」如果賭到挖空的那盒，下注的人就能獲得兩、三倍的彩金。而選到沒挖空的那盒賭注就會被江湖藝人全部拿走。只是不管過了幾局都沒有人猜得到挖空的那盒。我們這群小鬼頭也不是什麼乖孩子，偷偷說：「那一定是沒挖空的那個被割開，或是有挖空的那盒被動手腳了啦！」這句話被那個男人聽見，大吼：「是誰？誰說的？給我滾！」我們就跑走了。到底是不是真正的江湖藝人我也不知道，只是高崎和前橋都看得到同樣的賭博，莊家一定會把所有人的錢都贏走。這就是我唯一記得的黑市體驗。其他像是黑市都在賣些什麼，我完全沒印象。

士兵的「慰安所」（紅燈區）

不好意思接下來要說的也是一個不光彩的話題。三八連隊的營舍就在高崎市大河內氏的和田城遺跡裡。大家都說那裡的阿兵哥很多都是商人，和大阪的一樣，戰爭一開打就第一個開溜。所以我們這些小鬼頭給他們一個綽號，只要士兵踏正步走過市內，我們就會大聲喊叫「又輸啦八連隊」嘲弄他們。

那附近有一個紅燈區，以阿兵哥的說法就是「慰安所」。這個地方戰後也順勢變成了美軍進駐軍的「慰安所」。也許是我們太晚熟了，明明我們和紅燈區知名店家的小老闆，或是附近餐廳老闆的小孩都認識，但是戰爭期間阿兵哥們，還是戰後的美國大兵在這個紅燈區做些什麼、為何而來，我們就算聽了也不懂。雖然不知道那些大人做了什麼，但也隱約知道是不能對大人也不能對小孩說的事情。

放學以後如果沒去黑市，就是去那一帶追著美國大兵，跟他們說「Give me chocolate, give me chocolate」（給我巧克力），然後被他們趕跑。當中也有些凶狠的美國大兵會拿槍對著我們嚇唬，但是只要憲兵一來我們就一起躲進房子裡。等到憲兵走了又跑出來四處晃四處看。這是戰後我做過的傻事之一。

新憲法

戰後我中學二年級時，社會科的老師出了一份作業，要我們比較新舊憲法的差異。這份作業究竟是出給所有同學的，但是我那時候並不是同學選出來的班長，而是老師指名的班長，所以還是只出給我的作業，我已經沒有印象了。中學生的我為了要比較兩個版本的憲法，當時沒有複寫紙這種方便的東西，全部都是手抄的。讀音也是亂七八糟，被老師改得滿江紅。但我還是在課堂上發表舊憲法（〈大日本帝國憲法〉，一八九〇）與新憲法（〈日本國憲法〉，一九四六）開頭前言的比較。我依稀記得剛才講者提到的新憲法開頭三條條文，以這三條條文為主，我說了「我們是主權在民的國家，已經不像是戰爭期間由天皇擁有主權了」。

各位手邊的資料中應該有新舊憲法開頭部分的影印，敬請參考。[2]

我們這個世代的人，在戰爭期間與戰後，分別接受了新舊兩種憲法的教育。

戰爭期間的記憶，只剩下剛才向各位報告，負責發號施令的工作。

到了戰後，學生的自治活動越來越盛行，我在新制中學擔任過學生會長，也在高崎高中當過學生會副會長。我不覺得這是特別榮譽的事，唯一的收穫就是不怕在人群前說話。

高中時代最難忘懷的就是二年級的時候，我們在課堂上偷偷傳閱勞倫斯（David Herbert Lawrence）的《查泰萊夫人的情人》（*Lady Chatterley's Lover*）日譯本。這個傳閱順序建立起來後，我們在課堂上偷偷傳閱的第二本書就是紀德（André Paul Guillaume Gide）的好友，羅傑．馬丁．杜．加爾（Roger Martin du Gard）的《蒂伯一家》（*Les Thibault*）。一些朋友和小兒子傑克．蒂伯的價值觀產生共鳴，開始關心學生運動。我也是其中之一。

不過新憲法的條文並不具有說服我們嚮往學生運動的力量。我想不管我們是贊同學生運動，還是反對學生運動，都是小說這個文類所擁有的小說的力量。

戰後我也多次將牴觸新憲法下的新教育的教科書字句和圖像，用墨水塗黑。

對橫寫文字的迷戀

我和在座的各位不同，用俄語當中的一個說法「Западники／Zapadniki」來描述，就是「西歐派」或者「西歐主義者」。戰後我對東洋的文化、日本的文化不太感興趣。其實是有一個很明確的事件造成。

我已經記不太清楚了。大概是小學五年級或者六年級的時候吧。有一位東京外國語學校（現在的東京外國語大學）俄語系畢業的男老師，來學校教我們拉丁字母。那位老師跟我們說：「今後不管是漢字還是平假名都會從日本消失。未來是拉丁字母的時代。所以你們也要好好學習拉丁字母。日本的小說之神志賀直哉先生也這麼說。」志賀直哉好像真的說過這句話。而且其實我很討厭寫書法，也討厭背漢字。因為我母親是生意人的女兒，從小就讓我

2 參考資料其一：〈大日本帝國憲法〉在「告文」和「憲法發布敕語」之後，正式條文之前有下列文章。

「朕承祖宗遺烈，踐萬世一系帝位，念朕所親愛之臣民即朕祖宗所惠撫滋養之臣民，願增進其康福發達其懿德良能，又望依其翼贊與具扶持國家進運，乃履踐明治十四年十月十二日之詔命，茲制定大憲，示朕所率由，以知朕之後嗣及臣民子孫者永遠遵循。

國家統治大權為朕所承之祖宗傳之子孫，朕及朕子孫將來衍循此憲法條章行之（後略）」

參考資料其二：〈日本國憲法〉條文前言如下：

「日本國民透過經正當選舉的國會代表者行動，為了我們與我們的子孫，及保障全體國民協和的成果，和帶給我國全疆域自由的惠澤，決心不再因政府的行為發生戰爭慘禍，在此宣言主權在民，訂立本憲法。國政本由國民嚴肅之信託而來，其權威亦來自國民，其權利由國民的代表者行使之，其福利由國民享受之。此為人類普遍的原理，本憲法亦基於此原理。我們排除所有違反這個原理的憲法、法令與詔敕。

日本國民衷心期盼永久和平，並深深自覺支配人類之間關係的崇高理想，信賴愛好和平的全體國民的公正與信義，決心保持我們的安全與生存。我們維持和平，並想在致力於將專制與奴役、壓迫與偏狹從世界永遠驅除的國際社會上，占有榮譽的地位。我們確認全世界的國民，都同等享有免於恐怖與缺乏，生存於和平當中的權利。

我們認為每一個國家都不能故步自封於自國，無視其他國家。我們相信政治道德的法則是普世價值，遵從這個法則，是維持自國的主權，與他國處於對等關係的世界各國不可旁貸的責任。

日本國民以國家名譽擔保，發誓盡全力達成此崇高的目的與理想。」（《小六法　昭和六十二年版》，有斐閣）（〈日本國憲法〉並非完全使用新假名遣）

去學寫書法，所以我實在是討厭書法討厭到不行。終於可以不用忍受那個壓力了，真是太棒啦！自此我就成為橫寫文字的信徒了。

不過這邊還要補充一件事。升上中學後那位老師就是我的級任導師。當時不知道為什麼，級任導師有兩位，也就是複數導師制，每一組都是一位男老師一位女老師。男老師就是那位東京外國語學校的佐藤老師，教我們英文。很抱歉我已經忘記女老師的姓名了，她教我們數學。佐藤老師對我們說的第一句話就是：「相信各位同學在小學的時候，已經學過拉丁字母了。不過英文和用拉丁字母拼寫的日文是完全不一樣的兩種東西。英文是一個全新的語言。所以請大家忘掉拉丁字母。」我心想，什麼？那時候我這麼拚命學的拉丁字母居然要我們全部忘記！之後開始上英文課，因為是佐藤老師教的，所以我完全不管國文課或是數學課，全心投入英文課當中。也因此熱愛當時的教科書。我還記得那時候第一課的第一句課文是"I am Tom Brown"。真是徹底從開頭背到最後，當時課堂上只要老師要求背誦課文，我一定第一個舉手。就像是對佐藤老師展現愛意一般，每堂課我都主動背誦課文。也因此成了班上最討人厭的傢伙。後來，我因為家庭因素必須轉學到鄉下，鄉下學校只有很差勁的英文課，所以我只好自力更生。想不到應該是我升上二年級的時候，佐藤老師辭職了，他好像是化妝品專賣店的少東，特地騎腳踏車來我家，問我「有沒有好好念英文啊？」「有。可是學校的英文老師實在有夠爛」，當時的英文老師是某大學體育系畢業的老師，「體育老師來教英文，教得亂七八糟！」佐藤老師聽我這麼說，「不可以這樣講！老師就是老師」，「來，這個給你。」佐藤老師送我一本初學者用的英日辭典。中學三年我就把那本辭典翻到破破爛爛了。比起日文的生字或者漢字，我背了更多英文單字。

上高中之後，英文老師是東京教育大學畢業的。他跟我說：「你英文還不錯，要不要去考東京教育大學的英文科（英語科？）呀？」「我不要。去教育大學就一定要當老師。我從小學開始就一直討厭老師，所以我不要。」就這樣拒絕了老師的建議。之後讀研究所時，群馬工業高等專門學校在前橋市開始招生，有一位從東京來的老師特別請我去那裡教書，當時我也謝絕了這份邀請。

我因為迷上東京外國語學校俄語系畢業的佐藤老師，所以高中期間想盡辦法，一直很想考進外國語大學的俄語系。可是母親再婚對象的孩子，雖然也有男生，但也是義務教育畢業後就馬上去工作了。能讓我念到高中畢業已經很不容易，所以我沒辦法考大學先去工作，晚了四年，一九五八年才進東京外國語大學俄語系，靠著打工和獎學金總算念到畢業。

爾後一九六二年，我考進了東京大學大學院（譯者按：即台灣學制中的研究所）的比較文學科。這個跟我高中在學時讀過新潮社出版，寺田透老師翻譯的安德烈·紀德全集《訪蘇聯歸來》（*Return From the U.S.S.R.*）有關。我的指導老師就是寺田透老師。

在這裡我想介紹現在已經退休，創立比較文學科的島田謹二老師的話（「遺訓」）。他說「比較文學學者必須精通英、德、法、俄語。你們不管怎樣都要學會這四國語言。」我順利滑壘考上東京外國語大學的俄文系，大學在學期間雖然所學不精，但也勉強學會俄語、英語和法語，以英語和法語考上研究所（俄語不在考試科目當中）。德語則是從來沒學會過，現在也是幾乎百分之百都要靠字典才能閱讀，很慚愧沒能遵照島田老師的遺訓。但無論如何，我受到佐藤老師這位拉丁字母論者啟發，立下志向成為西歐派。這個志向在進入比較文學科後也算是實現了。

一九六〇年的六．四罷工

大學在學期間，我參與了一九六〇年的新安保條約反對鬥爭，經歷難忘的經驗。

六月四日，第一次示威阻止安保改訂那天，勞工、學生、民主團體、中小企業者全國商工團體聯合會等，高達數百萬人參加這場抗議遊行或罷工。而我則是跑去了國鐵工會的清晨罷工。

六月十五日，第二次示威阻止安保改訂，抗議遊行當中，東大學生樺美智子被殺害的時候，我並不在場，而是參加了國會抗議遊行。

我想談談這些經驗。[3]

進入東京外國語大學後一開始我住在宿舍。那時，其實有一位高中的同班同學，已經過世了，所以我想跟大家說他的姓名應該也無妨，叫做吉野的男子，應屆考上外國語大學的俄文系。他之前也學過俄語，所以有一段時間被派去國際學生聯合會。這位吉野從國際學生聯合會的總部，我想應該是布拉格，回來日本，突然出現在我的宿舍裡，跟我說：「我有件事

3　一九五一年，聯合國與日本在舊金山簽訂和平條約。同時，日本與美國之間也簽訂了日美安全保障條約（舊安保條約）。自此，占領時駐留於日本的聯合國軍隊，只留下美軍成為駐日美軍，其他國家的軍隊都撤退了。

一九六〇年，因這份條約的（美方）單邊性問題，所以改簽訂為具雙邊性，以日美雙方集團自衛權為前提的新安保條約，同時也簽訂日美地位協定（也就是現今「日美同盟」的基礎）。——至此有部分參照北岡誠司引用自維基百科的資料。

安保鬥爭乃是針對這份新條約的訂立所發展出來，全國民規模的反對運動。

概觀安保鬥爭的前因後果，請詳見（參考《近代日本綜合年表》〔東京：岩波書店，一九八四年所製〕）：

一月十六日　岸信介首相等新安保條約簽約全權代表團赴美。／五月十四日　安保阻止國民會議共十萬人發起第二次國會請願遊行／**五月十九日　眾議院安保特別委員會，因自民黨強行通過發生混亂。眾議院議長清瀨一郎調動警官五百名排除社會黨的靜坐，進行院會開議，因在野黨、執政黨非主流派的缺席決議延長會期五十天／五月二十日　清晨，新安保條約、協定強行通過。社會、民社、共產各黨的安保質詢遭到中止，因此提出會期延長、新安保條約及協定無效、解散眾議院等要求。爾後國會進入空白狀態，連日在國會周邊遊行示威**／五月二十一日　東京都立大學教授竹內好（五月三十日東京工業大學助教授鶴見俊輔）為了抗議強行通過新安保條約提出辭呈／五月二十六日　安保阻止國民會議進行第十六次統一行動，發起十七萬人遊行包圍國會／五月二十八日　岸信介首相在記者會批評遊行人士為「有聲人士」，表示自己將傾聽沒有參加遊行示威的「無聲人士」的意見／五月三十一日　因應安保強行通過東京大學特例召開全體教授會議／六月一日　社會黨議員決定總辭方針／六月二日　北海道六所大學、東北大學、立命館大學、奈良女子大學、和歌山大學、東京農工大學、神奈川大學的教授團，聲明要求解散國會／**六月四日　第一次示威阻止安保改訂**，國鐵工會等交通部門進行清晨罷工，日本勞動組合總評議會、中立勞動組合聯絡會議等七十六個單位共四百六十萬人，學生、民主團體、中小企業者等共一百萬人參加，高舉「無聲人士」標語的三百位主婦、沒有參加任何組織的公民也參加國會遊行示威。全國商工團體聯合會加盟店、東京、大阪、群馬、兵庫、京都、熊本、新潟、宮城等兩萬家商店進行反對安保停止營業罷工。其後擴大至日本各地。／六月十日　美國白宮新聞祕書哈格第（James Campbell Hagerty）赴日，在羽田機場被勞工、全學連非主流派的示威者包圍座車，以美軍直升機脫離現場（六月十一日離開日本）。／六月十四日　在東京都體育館舉辦「守護民主主義全國國民聚會」，共一萬人參加／**六月十五日　第二次示威阻止安保改訂（至六月十六日）**，全國共一百一十一不同產業單一工會共五百八十萬人參加安保阻止國民會議、全學連進行國會遊行示威。右翼份子闖入全學連非主流派、安保體制打破新劇人會議等的國會遊行毆打遊行群眾，造成六十人受傷。全學連主流派企圖闖入國會，與警察發生衝突事件。東大學生樺美智子死亡。約四千名學生於國會建築物內進行抗議集會，警察除暴隊施暴後，於凌晨逮捕一百八十二名學生（受傷者超過一千人）。關東廣播局主播一想拜託你，跟我來」。我沒跟父母拿錢，所以每個星期五晚上都在打工。打工結束後回到宿舍雖然累個半死，聽到他說「跟我來」，還是跟著他去了。

當時外國語大學的宿舍（日新寮）在中野，他拉著我從那裡搭中央線，到本鄉的東大校區大樓裡。在那棟大樓的地下室，全學連（全日本學生自治會總連合）的不知道哪一派，究竟是主流派還是非主流派，我想應該是非主流派吧，的指揮者（？）對我說：「其實今天我想拜託你們去一趟赤羽。要麻煩你們做的事情是，明天六月四日（一九六〇年六月四日）國鐵要罷工。勞工要讓調車場停擺。可是那些勞工要是被逮捕了就會沒工作。所以我們要組隊保護那些勞工。要是被逮捕了，你們還是初犯很快就會被釋放。只是如果真的被逮捕了，你們也不准出示自己的身分。」

之後我們就被帶到赤羽車站前的旅館，在那裡等到天亮，從四點等到天亮。大概四點首班車就要出發了，所以我們必須在勞工前面用肉體保護他們，直到七點。要到四點之前我們就離開旅館，聚集在一個稍微有點高度的小山丘下。我從來沒有被警察逮捕過，所以還是覺得有點可怕。而且那個地點也是不太好。小山丘下的樹林相當茂密，樹林的深處有一個小小的神社。他們告訴我，「警察會從山丘上下來。絕對不要逃走，只要不抵抗，就會靜靜地被逮捕，靜靜地被釋放」。

其實那天在各地守護國鐵鬥爭的學生，就算被逮捕也全部都是初犯，只要把這些一般學生扯進來，他們就再也不是一般學生了。之後就可以把他們收編為夥伴，成為學生運動的幹部。只是全學連本部的動向，包括這些祕密決議，似乎全部都被警察竊聽了。這就是我逃過一劫的理由。對於全學連來說是很不幸的事，但是對我個人來說真是非常幸運。從頭到尾沒有一位警察出現。到了七點，電車開始發動。那之後發生的事情至今我仍記憶猶新。我衝向負責在赤羽指揮的那位男子，東大中文系的一個五官平板的一個男子，我們在本鄉認識的。我一邊大罵「你這下三濫！」一邊往前衝試圖抓住他，被旁邊的人阻止了。

邊被警察毆打一邊播報安保遊行示威。約一千名東京的高中生參加安保反對抗議集會／六月十六日　於臨時內閣會議決定要求艾森豪總統訪日延期。東京大學總長（校長）茅誠司發表聲明，認為學生遊行示威的原因在於議會制的危機（茅聲明）。東京大學、早稻田大學、明治大學、一橋大學、東京教育大學、法政大學、東京女子大學等校教職員生進行抗議集會，決議放棄授課。關東各地大學組成抗議團到訪東京／六月十七日　社會黨顧問河上丈太郎，在議員會面所接受請願時遭到右翼少年持刀刺傷。東京七間報社發表「排除暴力守護議會主義」的共同宣言（受到許多全國各地報紙贊同）。／六月十八日　安保阻止統一行動，三十三萬人參加國會遊行示威，整夜包圍國會高喊「打倒岸信介」，以法國式遊行示威（手牽手占據整條道路）直至深夜。日本山妙法寺、ＹＭＣＡ、大本人類愛善會等發表批評新安保條約的聲明。／**六月十九日　凌晨零時新安保條約、協定自動批准**。／六月二十日　參議院，自民黨單獨投票突擊通過安保相關國內法案。／六月二十三日　交換新安保條約批准書，正式生效。岸首相於內閣會議表明下台意向。／六月二十四日　於日比谷舉行樺美智子的「國民葬」。／六月二十五日　反對新安保全東京都高中生集會（約四百名）。／七月二日　舉辦安保阻止國民會議，不承認新安保大會共十萬人參加。

安保鬥爭從五月十九日至二十日強行通過，顯示出與以往性質上的差異與轉變，使得全國各地各階層擴大反對運動。在六月四日所謂的六．四罷工中也可見一斑。並且在六月十五日第二次行使實力阻止安保改訂時，右翼暴力組織（維新行動隊）及警官隊向示威者施加前所未見的凶惡暴力行為，首次出現死者犧牲，也有許多人受傷。憤怒使得這次反對運動加速擴張至全國各地。

本文中所述六．四與六．十五的經驗，今日成為見證這段歷史的證言。

回歸正題，因為警察一直沒來，所以我們轉往赤羽站前。那些人果然有備案，他們帶了傳單來，要我們在車站前發傳單。一旦有發傳單的行為，車站站長可以叫警察來，說我們違法，沒有申請許可就在車站發傳單，把我們這些學生通通逮捕。但是那時站長什麼也沒做。因此很幸運地我沒有成為「初犯」，平安回到學校。

這個六．四罷工的事件全貌，也紀錄在現在傳閱的《東京大學新聞》裡長達四頁的報導中，敬請參照。[4]

只是我回學校以後，情緒還是無法平復。我記得自己一個人跑到學校操場，只要看到有學生聚在一起，就跑過去跟他們說「我剛才經歷了這些事情，大家也要小心注意比較好。要是不小心被抓了就會成為初犯。我不曉得他們是不是全學連的主流派，但是有人想要吸收我們去當他們的手下，大家要注意。」

幸運的是，這樣的事件並沒有再次發生。

只是把我帶去那個場合的吉野，在我快要畢業又好像畢不了業的那段時間，不知道是什麼原因過世了。他畫了一幅很大的畫，我在操場上遇見一位學妹搬著那幅畫，我想應該是他的戀人吧。我問她「那幅畫是什麼畫？」她說：「這是吉野學長畫的最後一幅畫。」那幅畫是畢卡索風的抽象畫。為什麼學生運動會跟抽象畫共存呢？這個謎團我還是想不透。畢卡索也畫了一幅〈格爾尼卡〉，描繪的好像是一場轟炸，跟反戰有關的一幅大尺寸的作品。也許吉野也有一樣的靈感吧。以上就是和東京外語大學吉野同學有關的回憶。

雖然是後話，但我還是想提一下。進了研究所，我忘記怎麼打的一通電話，就是打去學生運動的一個像是辦公室的地方，跟他們大聲宣言：「我從今天開始金盆洗手，和學生運動再也沒有關聯了，請不要再邀我。不好意思，我要專心做研究了。」很幸運的是，從那之後他們也沒有再來找我了。

4 傳閱資料是〈戰鬥的紀錄〉，《東京大學新聞》（臨時增刊，一九六〇年七月十一日）當中的〈六·四罷工〉相關報導（頁一一－一四）。

傳閱資料當中，當天的罷工消息是從《國鐵新聞》（六月六日）轉載，田町電車區的報導。標題是〈「回聲號」動彈不得 整齊地行使實力 國鐵勞工領導總罷工〉。而關於全學連主流派「不請自來的支援」，則描述為「出現不是敵人的敵人」，認為全學連打亂罷工的統一行動。並紀錄著國鐵工會新橋支部的副委員長們曾試圖說服，「今天的罷工請交給我們這些生產現場的勞工吧。你們的行為是給當局製造出動警察的機會，請遵從國民會議的統一行動，和車站前的支援團體合流吧」，然而沒有成功說服。此外，在〈「晨間通勤腳步」完全麻痺〉標題的報導中紀錄：「加入罷工的國鐵工會、動力車工會組織有札幌站、大館站與機關區、秋田機關區、名古屋站與機關區、大垣電車區、岡山機關區及調車場、廣島機關區及調車場、車掌區與客貨車區及京濱地帶的東神奈川、蒲田、下十條、品川、池袋、三鷹、武藏小金井、中野、津田沼、大船、田町、松戶、青梅、中原、弁天橋各電車區，以及尾久、品川、田端機關區。」之後，京阪神、京阪、阪神等各家私人鐵路公司也以限時罷工奮戰到六點半，取代國鐵成為京阪神地區鬥爭的主力。據載東京公營的東京都電車、都巴士、地下鐵，大阪市的市電車、市巴士、地下鐵也以職場大會的名義強行停止運作到六點半。此外根據《國鐵新聞》的報導，「國公營企業相關」當中，都市交通、全遞信工會、全電通、全專賣、全印刷、酒精專賣、全造幣、全林野、日本教職員工會、自治勞、全水連、各國家公務員工會、「民營企業相關」當中，全礦、全國金屬、化學同盟、全印總連、紙漿工會連和、全自運、全日自勞、全港灣、全國一般、勞炭、合化勞連、全造船也都加入罷工的行列。

一九六〇年安保鬥爭——六．十五的紀錄

接下來我想一邊讀六月十五日的相關資料，一邊談談當天發生的事情。

現在有兩份資料在各位手邊傳閱。其中一份是《東京大學新聞》，這是以臨時增刊〈戰鬥的紀錄〉形式於一九六〇年七月十一日發行。這份臨時增刊沿著六．十五事件的前因後果進行編輯，包含在事件中過世的樺同學的新詩遺作，大概有四十八頁。最後附上新安保條約的全文，以及東京大學新聞〈戰鬥的紀錄〉編輯委員會寫的後記〈編後言〉。還有一份資料是一九六〇年七月三日發行的《朝日ジャーナル》（朝日週報）（二卷二七期），以特輯的形式收入了共二十一頁的〈六．十五流血事件記錄〉。這份特輯非常翔實地紀錄著，從樺同學被殺的六月十五日傍晚，到午夜甚至到隔天清晨一、二點左右警察的暴力行為，以及右翼組織的活動，是如何與警察集團合而為一，並推測可能受到警方保護。

我本來想就著這些資料，和剛才向各位報告的六．四罷工一起談這個事件。不過這樣的報告就會過於散漫，所以特別聚焦在六月十五日的狀況，以《東京大學新聞》〈戰鬥的紀錄〉為主要內容。資料傳到各位手邊時再請過目。[5]

從照片看來（《東京大學新聞》，頁一七，《朝日週報》，頁一二），樺同學被殺害之後，應該是被送到警察醫院吧。她的遺體臉上蓋著白布，兩手十指交握，下半身穿著長褲，上半身穿的衣物顏色，從照片上無法辨識，大概跟她的遺物相同吧。她到底是在怎樣的情況下被殺害的？在樺同學照片的下一頁，寫著大大的標題〈從六月十五日晚上到六月十六日早

5 傳閱資料：一〈戰鬥的紀錄〉，《東京大學新聞》（臨時增刊，一九六〇年七月十一日）、二《朝日ジャーナル》（朝日週報）（二卷二七期）（朝日新聞社，一九六〇年七月三日發行）。

傳閱資料一是依照發生時間順序，從五月十九日自民黨在眾議院安保特別委員會強行通過新安保條約，六月四日第一次示威阻止安保改訂的六．四罷工，六月十五日第二次示威阻止安保改訂，六月十八日新安保條約自動批准，到六月十九日之後發生的事情，所編輯而成。

其中也加入學者、文化人、作家、舞台劇演員、學生、宗教家、公民、主婦等人的意見表明、談話、體驗分享、感想等等，因此可以從中閱讀到當時日本國民的反對意志及行動。這些資料內容裡面有一段話，今日仍非常值得細讀：「暴力之中最惡質，也是最本質性的暴力，就是縱使明白自身的不適切、非法，依然高舉法律之名，由國家權力實行的暴力。也是由警官的警棍、拘留所、刑罰等等所象徵的暴力。這些正是『暴力中的暴力』，也就是暴力之王」（日高六郎，〈權力的暴力〉，頁一七）。

而樺美智子的父母，日本中央大學教授樺俊雄〈國會遊行示威裡失去女兒〉、樺光子〈貼心的好孩子〉，也讓讀者為之動容。

本文中提到的「樺同學的新詩遺作」如下，當時廣為傳唱，之後也編輯成遺稿集《默默微笑吧》出版。

〈到最後〉

有人在笑我
從對面　從這邊
都在嘲笑我
但是沒關係啦

我要走自己的路
嘲笑我的那些傢伙也是
各自走各自的路吧
不是有人說
「最後笑的人
笑得最開心」嗎

晨的紀錄〉（頁一八），紀錄著許多人的證言。留下這份紀錄的是「東京大學原子核研究所職員一同」。我想應該是由許多人分別帶來各種消息，才整理出這份紀錄的吧。

接下來我想一邊加上解說，一邊朗讀《東京大學新聞》〈戰鬥的紀錄〉。我會盡量放慢速度朗讀。

首先這是前言。

「我們在六月十五日傍晚左右，為了請願往國會出發。」

當時的意思是為了行使請願權（憲法第十六條　請願權），所以這個示威遊行是為了請願的遊行。

「我們大概是晚上八點抵達國會，那時已經有許多台救護車進出現場，我們問了一下到底發生了什麼事，聽說是警官和學生發生衝突，居然已經有人過世了。當時我們想這樣不行，如果我們就此放棄回家的話，情勢只會更加惡化，會有更多人死傷吧。現在已經有人過世了，我們認為自己有責任保護自己的學生和學弟妹，防止對立加劇，好好地目睹事件的真相。所以我們取消原本預訂示威遊行到終點自行解散，改為進行民主討論，因此約五千位遊行示威人士，集結在靠近國會南通用門的地下鐵國會議事堂周邊的這個事件現場，」

南通用門，就是樺同學被殺害的地方。有去過國會的人應該都知道，從南通用門一路往下走，就會到首相官邸。從地下鐵車站出口一上來，馬上就可以看到國會。

「因為國民會議發布請求，我們就在這邊靜坐了一整晚。我們一方面派三十三名代表進院內收拾殘局，並試圖和警方交涉釋放傷者。另一方面則是盡可能地到處走到處看，盡全力了解事件的真相。所以在這裡提供我們努力獲得的這些消息，以及我們自身的經驗，希望能成為各位下判斷的材料。」

我想因為這裡離參議院比較近，所以就直接簡稱為「院內」。到這邊都是前言。之後分別標上1、2、3、4、5、6、7、8、9、10、11、12、13、14、15的號碼，依照發生時間的順序記述。事態的變化也跟著這個順序進行。

只是我
無論什麼時候都不會笑
無論什麼時候都笑不出來

這樣也好
如果可以的話我希望
到最後
默默微笑吧

本文中介紹的〈從六月十五日晚上到六月十六日早晨的紀錄〉，是具體而微紀錄著六月十五日國會周邊慘劇的文件。現在可以說是非常珍貴的史料吧。

傳閱資料二是〈特輯　六・十五流血事件紀錄〉（頁四－二一）。也是依照發生時間順序詳細紀錄六月十五日，右翼黑幫以及警方在國會周邊的暴力行為，和示威遊行隊伍、記者們的抵抗與受害狀況。和〈從六月十五日晚上到六月十六日早晨的紀錄〉一起閱讀，能更深入理解當時的情況。

「1、十五日五點十五分左右，國會前第二通用門周邊，右翼黑幫開著小型發財車衝撞都民代表、藝術家集團遊行的隊伍，用釘著鐵釘的球棒四處毆打遊行群眾。有數十位民眾受傷，大多是新劇女演員。」

——這邊主要是舞台劇相關人員以及其他集團。

「附近的工會成員以及學生看不下去，要求國會大門裡站滿的警官隊取締那些暴力分子。但是那些警官雙手抱胸，笑著說『這不在我們的管轄範圍內』，袖手旁觀。」

——《朝日週報》（頁六）裡面也有同樣的紀錄。

「2、川崎製鐵的工會成員生氣的追打那些黑幫，結果那些人馬上逃進國會裡。警官隊還讓出一條路讓他們進去。他們後來被安置在自民黨休息室。」

「3、之後黑幫的發財車這次換成衝撞早稻田大學學生的隊伍。那時可能是因為他們用時速六十～八十公里的速度衝撞又急煞，還是有情緒激動的早稻田大學生試圖推倒那台發財車，我搞不清楚。總之有兩台小發財車翻倒了。」

——這裡是3，接下來念4。

「4、學生們看見警方的偏頗態度群情激憤，為了表達抗議通通往國會南通用門推擠。」

——也就是說，我認為樺同學所屬的全學連主流派，會往南通用門推擠，並不是一開始就先自行計畫好的。而是被右派黑幫的行為挑起，往右派人數較少的南方移動。這是我的推測。對於警方的這種做法感到氣憤的學生們，為了表達抗議才往國會南通用門推擠。先前提到的右翼黑幫毆打隊伍在隔著國會議事堂的南側。從這邊開始需要稍微注意一下。

「然而，先前總是在大門兩側站得滿滿的警察們，只有在這個時候退到門後遠遠的地方等待。」

——4在東大新聞是用黑體特別標示出來。接下來是第5項。

「5、大門很容易就推開了，隊伍前面的學生衝進國會裡。警官隊毫無阻止就讓兩、三百個人衝進去。」

——這裡可知警方看著學生衝入國會完全不管。接下來是第6項，這邊也是黑體。

「6、當進入國會的學生人數達到兩、三百名的時候，警官隊突然把門關上，」

——也就是不讓學生逃走。

「舉起警棍往學生身上毆打。有人被打、有人被踹、還有人四處逃竄跌倒，很多學生都受傷了。樺美智子同學就是在這時喪命的。」

——我想這應該是基於許多人的證言而斷定。

「7、這個時候警官隊用的警棍，外表看似使用青剛櫟木做的，其實是鐵製的警棍，所以是非常危險的武器。」

——一般的警棍都是青剛櫟木棒。這個資訊也是向許多當時在現場的人確認過的。

「這些警棍有一根由社會黨議員團保管作為證物。此外，國會院區內地上三十公分處也設有網子，目的就是為了絆倒學生，阻止學生逃走。」

——這部分東大原子核研究所的紀錄似乎有誤。東大新聞的編輯部在這裡加注「編輯委員會注：事後得知這些網子原本是為了防止投石攻擊所設置的」。警方應該不是為了要絆倒學生才設置這些網子。接下來是第8項，這裡也是黑體。

「8、這時在社會黨議員團的仲裁下，包圍學生的警方停止攻擊國會院區內的學生，而學生也移動到院區內警方指定的場所，並獲得舉辦抗議集會的許可。」

——所以這個抗議集會是有官方許可的。也就是警方允許舉辦這個抗議集會。

「9、我們這些大學、研究機構、研究團體等集團正是在這個時候抵達現場。學生方面已經有許多人受傷，警方也是。」

——這邊提到警方也有人受傷，表示這份資料的觀點是很公平的。

「消防署出動了許多台救護車。然而警方不允許示威學生方受重傷的患者送離示威現場。震怒的消防隊員以武力排除警官隊，清出一個出口把受重傷的學生救出來。」

——我想這邊也應該特別強調。接下來是第10項，這裡也是黑體。

「10、有七十名受傷學生被銬上手銬，被監禁在國會地下室。我們這群代表團向警方提出申請希望能送他們去醫院，但是警方表示『他們只是輕傷』所以不答應。此時代表團當中的順天堂大學教授前往進行調查，發現有許多人身受重傷，於是向東大醫院請求派遣醫療隊過來。同時也再次向警方申請即刻送傷患到醫院，進行了激烈的抗議。然而警方又以這件事『不在我們的權限內』藉口脫逃，拖住時間。」

「11、另一方面，院區內的學生待在警方指定的場所，也因為下雨泥濘，透過社會黨議員向警方要求移動地點。然而過了許久警方仍遲遲不肯回應，所以在下午十點左右，無法繼續忍受的一部分學生開始出現想要移動的動作，警官隊看到馬上又強行突破，把學生們全部推出院區外。」

——因此，從南門進入國會的學生，每一個人都被趕出去了。

「12、學生們暫時聚集在正門，爾後移動到六本木方濟各教堂前。」

——那個坡稍微下來的地方有一個小教堂。

「這時正面前的一台警用卡車起火了。火被撲滅後南通用門與正門之間的人數也變得比較零星。之後，大概深夜一兩點左右，停在這個區域的第二輛警用卡車也起火了。究竟是誰縱火的並不清楚。只是所有目擊者都同意是由少數不受控制的人做的。在警官隊對於這些縱火案幾乎是袖手旁觀的期間，有十幾台卡車起火燃燒。凌晨一點，警官隊開始投擲催淚彈，之後，學生們就開始四散逃逸。」

——12也是黑體。

「13、我們這群集團。」

——指的是東大原子核研究所的人。

「我們這群集團先讓高齡者、女性回家，留下大約兩千名。東大總長茅老師、早大總長大濱老師也到現場了。經過長時間的努力爭取，警視總監也終於來到國會現場看到實際的狀況，同意警方接受交涉。

我們聽說茅總長會從院內出來，跟大家報告交涉的過程，所以在那裡集合等待。地點就是最初的集結地，也就是和學生們的集團離得很遠的地下鐵國會議事堂前周邊。」

——那裡離參議院比較近。

「然後剛好凌晨一點半左右，警官隊突然出現在我們面前，揮舞著警棍要攻擊我們。我們同聲大叫『我們不是全學連，我們是大學職員工會的人』，他們一聽到馬上就停止了。但是下一個瞬間又突然衝撞我們。試圖要制止他們的人第一個被踢倒，然後他們就開始對我們所有人又揍、又踢、又用力踩踏，施加各種暴行。我們像無頭蒼蠅四散逃逸，因為警方的暴力很多人都受傷了。」

——這其中有一位重傷者。

「14、人行道上聚集了許多看熱鬧的人，他們看不下去，有些人忍不住大叫『不要打了』，警官聽到只要有人開口，就跳過去把那個人從人群中拖到馬路正中間，四五個警官圍著毆打踢踹，施以暴行。」

——14也是黑體。

——最後一項，15。

「15、我們當中很多人被打得頭破血流，也有人脖子被掐。」（以上，引用文字完全遵照〈戰鬥的紀錄〉）

這就是來自東大原子核研究所的證言。

右翼也有證言指出警官隊突然突擊他們。這也讓各位傳閱，請大家讀一讀（〈警官隊突擊黑幫！〉，《東京大學新聞》，頁一九）。

最後，我想向各位介紹刊登在《東京大學新聞》的一首詩。

朋友啊！
在雨中
像是一朵頹倒的紅花般
躺臥不動的朋友啊
不顧一切
為了守護自由與和平的
朋友啊！
我們不會忘記
在激情混沌中
付出生命
你勇敢戰鬥的身影
我們不會忘記

殘殺你的
那群黑手
朋友啊！
好好看著吧
我們會繼續戰鬥的
朋友啊，好好看著

一九六〇年六月

（十九日早晨掛在南通用門旁流刺網上的詩，作者不詳）

現在向各位介紹的是《東京大學新聞》，《朝日週報》也做了一份特輯〈六．十五流血事件紀錄〉，整份有非常詳細的紀錄。有一部分跟剛才向各位報告的內容重疊，不過有附上南通用門周邊地圖，也有樺同學遺體的照片，有興趣的人也能讀讀看。

六月十五日晚上，我在東京外國語大學的遊行隊伍裡，我們這邊是在日比谷公園還是新橋一帶，抵達終點就各自解散了。但是我意猶未盡，所以一個人回到了國會前，就是在天皇陛下才能走的國會正門，那裡有一條長長的馬路直到護城河，整條馬路都坐滿了來參加遊行示威的民眾。我也坐進人群中，聽了東大總長茅誠司的報告。但是聽完報告沒有人站起來離開。時不時有人像是挑釁似的站起來，但是馬上就有拿著東大藍旗的學生圍過來，制伏那個男子。之後天也漸漸亮了，人群才三三兩兩解散離開。這就是那一天我的體驗，我完全沒有參與到樺同學過世的場景。

不過在國會正門前，不知為何我也經歷了類似的經驗。所謂的國會正門，也就是只有天皇來的時候才會打開的那扇門，那個門閂被警察事先拔掉了，為的就是要把推擠過去的示威群眾引入國會。我想是發生在樺同學已經過世的事件之後了。剛開始大家都喊著「不要進去！不要進去！」「進去了就會被警棍揍」，但是示威群眾的壓力已經擋不住了，大家還是一個接著一個全部都進去了。天皇才能進入的一個很大的地方擠滿了示威者。我們在裡面擠來擠去示威了一陣，又因為讓路給後面擠進來的人而離開那個地方。

可是在天皇才能進入的那扇對開的門前，有一個看似學生的男子在那裡小便。大家都對他說「快住手、快住手」，但是他還是嘻嘻哈哈地邊笑邊尿到最後。這是我實際目擊到的唯一一場愚蠢可笑的場面。還好那裡沒有右翼分子，所以他也沒有被攻擊。

好像有點沒頭沒尾，以上就是我的報告。

3. 附記——北岡誠司與中國文藝研究會之間的緣分

北岡正子

本文報告者北岡誠司，在今年（二〇一九）一月突然過世了。

本文是以錄音檔為本，由北岡正子代為重新謄寫成文字稿。

首先，我原本打算仿照其他兩位報告者，整理成日文書面體，但後來發現要依照他本人的口氣改為書面體非常困難，因此改為盡量貼近演講時的語氣整理為口語體。除了明顯的誤解與事實錯認以外，改為文字稿顯得有些突兀的口頭禪或者口語表現都刻意留下，希望能夠直接傳達他本人的意志。

本文裡新增了一些演講時沒有提及的部分。我是由北岡誠司本人留下來的報告用筆記、草稿的一部分、調查資料，以及演講後他曾表示「當時要是提到那件事就好了」的內容當中，挑選出一部分補齊在文字稿裡。

文末的四個「注」是為了幫助理解本文內容，由北岡正子負起文責加注。

北岡誠司晚年的大概十幾年，在中國文藝研究會這個地方，得以繼續自己的研究（小說的敘事學narratology）。敘事學的研究對象不限國籍和語言，所以他也獲得這個機會接觸以往不太熟悉的中國或台灣文學，對於開啟新視野後所見的事物都感到非常有興趣。很抱歉接下來都是個人私事，我想跟各位談談他和中國文藝研究會的關聯。

北岡誠司第一次和中國文藝研究會的接觸，始於《中國文藝研究會報》三〇〇期紀念號（二〇〇六年十月二十九日），他以非會員身分〈特別寄稿〉形式，寫了一篇〈北京敘事學現狀管見〉。二〇〇四年他陪著我一起去北京大學講學，在大學地下室的書店，發現大量由中國人所寫的敘事學研究專書及論文集。把有需要的書全部買下來帶回日本。回日本以後，查閱INDEX和有標注標題的引用、參考文獻，發現中國敘事學研究的進展與學者的人數都不是日本可以相提並論的。他非常開心自己能夠得知以往從未接觸的亞洲相關學界的訊息。上面那篇文章就是簡單介紹這些內容。經過編輯的許可獲准刊登，並受邀參加合評會，當場就入會成為中國文藝研究會的會員了。在那之前北岡誠司長年身處只有少數幾個研究同儕的環境，他應該是做夢也沒有想過，眼前會出現願意閱讀自己的文章且給予意見的人吧。之後他又受邀參加學會的尾牙，也欣然出席，之後好一陣子也是尾牙會員。

北岡誠司第一次寫文章投稿《會報》的時候，剛好是〈台灣熱帶文學〉系列叢書共四卷出版之後的事。他也因為這套叢書第一次接觸到，以前從沒聽過的「馬華文學」，大開眼界。對於使用敘事學分析馬華文學會得到什麼結果，感到躍躍欲試。其中北岡誠司特別被複雜難解的黃錦樹作品所吸引。用英文搜尋各種跟黃錦樹有關的資訊，從〈英文「黃錦樹」之我見（1）〉（《會報》〔二〇一二年三月三十一日〕，頁三六四－六五）起開始連載。連載途中有時更換題目往自己有興趣的方向鑽研，有時離題發揮，也曾休刊幾次，到二〇一五年底共連載了十八回，就此以未完作結。

北岡誠司在研究期刊《野草》寫了幾篇文章，分析對象也都是「馬華文學」的小說。第一篇是〈小黑〈細雨紛紛〉：真正關於失去的故事——兩種時間・「否定的排比」・「鏡像鑲嵌」——〉（《野草》九〇號〔二〇一二年八月一日〕），爾後是〈黃錦樹〈死在南方〉中的各種小說作法論〉（《野草》九三號〔二〇一四年二月一日〕），〈黃錦樹〈死在南方〉「敘事」部——「反事實歷史小說」〉（《野草》九九號〔二〇一七年三月三十一日〕）。後面這兩篇是以例會上的報告〈解讀黃錦樹〈死在南方〉——虛實混合、轉敘、可能世界的詩學與隱喻——〉（二〇一三年六月三十日）為基礎寫成的。北岡誠司對黃錦樹的小說〈死在南方〉，其中描繪二戰時期在蘇門答臘被日軍殺害的郁達夫之謎，非常感興趣，試圖解析作者在小說裡設置的極為難解的隱喻。彷彿是拿自己的敘事學研究跟黃錦樹比腕力。他遍尋相關的各國語言文獻來閱讀，一面覺得興味盎然，一面深陷苦戰之中。

我們很幸運地獲得機會，在大阪與作者黃錦樹先生見面。與黃錦樹先生一同用餐，也敞開心胸暢談平常對於小說內容的疑問，以及我所查到和小說相關的資料看法等等。黃錦樹先生好像也對這一位來自遠方異國，明明不懂中文卻熱情暢談自己作品感想的讀者感到驚訝，之後兩人之間好像也產生了某種奇妙的共感。我們到台灣旅行的時候，黃錦樹先生也招待我們到他府上，黃先生夫妻倆帶我們一起去日月潭觀光。北岡誠司日後也把和黃錦樹先生的邂逅寫進〈促使妻子韓素音的小說「禁止出版」與丈夫L．康博的辭職〉（《會報》四〇〇期紀念號〔二〇一五年三月二十九日〕）這篇文章當中。北岡誠司一直說自己要活到九十歲，一定要完成黃錦樹論，如今成為不能完成的夢想，我想他本人一定也很遺憾吧。

他也在《野草》裡寫過幾篇書評或合評紀錄。

此外《會報》當中除了黃錦樹論的連載，還有幾篇雜文、散文。其中〈梅蘭芳、莫斯科一九三五年「四．十四座談會」——「贗速紀錄」問題始末記——〉（《會報》四三六～四三七合併號（二〇一八年三月二十五日）），是搜尋出俄語資料寫成的。他很開心可以解答俄語和中國相關的事項。我記得他曾喃喃自語說道，自己總算能幫上研究會一點忙了。現在回想起來，那篇文章是他的絕筆之作。

例會報告除了上述那次之外，還有〈〈邊城〉．雙親的插曲與翠翠的故事——模範／反模範與互文性〉（二〇一七年十一月例會報告）。這是因為他很喜歡沈從文的小說〈邊城〉，雖然是門外漢但是想要報告一次看看所做的嘗試。

雜誌或者會報的文章或是為了準備報告所需要的文獻，不僅限於日文，還有英文和法文，只要是用他自己能讀懂的語言寫成的，他就會盡量讀過一遍。他唯一不懂的就是中文，但也買了很多中文寫成的資料，與其他語言的資料對照著讀。就這樣雖然磕磕絆絆，也寫下了那些文章。

這裡收入的〈我們的戰爭、戰後體驗〉，是三位八十幾歲的會員的接力講座。他第一次在公開場合談這件事情，原本打算講得更條理分明，但是準備到一半找齊了安保鬥爭的報導資料，就一頭栽進去，只顧著讀那些新聞報導，等到演講日期準備還不夠充分就上場。不過也是懷抱著滿腔熱情，將自己當時的體驗傳承給下個世代，毫無保留地報告。這次也是他最後一次出席例會，只是他也沒想到他說的這些會變成他的遺言吧。

他非常熱愛小說，只要被某人引起興趣，找到某篇文章某篇小說，被報告的標題觸發，總之有各種契機，只要他有興趣不管是哪一國哪個時代的東西，都會想盡辦法找來閱讀。

因為研究會牽線相遇的作家，不僅有黃錦樹、還有魯迅、郁達夫、韓素音、張愛玲、沈從文……

他最喜歡的魯迅作品是〈鑄劍〉。在這篇故事當中，主角得到「黑色人」的幫助得以成功復仇，遇上難題、得到幫助者、達成目的這個結構，和普羅普故事形態學相呼應。黑色人掉落的頭顱超越「生」的領域發揮重要作用，也可以用本體論的轉敘來分析思考。這些話他對我說過好幾遍，似乎打算有朝一日寫一篇鑄劍論。

郁達夫則是為了不被黃錦樹的隱喻所惑才讀的。張愛玲則是被濱田麻矢老師的優秀譯筆感動而讀，但是不合他的胃口。但他還是找了一些英譯本讀了沒有翻譯成日文的一些張愛玲作品。韓素音他當然是讀英文版的。北岡誠司最後喜歡上的是沈從文的〈邊城〉。他讀了各國語言的譯本，只要發現了些什麼，就說「妳看！不同的語言標題的翻譯方式就會有這麼大的差距。」一金介甫教授所著的《沈從文傳》要價不菲，他也買來愛讀不倦。也說過要以自己的報告為底本「用敘事學寫一篇沈從文的〈邊城〉論！」

最後他深感自己太過缺乏中國現代文學史的知識，所以就買下王德威教授剛出版的厚厚的大作，《哈佛新編中國現代文學史》（David Der-wei Wang [ed.]. *A New Literary History of Modern China* [Cambridge, Massachusetts: The Belknap Press of Harvard University Press, 2017]），開始閱讀。他就像閱讀日文一樣毫不困難地閱讀英文文獻，跟我說他從裡面得到許多日文及中文文獻中得不到的資訊或知識，我也常常被他戳中自己的盲點。

最近他好像是要重新磨利自己變鈍的敘事學研究，不久前開始更新最新的敘事學研究動向。「現在世界上有人開始結合ＡＩ跟敘事學，已經進展到某某程度了！」跟我說要是不懂ＡＩ的話就沒辦法跟上最新的研究發展了。我對他的這些行為心中感到有些不安。因為他只要一頭栽進去就停不下來了。他這兩三年為了寫稿或準備報告，也費了很多心思。我總希望他用盡力氣之前能先緩緩，稍微放鬆心情用輕鬆的態度去面對。只是他總是回我：「別擔心，我會活到九十歲的。現在是我最有精神的時候了。時間再怎麼多都不夠啊」。

可惜天不從人願，在他踏入陌生的ＡＩ密林裡沒多久，跟他四處網羅來的知識一起，主角在某天如煙消逝。連一句道別也不留……。書桌上還留著明天要讀的資料，那些資料上面用不同顏色的螢光筆做了記號，就那樣一直攤在桌面上。

回過頭來看，在文藝研究會度過的晚年，在他的天空綻放了無數玫瑰色的光芒吧。他好像回到年輕的時候，有時開心地跟我說對於未知領域的興趣，對於一個個不停出現的研究上的新發現，讓他有多高興……。他還有很多工作還沒完成，但是我想他的人生是一段非常幸福的研究生活。

黃英哲（右）與北岡誠司（左）、北岡正子（中）教授合照，2008年攝於泉州旅次。

北岡誠司是一個古怪任性的會員，謝謝中國文藝研究會的各位先進這麼熱情地接納他，把他當成一分子溫柔對待，在他人生的最後給他一個這麼幸福的研究場域，我代替他向各位表達由衷感謝。謝謝大家。

跋

文字因緣

黃錦樹

北岡誠司先生過世後，遺孀正子教授及弟子黃英哲教授等打算出版他的遺著，因事關我的小說，希望我寫幾句話。我雖然年歲還不算老大，但記憶常覺漫漶不清，很多事情都記不得了。那或許不盡然是壞事，但要寫文章就倍感困難了。

印象中我和北岡先生應該只見過兩次面。

我從家裡找到幾張不是很清晰的照片（拍的人大概手抖了），有北岡教授夫婦、黃英哲夫婦、我和我的兩個孩子。實在想不起是哪一年了，負責拍照的內人也想不起來。兩個小孩都身穿國中體育服，他們差兩歲但只差一屆，女兒推斷是二〇一五或二〇一六年，兒子推斷是二〇一二至一三年。我判斷後者的可能性大些，但也有可能是在二〇一四年，因為二〇一六年我就病倒了。

關於第一次見面，我倒是留下了文字紀錄，就在我的《南洋人民共和國備忘錄》（二〇一三）的自序〈關於漏洞及其他〉有這麼兩句話：「去年十月我在日本『宣傳馬華文學』時遇到巴赫金專家、已退休的北岡誠司教授，一見面他就問我有沒有讀過Leon Comber的“On

Lai Teck"，我確實吃了一驚，老先生是從我過去的小說順藤摸瓜摸索進馬共歷史的，那是離他的專業領域（敘事學）非常遙遠的一個地方。」那是二〇二二年。後來發現北岡先生的〈妻子韓素音小說遭禁與李昂．康博的辭職〉也提到這件事。但我第二次赴日有沒有和他見面就不記得了，甚至連赴日的日期都不記得。只記得那場〈胡蘭成的神話學〉演講因颱風取消，還因日本的秋涼而感冒。或許竟是同一趟日本行？

二〇一二年我第一次受黃英哲先生之邀到日本「宣傳馬華文學」（二〇一九年還有一次，這理由總讓我不好意思拒絕遠行），那是因為二〇一一年黃先生費了很大心力促成翻譯的四冊「台灣熱帶文學」終於出版（我們用這名目來偷渡馬華文學到日語裡），其中旅台作者三冊，大馬本土的一冊，包括我的一本選集（收容了十七篇小說的《夢と豚と黎明》）。很幸運的也很意外，竟讓北岡先生產生知性上的興趣，對某些小說敘述方式和若干細節、用典都展開了非常細緻的挖掘。他往往能跟著一隻獨行的虎頭蜂，尋尋覓覓挖出一個龐大的蜂巢，每每能進入「背景」的深處。最好的例子就是他關於萊特、全權代表及鴨都拉的考證、達爾文一句虛構引文的證偽等，還沒有見到其他研究者對這些小說下過如此細密的功夫，與有榮焉。這方面，當然得益於北岡先生的多語能力，因而能進出不同語言文獻；強烈的學術好奇心，及對小說的熱愛。同時，北岡先生的形式分析也非常精密（尤其關於〈死在南方〉、〈猴屁股、火及危險事物〉、〈慢船到中國〉、〈我的朋友鴨都拉〉這四篇），毋庸質疑，敘事學是他的看家本領。正子教授說誠司先生「彷彿是拿自己的敘事學研究跟黃錦樹比腕力」，深感榮幸。

針對單一作品做如此細緻的分析，在現代中文文學裡，大概只有魯迅和張愛玲會受到那樣的禮遇。

關於萊特，〈猴屁股〉之後，他還繼續活在我的小說裡，從〈雨紛紛〉到〈微風細雨〉（但後者的相關部分在收進小說集時刪掉了）；Leon Comber 其人（一九二一－）也從〈悽慘無言的嘴〉一直活到〈山榴槤〉，已逾百歲的本尊似乎也尚在人世。但對大部分讀者而言，那種種「用典」或許都不過是無意義的透明裝置而已。

承黃英哲、王德威諸先生雅意，我的「馬共小說」日譯選集即將在日本出版，裡面有些篇章北岡先生可能會有「比腕力」的興趣的，可惜他是再也看不到了。

二〇二三年一月六日　埔里

篇目出處

	篇名	頁數	發表刊物（期數）	發表日期
1	英文「黃錦樹論」之我見（1）	一－三	《中國文藝研究會會報》（三六四、三六五期）	二〇一二年三月二十五日
2	黃錦樹〈開往中國的慢船〉引言筆記－圓環結構與轉敘－	四－七	《中國文藝研究會會報》（三六六期）	二〇一二年四月二十二日
3	英文「黃錦樹論」之我見（2）	八－一〇	《中國文藝研究會會報》（三六九期）	二〇一二年七月二十九日
4	小黑〈細雨紛紛〉：真正關於失去的故事——兩種時間．「否定的排比」．「鏡像鑲嵌」——	二〇－三八	《野草》（九〇號）	二〇一二年八月一日
5	英文「黃錦樹論」之我見（3）——〈我的朋友鴨都拉〉文西阿都拉的再登場（一）	一一－一七	《中國文藝研究會會報》（三七〇期）	二〇一二年八月十一日

6	英文「黃錦樹論」之我見（4）——〈我的朋友鴨都拉〉文西阿都拉的再登場（二）	一八－二一	《中國文藝研究會會報》（三七一期）	二〇一二年九月三十日
7	英文「黃錦樹論」之我見（5）——〈我的朋友鴨都拉〉文西阿都拉的再登場（三） *這篇以前先發表了談小黑〈細雨紛紛〉的稿件	二二－二五	《中國文藝研究會會報》（三七二期）	二〇一二年十月二十八日
8	英文「黃錦樹論」之我見（6）——〈我的朋友鴨都拉〉文西阿都拉的再登場（四）	二六－三〇	《中國文藝研究會會報》（三七四期）	二〇一二年十二月二十七日
9	英文「黃錦樹論」之我見（7）——〈我的朋友鴨都拉〉與新加坡「天地會」	三一－三三	《中國文藝研究會會報》（三七五期）	二〇一三年一月二十七日
10	英文「黃錦樹論」之我見（8）——長長的腳注——正誤祕密會社論與正視「謎題」——	三四－三八	《中國文藝研究會會報》（三七六期）	二〇一三年三月三十一日
11	英文「黃錦樹論」之我見（9）——長長的腳注(Ⅱ)——正誤祕密會社論與正視「謎題」——	三九－四一	《中國文藝研究會會報》（三七八期）	二〇一三年四月二十八日

12	英文「黃錦樹論」之我見（10）——長長的腳注（Ⅲ）——正誤祕密會社論與正視「謎題」——	四二－四五	《中國文藝研究會會報》（三八一期）	二〇一三年七月二十八日
13	英文「黃錦樹論」之我見（11）——長長的腳注（Ⅳ）——正誤祕密會社論與正視「謎題」——	四六－四九	《中國文藝研究會會報》（三八二期）	二〇一三年八月二十六日
14	黃錦樹〈死在南方〉中的各種小說作法論	一一〇－一三〇	《野草》（九三號）	二〇一四年二月一日
15	黃錦樹〈馬來亞共產黨人之祕密檔案〉筆記——現實性的確認・虛實化的作法——	五〇－五三	《中國文藝研究會會報》（三九〇期）	二〇一四年四月二十七日
16	黃錦樹〈馬來亞共產黨人之祕密檔案〉筆記（2）——現實性的確認・虛實化的作法	五四－五八	《中國文藝研究會會報》（三九二期）	二〇一四年六月二十九日
17	黃錦樹〈全權代表的祕密檔案〉筆記（3）——引言・達爾文的虛實——	五九－六一	《中國文藝研究會會報》（三九三期）	二〇一四年七月二十七日
18	黃錦樹「全權代表的祕密檔案」筆記（4）——「全權代表」的虛構性・萊特的「傳奇性」——	六二－六六	《中國文藝研究會會報》（三九五期）	二〇一四年九月二十一日

19	黃錦樹「全權代表的祕密檔案」筆記（5）——背叛的典型「黑風洞事件」——	六七－七〇	《中國文藝研究會會報》（三九六期）	二〇一四年十月二十六日
20	促使妻子韓素音的小說「禁止出版」與丈夫L.康博的辭職	九－一五	《中國文藝研究會會報》（四〇〇期紀念號）	二〇一五年三月二十九日
21	黃錦樹・標題與通稱的互文性（intertextuality）——「猴屁股、火、及危險事物」筆記（6）	七一－七四	《中國文藝研究會會報》（四〇五期）	二〇一五年七月二十六日
22	黃錦樹・自己的作品才是「危險事物」——〈猴屁股，火，及危險事物〉筆記（7）	七五－七九	《中國文藝研究會會報》（四〇六期）	二〇一五年八月三十日
23	兩位首相「推車」圖的「猥褻」判決——黃錦樹「猴屁股……」筆記（8）——	八〇－八三	《中國文藝研究會會報》（四一〇期）	二〇一五年十二月二十六日
24	黃錦樹〈死在南方〉「敘事」部——「反事實歷史小說」	五五－七七	《野草》（九九號）	二〇一七年三月三十一日
25	針對黃錦樹「卡夫卡情境」的評釋補充——卡夫卡〈信〉（一九二二）與德勒茲／伽塔利《卡夫卡》（一九七五）——	八四－八六	《中國文藝研究會會報》（四二六期）	二〇一七年四月三十日

26	我們的戰爭、戰後體驗	一一七－四四	《野草》（一〇三號）	二〇一九年十月一日
27	附記——北岡誠司與中國文藝研究會之間的緣分（北岡正子）	九二－一一六	《野草》（一〇三號）	二〇一九年十月一日

張文聰製作

編按：篇目出處乃依發表時間羅列，跟本書目次順序不盡相同。本書根據主題規畫，目次的篇章題目、順序做了相應調整。

知識叢書 1140

反事實歷史小說：黃錦樹小說論

作　者——北岡誠司
譯　者——張文聰
主　編——黃英哲、高嘉謙
「浮羅人文」書系主編——高嘉謙
文藝線主編——何秉修
特約編輯——蔡宜真
校　對——劉雯慧、黃國華、黃衍智、陳誌緯、蘇仁和、林良、張文聰、黃英哲、高嘉謙、蔡宜真、胡金倫
美術設計——倪旻鋒
責任企畫——陳玉笈
內頁排版——立全電腦印前排版有限公司

總編輯——胡金倫
董事長——趙政岷
出版者——時報文化出版企業股份有限公司
一〇八〇一九 台北市和平西路三段二四〇號七樓
發行專線——（〇二）二三〇六六八四二
讀者服務專線——〇八〇〇二三一七〇五
（〇二）二三〇四七一〇三
讀者服務傳真——（〇二）二三〇四六八五八
郵撥——一九三四四七二四時報文化出版公司
信箱——一〇八九九臺北華江橋郵局第九九信箱

時報悅讀網——www.readingtimes.com.tw
時報文藝——Literature & art臉書／https://www.facebook.com/readingtimesLiterature
法律顧問——理律法律事務所　陳長文律師、李念祖律師
印　刷——家佑印刷有限公司
初版一刷——二〇二三年十二月一日
定　價——新台幣五八〇元
（缺頁或破損的書，請寄回更換）

時報文化出版公司成立於一九七五年，
一九九九年股票上櫃公開發行，二〇〇八年脫離中時集團非屬旺中，
以「尊重智慧與創意的文化事業」為信念。

國科會「南向華語與文化傳釋」計畫贊助出版

反事實歷史小說：黃錦樹小說論 / 北岡誠司著；張文聰譯. --
初版. -- 臺北市：時報文化出版企業股份有限公司, 2023.12
352面；14.8×21公分. -- (知識叢書；1140)

ISBN 978-626-374-505-6(平裝)

1.CST: 黃錦樹 2.CST: 歷史小說 3.CST: 文學評論

863.57　　　　112017572

ISBN 978-626-374-505-6(平裝)
Printed in Taiwan